Knaur

Über den Autor:

Garry Disher wurde 1949 im Süden Australiens geboren und wuchs auf einer Farm auf. 1978 bekam er ein Stipendium für »Creative Writing« an der kalifornischen Stanford University. Nach weiteren Stationen in England, Italien und Afrika widmete er sich immer mehr dem Schreiben. Inzwischen hat er mehr als dreißig Bücher veröffentlicht, darunter preisgekrönte Sach- und Kinderbücher, Romane und Krimis. Für *Gier* erhielt er den deutschen Krimipreis.

Garry Disher

Gier

Roman

Aus dem Englischen von
Gabriele Bärtels

Knaur

Die australische Originalausgabe erschien 1991
unter dem Titel »Kickback«.

Besuchen Sie uns im Internet:
www.knaur.de

Vollständige Taschenbuchausgabe 2002
Droemersche Verlagsanstalt Th. Knaur Nachf., München

Umschlaggestaltung: ZERO Werbeagentur, München
Umschlagabbildung: Zefa, Düsseldorf
Satz: Ventura Publisher im Verlag
Druck und Bindung: Clausen & Bosse, Leck
Printed in Germany
ISBN 3-426-61887-7

2 4 5 3 1

g i e r

e i n s

Ein Ruck ging durch Wyatt. In der Auffahrt der Fromes war ein silberner BMW aufgetaucht. Die Scheinwerfer senkten sich, kamen wieder auf die richtige Höhe, als der Wagen auf die Lansell Road fuhr. Wyatt zählte die Köpfe. Frome am Steuer, seine Frau neben sich, die Kinder hinten. Er überprüfte die Zeit – 20.00 Uhr – und sah den BMW Richtung Toorak Road verschwinden.

»Los geht's«, sagte Sugarfoot Younger.

Er griff nach dem Schlüssel im Zündschloß, aber bevor er ihn umdrehen konnte, umschlossen Wyatts Finger sein Handgelenk wie eine Stahlklaue. Sugarfoot sah sich um. In Wyatts schmalem Gesicht saßen die Augen eng und entschlossen. »Wir warten«, sagte Wyatt.

Sugerfoot riß seine Hand los. »Verdammt, worauf denn?«

»Die Leute vergessen Sachen, Sugar. Sie fangen an zu frieren und kommen zurück, um ihre Mäntel zu holen. Wir warten.«

»Aha«, sagte Sugarfoot Younger verächtlich.

Er zündete sich eine Zigarette an. Das Streichholz flammte auf, beleuchtete sein klotziges Gesicht, seinen Ekel vor der Welt, Wyatt und dem ganzen Mist drum herum. Er warf das Streichholz aus dem Fenster und fing an, an seinen Haaren zu zupfen, die zu einem kurzen Pferdeschwanz an seinem Hinterkopf zusammengefaßt waren. »Erste Lektion«, sagte er, und blies einen Rauchring gegen die Windschutzscheibe, um die Reaktion der stillen Gestalt neben ihm auf die Probe zu stellen, »schieße nicht über das Ziel hinaus.«

Wyatt ging nicht darauf ein. Er hatte das nicht gewollt, hatte nicht gewußt, daß Ivan Younger seinen Bruder schicken würde. Er kurbelte sein Fenster herunter. Es war ein kühler Abend, die Luft roch nach Pflanzen und feuchter Erde. Es waren wenig Autos unterwegs, noch weniger Fußgänger. Von einem unauffällig geparkten Taxi aus beobachteten sie das Fromesche Anwesen, niemand beachtete sie.
Ein paar Minuten später, als zwei ältere Frauen aus einem nahegelegenen Haus die Straße betraten, Gesichter und Haar schimmerten schmutzig weiß im Licht der Straßenlaternen, sagte Wyatt: »Schalt die Innenbeleuchtung ein und lies den Stadtplan. Versuch dein Gesicht zu verbergen.«
»Verbergen?« fragte Sugarfoot. »Gibt's jetzt auch noch Sprachunterricht?«
Die Frauen spazierten am Taxi vorbei. Als Wyatt sich auf seinem Sitz umdrehte, um sie zu beobachten, warf seine knochige Nase einen hakenähnlichen Schatten über sein Gesicht. Er sah, wie die Frauen an einem kleinen Morris Sedan stehenblieben. Nach einigem Hin und Her wegen der Schlüssel und wer fahren würde, stiegen die Frauen in den Wagen und fuhren davon. Sie würden sich nicht an zwei Männer in einem Taxi erinnern, die nach einer Adresse suchten.
Sugarfoot schaltete die Innenbeleuchtung aus und faltete den Stadtplan zusammen. »Mach schon, Wyatt. Wir hätten längst weg sein können.« Er schnippte seine Zigarette weg.
»Noch fünf Minuten«, sagte Wyatt.
Er beobachtete die Straße. Er würde die ganze Nacht warten, wenn ein Job das erfordern würde. Großmäuler wie Sugarfoot Younger wurden leicht nervös. Sie waren nie so

stabil, wie man es gern hätte. Sie schluckten Aufputschmittel, pfuschten, machten Fehler. Was okay ist, dachte Wyatt, solange man nur nicht mit ihnen arbeitet.
Im Sitz neben ihm seufzte Sugarfoot und verlagerte seine schweren Glieder. Er trug Levis, eine Jeansjacke, ein rotes Bandana um den Hals geknotet und hohe, beschlagene Lederstiefel. Er hätte seinen Stetson aufgesetzt, wenn Wyatt kein Theater gemacht hätte. Mit dem Handrücken streifte er über die Stoppeln an seinem Kinn. Offenbar erstaunt über das Geräusch und die Empfindung, tat er es noch einmal.
Er wird gleich wieder anfangen zu labern, dachte Wyatt, warf einen flüchtigen Blick auf die glanzlosen, flachen Augen. Er kann sich einfach nicht beherrschen.
Als hätte er auf seinen Einsatz gewartet, sagte Sugarfoot Younger: »Kennst du Jesse James? Den Banditen? Okay, paß auf. Er hatte diese beiden Brüder in der Gang, und ihr Nachname war Younger.« Er legte seinen Kopf in den Nacken und sah Wyatt an. »Ich schätze, das macht mich und Ivan zu den *zweiten* Younger Brüdern.«
Er beobachtete Wyatt, wartete auf eine Antwort. Wyatt sagte nichts. Er hob nur sein Handgelenk, um die Uhrzeit zu überprüfen. Wie jede seiner Bewegungen war diese flüssig und sparsam.
»Es gibt da diesen Film über sie«, sagte Sugarfoot. »*The Long Riders.* Wie sie dauernd in Auseinandersetzungen geraten, bis sie zurückschlagen. Sie überfallen Züge, Banken, alles mögliche. Ich habe das Video zu Hause.«
Wyatt hatte von dieser Cowboy-Manie gehört. Die war höchstwahrscheinlich für den Namen Sugarfoot verantwortlich, ein Name aus einer alten Fernsehshow, aber er hoffte, daß der, der ihn Bruno Younger gegeben hatte, das

ironisch gemeint hatte. Bruno Younger hatte mit einundzwanzig das richtige Alter für einen Cowboy-Punk, aber er war ein schwergewichtiger, brutaler Typ, und Wyatt konnte sich nicht vorstellen, wie er einen Zug von einem Pferderücken aus überfallen würde.

»Zum Schluß gibt's diese lange Szene«, sagte Sugarfoot. »Die Gang überfällt eine Bank in Northfield, Minnesota – The Great Northfield, Minnesota Raid –, aber sie sind in eine Falle geraten. Es ist in Zeitlupe gedreht«, sagte er. Er schwieg. »Orchestriert«, sagte er dann und – als würde er das Wort erproben –, wiederholte er: »Es ist orchestriert. Sekunde für Sekunde, jeder Schuß in Großaufnahme.« Er beschoß die Windschutzscheibe mit dem Finger. »Puff. Dann dieses phantastische Dunk, wenn die Kugel einschlägt.«

Wyatt schwieg immer noch. Sugarfoot, inzwischen ärgerlich, sagte: »Ivan glaubt, du bist Fachmann für Banken und gepanzerte Wagen und so.«

Wyatt beobachtete weiter den spärlichen Verkehr und das Haus der Fromes, das abgeschirmt hinter kunstvoll beschnittenen Bäumen lag. Sugarfoot gestikulierte plötzlich. »Wenn du wirklich so gut bist, wie kommt es dann, daß du diesen beschissenen Versicherungsjob für ihn machst?«

Gute Frage, dachte Wyatt. Ohne ihn anzusehen, wußte er, daß Sugarfoot den Kopf wie ein Klugscheißer hielt. Er war nicht überrascht, als Sugarfoot sagte: »Ich meine, es ist nicht gerade das, was man ein großes Ding nennen könnte. Hast du deine Nerven verloren?«

Wyatt merkte sich die Uhrzeit.

»Na ja«, sagte Sugarfoot lässig, »Ivan meint, du könntest mir ein paar Tricks aus dem Gewerbe beibringen, ich sollte also besser geduldig sein.«

Wyatt atmete tief durch. Aber er schwieg. Das konnte warten.

»Na klar, du könntest ein großes Ding vorbereiten und dir dazu hier das nötige Kleingeld beschaffen«, sagte Sugarfoot und musterte Wyatts Gesicht. »Vielleicht zusammen mit Hobba?«

»Zieh deine Handschuhe an«, sagte Wyatt.

Sugarfoot zog die Latex-Handschuhe über und startete den Motor. »Komm schon, Wyatt, geht's um eine Bank? Einen Geldtransporter? Läßt du Ivan und mich mitmachen?«

»Fahr endlich los«, sagte Wyatt und zog Handschuhe aus der Innentasche seiner dünnen, ockerfarbenen Lederjacke.

Sugarfoot steuerte aus der Parklücke, über die Straße, in die Auffahrt des Frome-Hauses. Die Reifen des Taxis rollten knirschend über den Kies. Dicht aneinander gepflanzte Bäume beugten sich über die Auffahrt. Dann tauchte das Taxi aus der Dunkelheit auf, rollte auf eine gepflasterte Fläche vor dem Haus, an dessen Wand Efeu wie ein sich ausbreitender Fleck hochkroch. Über der Tür brannte Licht.

»Park hier«, sagte Wyatt. »Tu das, was Taxis tun, Licht an, Motor laufenlassen.«

»Das hast du mir alles schon mal erzählt.«

»Ich erzähle es dir noch mal.«

Sugarfoot bremste, schob den Schalthebel auf Parken. Beide Männer zogen Strumpfmasken über ihre Gesichter. Sie stiegen aus. Als Wyatt den beleuchteten Summer auf dem Türrahmen betätigte, murmelte er: »Denk dran, sie ist alt. Sie ist nur die Haushälterin.«

»Lektion Nummer zwei«, sagte Sugarfoot. »Hör dir die gleiche Scheiße immer wieder und wieder an.«

Wyatt hob die Hand. An einem Fenster hatte sich ein Vorhang bewegt. Die Haushälterin war da, genau wie Ivan Younger gesagt hatte. Das bedeutete, daß die Alarmanlage ausgeschaltet war. Die Haushälterin würde das Taxi sehen, die Sicherheitskette abnehmen und herauskommen, um nachzusehen.
Sie warteten. Als die Tür sich öffnete, drückte Wyatt sie auf, Sugarfoot drängte sich hinter ihm hinein.
»Oh«, sagte die Haushälterin.
Sie griff sich ans Herz, schnappte nach Luft und wich zurück an die Wand. Ihr Haar schien in graue, unordentliche Büschel aufzuspringen. Puder hatte die Gläser ihrer Brille verschmiert. Sie trug Hausschuhe und roch nach Sherry.
»Wir wollen Sie nicht verletzen«, sagte Wyatt freundlich. »Wir werden in fünf Minuten wieder weg sein. Aber wir müssen Sie zuerst fesseln, verstehen Sie?« Er drehte sich zu Sugarfoot um. »Hast du das Band?«
Sugarfoot klopfte auf seine Jackentasche.
Wyatt wandte sich wieder zur Haushälterin. »Wir werden Paketklebeband benutzen. Es schneidet nicht so ein wie ein Seil.« Er erklärte immer, was er tat. Es beruhigte die Leute, machte sie weniger unberechenbar. »Wir werden Sie in einen Stuhl setzen«, sagte er. »Das ist bequemer für Sie. Unglücklicherweise müssen wir Ihnen den Mund zukleben. Verstehen Sie?«
Die alte Frau schluckte und nickte.
Sugarfoot warf ein: »Bringen Sie mich nicht dazu, das zu benutzen.« Er hatte seine Jeansjacke geöffnet, Wyatt sah den Kolben einer kleinen Automatik im Hosenbund.
Die alte Frau schloß die Augen.
»Wir werden Sie nicht verletzen«, sagte Wyatt. Er schob Sugarfoot zur Seite, umklammerte den Ellenbogen der

alten Frau und führte sie zu einem kleinen, antiken Stuhl neben einer antiken Flurgarderobe, auf der ein Telefon stand. »Setzen Sie sich dahin«, sagte Wyatt und drückte sie sanft an ihren Schultern herunter. Zu Sugarfoot sagte er: »Fessele sie«, und zog den Stecker des Telefons heraus.

»Nicht so fest«, sagte er, und behielt Sugarfoot im Auge. »Und dann warte an der Haustür. Wenn du irgend etwas siehst oder hörst, komm und hol mich. Keine Heldentaten. Ich fange oben an.«

»Ich habe auch zwei Hände. Ich könnte unten anfangen.«

»Ich sagte: Warte.«

Wyatt fühlte sich jetzt befreit. Er konnte mit der Arbeit beginnen. Er war groß und muskulös, aber als er geräuschlos die Treppe hochlief, fühlte er sich leicht, kraftvoll und elastisch. Auf dem Treppenabsatz blieb er stehen, dann steuerte er auf das große Schlafzimmer an der Vorderseite des Hauses zu. Er stand auf der Türschwelle und musterte das Zimmer. Ein King-size-Bett, Ankleidetisch, Schränke, tibetische Brücken auf dem Teppichboden, die Tür zum angrenzenden Badezimmer stand halb offen. Er lief quer durch das Zimmer und schaltete eine Nachttischlampe an. Das Armband von Cartier lag im Schmuckkasten. Er schob es in seine Jackentasche, ignorierte Ringe und Broschen, fand Fromes Rolex und steckte sie zum Armband.

Er ging nach unten. Das Eßzimmer befand sich ebenfalls auf der Vorderseite des Hauses. Laut Ivans Einkaufsliste sollten sich das Meißner Porzellan und die silbernen Becher in der Anrichte unter dem Fenster, die Imari-Vasen und die antike Achtzigtausenddollarstanduhr auf dem Kaminsims befinden. Er fand sie, wickelte jedes Stück in Schaumstoff und packte alles in eine Kunststofftasche.

Fromes Krügerrand und andere, seltene Münzen waren in

einer Tischschublade im Büro. Die meisten Münzen lagen auf grünem Filz in einer länglichen Holzschachtel. Ein paar Einzelstücke waren in verplombte Plastiktäschchen verpackt. Wyatt kippte alle Münzen in eine zweite Tasche und ging in die Eingangshalle des Hauses zurück.
Irgend etwas stimmte nicht.
Sugarfoot war nicht mehr da, nur die Haushälterin. Sie war im Stuhl zusammengesunken, das Kinn auf der Brust. Wyatt stellte die Taschen auf dem Boden ab. Er trug immer noch seine Handschuhe, als er das Klebeband von ihrem Mund löste und ihr Kinn hob.
Ein roter Striemen lief über ihre Wange. Die Gesichtszüge waren schlaff. Ihre Bluse war aufgeknöpft und ein Strumpf bis zum Knie heruntergerutscht. Er tastete hinter dem Ohr nach ihrem Puls. Als er ihn fand, fühlte er ihn flattern und aussetzen. Er trat zurück mit einem Bild vor Augen: Sugarfoot, auf und ab schreitend, ohne jeden Verstand seinen Groll an der Frau auslassend.
Wyatt schlug mehrmals auf ihre Brust und suchte erneut ihren Puls. Nichts. Er ließ von ihr ab, um sich ein letztes Mal umzusehen. Etwas weiter den Flur entlang stand die Tür zu einem der Zimmer offen. Vorher war sie geschlossen gewesen. Er sah hinein. Es war ein kleines, gemütliches Fernsehzimmer. Abgesehen von einigen teuren Gemälden an der Wand machte es einen bescheidenen Eindruck. Aber die Anordnung der Bilder war irgendwie schief, und Wyatt, der das Zimmer durchquerte, um das näher zu untersuchen, entdeckte einen leeren Haken.
Er ging nach draußen und sagte sanft: »Sugar.«
Sugarfoot Younger schloß den Kofferraum des Taxis. »Yo?«
»Gib's mir.«

Sugarfoot runzelte die Stirn und sah verdutzt aus.
»Das Bild«, sagte Wyatt geduldig. »Gib's mir.«
»Machst du Witze? Weißt du, was das ist?«
Wyatt sprach nicht, sein schmales Gesicht verfinsterte sich. Er streckte seine Hand aus.
Mit angewidertem Gesicht öffnete Sugarfoot den Kofferraum und zog ein Gemälde von der Größe eines Taschentuches heraus. Der Rahmen war ziemlich breit, mit Ornamenten versehen, die goldene Farbe schimmerte. Wyatt ging ins Haus zurück und hängte das Bild wieder auf. Der Name auf dem Messingschild interessierte ihn nicht.
Er lief nach draußen zum Taxi, ließ die Taschen und die Leiche, wo sie waren. Kalte Wut überkam ihn. Unter anderen Umständen hätte er Sugarfoots Leiche ebenfalls zurückgelassen.

z w e i

Sugarfoot lehnte an der Tür des Taxis. Er sah Wyatt herauskommen und warf seine Zigarette weg. »Was ist mit dem Schmuck und dem anderen Zeug?« fragte er.
Wyatt ignorierte ihn. Er trat die Zigarette aus, hob sie auf und steckte sie in seine Jackentasche. Er fühlte, daß er kurz vor der Explosion stand. Er sagte eiskalt: »Wir lassen alles hier. Steig ein und fahr.«
Sugarfoot wartete ein paar Herzschläge lang, gab Wyatt zu verstehen, daß er dem Befehl Folge leisten würde, wenn es ihm paßte, und stieg dann hinters Lenkrad. Wyatt setzte sich auf den Beifahrersitz, schloß die Tür und starrte nach vorn durch die Windschutzscheibe.
Sugarfoot fuhr durch Toorak in Richtung Yarra. »Ivan wird angepißt sein«, sagte er und versuchte, es milde auszudrücken. »Wo ist das Problem?«
Wyatt fühlte ein Pochen in seinem Kopf. Er schloß die Augen, bis es nachließ.
»Was hast du mit ihr gemacht?«
»Mit wem?«
Wyatt wartete, bis sie abgebremst hatten, um in den MacRobertson Bridge-Kreisel einzufahren, dann griff er hinüber, zog ruckartig die Pistole unter Sugarfoots Gürtel hervor und bohrte sie in Sugarfoots Magengrube. »Fahr weiter«, sagte er.
Als sie den Kreisel passiert hatten und sich auf der Brücke befanden, sagte er: »Wir fangen noch mal an. Was hast du mit der Frau gemacht?«

Sugarfoot jammerte vor Schmerz: »Nichts, was meinst du?«
Wyatt drückte wieder zu. »Sie ist tot. Du hast sie umgebracht.«
Sugarfoot schluckte und schüttelte den Kopf. »Nein, Kumpel. Ich war's nicht.«
»Du hast ihr Angst eingejagt«, sagte Wyatt. »Das hat sie umgebracht. Jeder, der mit gestohlenem Zeug aus diesem Haus erwischt wird, steht unter Mordverdacht.«
»Ich habe sie kaum angefaßt«, sagte Sugarfoot und zuckte unruhig mit den Achseln. »Es war die Art, wie sie mich angesehen hat. Du weißt schon.«
Wyatt lehnte sich zurück, drehte sein bleiches Gesicht zum Fenster. Sugarfoot bog links ab und folgte der Abfahrt zum South Eastern Freeway. Die Funkstimme der Taxizentrale wurde je nach Lage des Senders schwächer oder stärker. Das Taxameter klickte: Fünfunddreißig Dollar, sechsunddreißig Dollar, siebenunddreißig.
Es war Freitagabend, viel Verkehr. Sugarfoot klopfte Sprüche, als wäre nichts geschehen: »Sieh mal, wie dieses Arschloch fährt … besorg dir 'ne Brille … mach's mir, Süße.«
Wieder überquerten sie den Fluß und folgten ihm zu den Zufahrtsstraßen des Westgate Freeway. Wyatt sah hinaus in die Nacht. Vor ihnen erhob sich die beleuchtete Brücke in einem Rechtsbogen, in der Dunkelheit wirkte sie fremd auf ihn, wie eine Brücke in einer anderen Stadt.
Während der langen Abfahrt nach Footscray verfiel Sugarfoot in Schweigen. Als er wieder sprach, klang er selbstbewußt, als suchte er nach Anerkennung. »Dieses Bild«, sagte er, »war ein Tom Roberts, ein Vermögen wert. Letztes Jahr hat Ivan einen vertickt.«

Wyatt beachtete ihn nicht. Er hatte Aerobic-Trainer und Klempner getroffen, die jetzt Galerien betrieben, deswegen überraschte ihn nicht, daß die Youngers sich mit Kunst auskannten. Schließlich sagte er: »Es war nicht auf Ivans Liste, das bedeutet, es war nicht versichert. Es wäre sinnlos gewesen, wenn wir es mitgenommen hätten.«
»Dämliche Liste«, sagte Sugarfoot.
Er verringerte die Geschwindigkeit des Taxis. Sie befanden sich jetzt in der Nähe von Bargain City, dem Secondhand-Trödelladen seines Bruders, in einer flachen, windigen Seitenstraße abseits der Williamstown Road. Auf der einen Seite ein St.-Vincent-de-Paul-Geschäft, auf der anderen eine Videothek. Autos parkten in zweiter Reihe auf der Straße, ihre Fahrer brachten Videos zurück oder liehen sich welche aus.
»Fahr von hinten ran«, sagte Wyatt.
Sugarfoot steuerte in eine Gasse und parkte vor der Hintertür von Ivans Lagerraum, hinter einem weißen Statesman. Ein Lichtstreifen schimmerte unter der Tür. »Warte hier«, sagte Wyatt. Er stieg aus, klopfte an die Tür des Lagerraums und wartete.
Eine hohe, gepreßte Stimme sagte: »Ja?«
»Wir sind's«, sagte Wyatt. Ein Schüssel wurde umgedreht, ein Riegel glitt zurück. Die Tür öffnete sich und Ivan Younger fragte: »Alles gutgegangen?«
Wyatt antwortete nicht. Er machte eine Kopfbewegung Richtung Taxi: »Kümmert sich jemand drum?«
»Der Fahrer der Tagesschicht holt's morgen früh ab, wie üblich«, sagte Ivan. Er ging zum Wagen und beugte sich in das Fahrerfenster. »Stell ihn vorne ab, Sugar, dann komm von hinten herein.«
Wyatt folgte Ivan durch die Hintertür. Der Lagerraum war

groß, grau und düster, Betonblöcke und Stahlträger. Metallregale reihten sich an den Wänden. Neben aufgerissenen Lehnstühlen, verzogenen Tischplatten und verkratzten Hi-Fi-Schränken waren Kartons auf dem Boden gestapelt. Das einzige Licht kam von einer Neonröhre an der Decke.

»So«, sagte Ivan Younger. »Alles glattgegangen?«

Wyatt betrachtete ihn düster. Er hatte schon mal mit Ivan Younger gearbeitet. Ivan glaubte an die Vielfalt. Für Geld beschaffte er gefälschte Papiere, Sprengstoff, Gewehre, einen Schönheitschirurgen, Grundrisse, Chipkarten für Sicherheitssysteme, einen ›legitimen‹ Satz Reifen. Er hatte Kontakt zur Telekom, die ihm Telefonschaltungen in seine illegalen Clubs beschaffte. Heiße TV-Geräte und PCs kaufte er für zwanzig Cents pro Dollar an. Im Versicherungsbetrug war er eine Art Mittelsmann, handelte mit dem Geschädigten einen Anteil am Finderlohn oder an der Erstattung aus, so wie bei dem Job heute nacht. Er schmierte Versicherungsangestellte und Polizisten und wahrscheinlich auch Richter. Erst kürzlich hatte es Gerüchte gegeben, daß er sich in den Rotlichtbetrieb eines von Sydney aus operierenden Syndikats eingekauft hatte, das seine Basis in Melbourne ausbauen wollte.

Nun starrte er auf Wyatt: »Wo ist das Zeug?«

Von seiner Position aus – Ivan gut im Auge behaltend –, konnte Wyatt die Hintertür und die Tür zu den Verkaufsräumen überwachen. Das tat er automatisch, genauso wie er Fahrstühle, Telefonzellen und andere beengte Räume vermied, von Türen, an die er geklopft hatte, zurücktrat, Menschenmengen als Schutz benutzte und unbeleuchteten Gängen auswich. Es war wie Atmen.

Ivan sagte wieder: »Wyatt. Das Zeug?«
Wyatt beobachtete ihn. Ivan Younger war älter als Sugarfoot, über vierzig; klüger, weniger streitlustig, nicht so berechenbar. Sein kahler Kopf schimmerte im spärlichen Licht des Lagerraumes. Die Glatzköpfigkeit glich er mit einem buschigen, graumelierten Schnurrbart aus. Er trug sackartige Leinenhosen mit überflüssigen Taschen und einen schmuddeligen, hellen Pullover. Die mit Quasten versehenen italienischen Schuhe klapperten auf dem Betonboden. Er erinnerte Wyatt an ein geschmeidiges Raubtier.
Ivan verschränkte die Arme vor seiner breiten Brust und lehnte sich gegen eine Werkbank. »Ist etwas nicht in Ordnung?«
Wyatts schmale Züge schienen schärfer zu werden. »Was verdammt noch mal glaubst du?«
»Sag's.«
»Simple Sache, Routineangelegenheit, stimmt's?«
»Stimmt.«
»Außer der Tatsache, daß es da noch jemanden gibt, der seine eigenen Vorstellungen hat«, sagte Wyatt. »Wir haben da einen jungen Punk, der ein paar Tricks lernen möchte, damit er seinem älteren Bruder nützlich ist, und der ältere Bruder denkt: Warum schicken wir ihn nicht beim nächsten Mal mit einem Profi los?«
Ivan Younger trat unbehaglich von einem Fuß auf den anderen. »Dachte, es würde ihm guttun«, sagte er, seine hohe Stimme wurde eine Oktave höher. »Was hat er getan?«
»Später«, sagte Wyatt: »Gib mir meine Kohle.«
Ivan wies auf einen Safe in der Ecke. »Sie ist da drin. Erst will ich das Zeug haben.«
»Ich hab's nicht.«

Ivan starrte ihn an. »Seid ihr nicht ins Haus gekommen?«
»Oh, wir sind wunderbar hereingekommen«, sagte Wyatt.
»Red keinen Scheiß. Warum ist das Zeug dann nicht da?«
»Mein Geld!«
»Auf keinen Fall. Du lieferst, wirst bezahlt, das war der Deal. Wenn du das anders siehst, verpiß dich.«
Wyatt stand federnd auf seinen Fußhallen, die Fäuste geballt. Er behielt die Hintertür im Auge und sagte: »Wir mußten es dalassen.«
»Warum, verdammt noch mal? Du –?«
Sugarfoot kam durch die Hintertür. Er trug ein kleines Gemälde mit einem flachen Holzrahmen. »Hey, Ive? Er hat dir erzählt, was passiert ist? Hat kalte Füße gekriegt und das Zeug liegenlassen. Aber das habe ich noch gerettet.« Er durchquerte den Lagerraum und ging auf sie zu.
»Wovon redest du?« fragte Ivan. »Auf der Liste waren keine Bilder.«
Wyatt war hinter Sugarfoot getreten und packte ihn brutal am Pferdeschwanz. In der anderen Hand hielt er eine Pistole. Er richtete sie auf Ivan. »Wenn du dich bewegst, blase ich ihm das Hirn weg.«
Sugarfoot zappelte. Er hatte den sperrigen Körper eines Gewichthebers, und seinen großen Gliedmaßen fehlte es an Beweglichkeit, seine Arme bogen sich zur Seite. Er war einen Kopf kleiner als Wyatt. »Greif ihn dir, Ive«, grunzte er.
Wyatt drückte den Pistolenlauf unter Sugarfoots Kinn, schnitt ihm die Stimme ab. Ruckartig zog er am Pferdeschwanz und zwang Sugarfoots Kopf nach hinten. Das Gemälde polterte auf den Boden.

»Du willst, daß er was lernt?« sagte Wyatt. Mehrmals zog er Sugarfoots Kopf kräftig nach hinten. »Hier sind ein paar Grundlektionen. Erstens: Befolge die Anweisungen. Zweitens: Beherrsche deinen Part. Drittens: Keine Waffen, solange der Auftrag es nicht erfordert. Vier –«

Er ließ den Pferdeschwanz los und schlug Sugarfoot mit der Pistole ins Gesicht.

»Halt dich da raus«, sagte er zu Ivan, und richtete die Pistole wieder auf ihn. Dann rammte Wyatt ein Knie in Sugarfoots Leiste. Als er nach vorn kippte, schlug Wyatt ihm den Kolben in den Nacken. Sugarfoot brach zusammen und würgte.

Wyatt stieß ihn mit dem Fuß an. »Viertens: Überschätze dich nicht. Du bist nur ein Cowboy-Punk.«

Er wich zurück und schob die Pistole in die Tasche.

Ivan Younger entspannte sich. »Mit anderen Worten«, sagte er, »er hat's versaut.«

Es war ein Versuch, witzig zu sein, doch Wyatt zog erneut die Pistole. »Meine Fünftausend.«

»Fick dich.«

Da standen sie und starrten einander an. Wyatt dachte nach. Stillstand. Verschwendete Zeit. Er wollte keine Feindschaft, und je länger er hier herumhing, desto gefährlicher wurde es. Die Pistole noch immer im Anschlag bückte er sich, nahm das kleine Bild hoch und warf es in ein tiefes Waschbecken.

Ivan rief: »Was machst du denn da, verdammt?«

Wyatt reagierte nicht darauf. Er zerschmetterte das Glas mit dem Pistolenkolben, zerbrach den Holzrahmen und ließ das Bild ins Becken fallen.

»Mein Gott, Wyatt!« Ivan beobachtete dumpf, wie Wyatt das Bild mit Methylalkohol übergoß und es in Brand

setzte. »Es ist ein Whiteley«, sagte Ivan. »Weißt du, was einer von ihnen wert ist?«
Wyatt kannte Whiteleys. Wenn er wollte, konnte er jede Menge Whiteleys in jedem zweiten Haus in Toorak stehlen. Er beobachtete, wie das Bild zu Asche wurde, sagte: »Bleib mir vom Leib« und schlug die Tür hinter sich zu.

d r e i

Ivan war froh, daß Wyatt weg war, dennoch war er nicht zufrieden. Zwar hatte er ihn um seine fünftausend Dollar gebracht, aber es war ein hohler Sieg. Denn Wyatt gehörte nicht zu der Sorte, der man mal eben so in die Quere kam. Er redete sich ein, daß er es wegen Wyatts Arroganz getan hatte, wegen der Art, wie er Sugarfoot zusammengefaltet hatte.

Er bückte sich und zog seinem Bruder am Ohr: »Steh auf.«

Sugarfoot kam langsam zu sich.

»Steh auf. Ich will wissen, was heute abend passiert ist.«

Sugarfoot verlagerte sein Gewicht auf die Hände, dann auf die Knie und schließlich stand er. Er schwankte, betastete sein Gesicht und sah seine Hände an. Sie waren blutverschmiert. »Schau, was die Fotze mir angetan hat.«

»Ich werde noch einen drauflegen, wenn du mir nicht sofort erzählst, was passiert ist.«

Sugarfoot zuckte mit den Achseln, sein schlaffes, aufgedunsenes Gesicht wirkte zunehmend verdrossener. »Die Haushälterin, was wohl sonst? In der einen Minute geht's ihr gut, in der nächsten macht sie schlapp.«

»Mein Gott.«

»Sie muß was am Herz gehabt haben.«

Ivan starrte seinen Bruder an. »Du hast nicht zufällig etwas nachgeholfen?«

»Nein, ich schwöre –«

»Ach, verpiss dich. Ich will nichts mehr davon hören.«

Ivan lehnte sich gegen die Werkbank und versuchte, sich

zu konzentrieren. Wyatt würde nichts ausplaudern. Aber der Sachbearbeiter der Versicherung würde geschmiert werden müssen, sollte er plötzlich eine Art Gewissen entwickeln.
Dieser dämliche Sugar. Ein Superschwachkopf. Dieses Whiteley-Bild hätte sie alle nach Pentridge befördern können.
Er sagte scharf: »Hör zu – hast du irgend etwas anderes mitgehen lassen?«
»Nichts«, sagte Sugarfoot. »Hör zu, es tut mir leid, okay?«
Ivan betrachtete seinen Bruder mürrisch. Sugarfoot: Ein Witz von einem Namen, und dieser Schwachkopf war auch noch stolz darauf. Mit zwölf war er zum ersten Mal verhaftet worden. Darauf folgten zehn Haftstrafen, die von vier Tagen bis zu achtzehn Monaten reichten: Körperverletzung, Erpressung, Sozialhilfebetrug, Verstöße gegen das Betäubungsmittelgesetz.
Er packte Sugarfoots Kopf mit einem Klammergriff. Die Augen sahen normal aus. Wann immer Sugar auf Koks, Angel Dust oder sonst was war, verkleinerten sich seine Pupillen.
Sugarfoot schüttelte ihn ab. »Laß mich los.«
»Ich hatte dich gebeten, dein Hirn zu benutzen«, sagte Ivan. »Und was passiert? Ich werde dich wieder zum Schulden eintreiben schicken müssen.«
Sugarfoot betupfte sein Gesicht mit einem Taschentuch. Er fröstelte in der kühlen Luft des Lagerraumes. »Ich werde mich verändern. Ich mache mich selbständig.«
»Ach, tatsächlich. Und womit? Alte Damen überfallen?«
Sugarfoot wurde rot: »Wyatt bereitet irgend etwas vor. Ich werde –«
Ivan packte ihn am Hemd. »Wenn das so ist und er dich

herumlungern sieht, wird er dich allemachen, ohne eine Frage zu stellen. Geh ihm aus dem Weg.«
Sugarfoot sah hinunter auf die Hand seines Bruders. Mit einem überheblichen Gesichtsausdruck packte er sie und betrachtete befriedigt, wie Ivans Hand zurückzuckte. »Siehst du mein Gesicht? Vermutlich soll ich ihn damit davonkommen lassen?«
»Er spielt in einer anderen Liga«, sagte Ivan. »Weißt du was? Nimm dir das Wochenende frei. Wir werden sehen, was wir nächste Woche für dich finden.«
Allzuviel ändern würde sich nicht, dachte Ivan. Ihr bestehendes Arrangement funktionierte doch recht nett. Sugar arbeitete mit den Muskeln, er mit dem Kopf. Es wäre ungünstig für ihn, wenn Sugar im Alleingang beispielsweise Geschäfte mit Bauer und dem Syndikat in Sydney machen würde.
»Sugar? Denk darüber nach, okay? Nimm ein paar Tage frei. Geh zu den Mädchen ins Calamity Jane's, steck dein Ding rein und wir reden Montag weiter.«
Die beste Lösung wäre, dachte er, Sugar die Art von Muskelarbeit zu besorgen, die er auch respektierte. Vielleicht konnte Bauer ihn gebrauchen.
Zusammen mit Sugarfoot ging er aus dem Laden auf die Straße. Sugarfoots Customline stand draußen neben dem Imbiß. Er klopfte seinem Bruder auf den Rücken, kehrte zurück in den Lagerraum, ging durch die Hintertür und stieg in seinen Statesman.
Sein Autotelefon war das derzeit Beste auf dem Markt. Er tippte Bauers Nummer in St. Kilda. Placida, oder wie ihr Name auch lauten mochte, antwortete in ihrem Manila-Hurenhaus-Akzent: »Wer spricht bitte?«
»Gib mir Bauer.«

Der Hörer klapperte in seinen Ohren. Bauers krächzende Stimme drang durch die Leitung. »Ja?« Witzig die Art, wie Bauer immer noch ›Ja‹ sagte, obwohl er Südafrika vor vierzehn Jahren verlassen hatte.
»Es geht um Calamity Jane's«, sagte Ivan, »wollen Sie die Einnahmen am Montag nach Sydney bringen?«
»Ja.«
»Richten Sie denen aus, daß ich herausgefunden habe, wer den Rahm abgeschöpft hat.«
»Wer?«
»Die Schichtleiterin. Ellie.«
Es entstand eine Pause. Ivan fuhr fort: »Möchten Sie, daß ich die Sache in die Hand nehme?«
»Nein. In Sydney werden sie mir sagen, was zu tun ist. Ich werde mich darum kümmern, wenn ich Montag zurückkehre.«
»Was immer es ist, planen Sie meinen Bruder ein. Ich möchte, daß er ein paar Vorgehensweisen lernt, damit wir Sie nicht andauernd mit Kleinkram belästigen müssen.«
»Ihren Bruder?« sagte Bauer gepreßt.
»Sugarfoot«, sagte Ivan. »Er ist ganz okay. Er braucht nur jemanden, der ihm seinen Spielraum zeigt.«

v i e r

Sugarfoot saß in seinem Customline, ließ den Kopf sinken und schluckte. Er wartete darauf, daß sich der bittere Klos in seinem Hals auflöste. Dann sagten ihm Schmerz und Scham und das Bedürfnis nach Ruhe, daß er nicht die ganze Nacht hier draußen bleiben konnte. Er ließ den schweren Motor an und fuhr los, weg von Bargain City, wieder über die Westgate Bridge hinüber nach Collingwood. Er fuhr langsam, eine Hand am Steuer, eine Schulter an der Tür. Wenn er sich bewegte, befürchtete er, würde er auseinanderbrechen.

Er erreichte ein heruntergekommenes Terrassenhaus und fühlte sich, als wäre er eine Woche weg gewesen. Die Lichter brannten. Die anderen waren zu Hause. Scheiße.

Er ging über die hintere Veranda hinein. In der Waschküche ließ er kaltes Wasser ins Becken laufen, beugte sich darüber, spülte seinen Mund aus und wusch das verkrustete Blut von Stirn und Wangen.

Auf dem Weg zur Treppe blieb er in der Küchentür stehen. Der Holzofen brannte, wärmte den Raum und erleuchtete ihn sanft. Tina hatte ihre Astrologiekarten offen auf dem Tisch liegenlassen. Wenn sie nicht darin las oder aus Kristallen Energie gewann, arbeitete sie ehrenamtlich für die Freunde der Erde. Rolfe bastelte an einer Fahrradlampe. Er trug den ganzen Winter über Shorts, und der Höhepunkt seines Tages war, fünfmal um den Viktoria Park zu laufen. Für Sugarfoot waren sie beide von einem anderen Planeten. Glücklicherweise war das Haus groß genug, um zu vermeiden, daß er ihnen andauernd begegnete, und sie waren zu sehr mit sich selbst beschäftigt, um sich darum zu kümmern, was er für seinen Lebensunterhalt tat.

Tina sah auf, ihr Gesicht wie immer verkniffen, dann senkte sie den Kopf wieder. Für gewöhnlich trug sie Overalls, aber heute abend hatte sie etwas an, was wie ein T-Shirt in Zeltgröße aussah, darunter purpurrote Strumpfhosen und etwa ein Dutzend anderer Kleidungsstücke, so daß Sugarfoot immer noch keine Ahnung hatte, wie ihr Körper wohl beschaffen sein mochte. Sie bemerkte die Rißwunden und Beulen nicht.

Er ging nach oben in sein Zimmer, verschloß die Tür und zog die Vorhänge zu. Er hatte die ganze Nacht vor sich und würde sich entspannen.

Er zog seinen Koffer hervor und schloß ihn auf. Nun, da sich die 32er in Wyatts Händen befand, blieb ihm an Handwaffen nur noch der Nachbau eines .357 Colt Python mit einem fünfzehn Zentimeter langen, belüfteten Lauf. Aber er hatte noch eine Winchester – Magnum Kaliber. Ein Gewehr aus blauem Metall mit solidem Walnuß-Schaft. Ein Sammlerstück. Nur Krach und Größe waren ein Problem, und Munition dafür aufzutreiben. Sugarfoots Traum war eine handliche abgesägte Schrotflinte, eine Remington Elfhundert, die Schrotkörner von der Größe einer .38er Kugel verschoß.

Er hatte ein paar Gramm von dem Kolumbianischen in einer Plastiktüte in seinem Schuhputzkasten versteckt. Mit Strohhalm, Spiegel und Rasierklinge. Er hackte und ordnete das Koks zu zwei Linien und beugte sich – den Strohhalm im Nasenloch – darüber. Zwei schnelle, kurze Sniffs, in jedes Nasenloch einen, und warten, nicht allzu lange,

bis sich die Entspannung breitmachte, die er jedesmal fühlte.
Dann das Videogerät einschalten, die *Long Riders* einschieben und zuschauen, wie die Geschichte der Great Northfield, Minnesota Raid ihren Lauf nahm. Er befand sich im falschen Jahrhundert. Er gehörte in die Vergangenheit, nicht in die Gegenwart. Ein Gewehr tragen, es benutzen, ohne Fragen zu stellen. Schnelle Überfälle auf einsame Städte, dann dahin verschwinden, wo sie einen nicht aufspüren konnten.
Keine der sinnlosen Arbeiten, die ihm Ivan auftrug. Ivan nannte ihn den Vollstrecker, damit er sich gut fühlte. Herumfahren und Schulden eintreiben, kleinen Spinnern drohen, die mit den Raten in Verzug kamen. Seine Muskeln sollte er benutzen, nie seinen Verstand.
Ein langer Film. Bis zum Ende saß Sugarfoot vorgebeugt in seinem Sessel, fühlte sich konzentriert und lebendig. Davon wurde er nie müde: Minuten wunderschöner Kameraführung, Action in Zeitlupe, komplizierte Verwicklungen und Soundeffekte, als wäre man mittendrin, hörte jedes Gewehrfeuer, hörte das kaum wahrnehmbare Pfeifen einer heranfliegenden Kugel, hörte den dumpfen Einschlag, das Spritzen von Knochensplittern und Blut.
Die Pferde wiehern. Die Younger Gang sammelt sich wieder. Sugarfoot rettet die anderen, sogar als Kugeln sich in ihn bohren. Außerhalb der Stadt sinkt er über dem Sattel zusammen, und als seine Männer ihn beunruhigt aufrichten, sagt er: ›Los, rettet euch, mit mir ist es aus.‹ Sie wollen ihn nicht zurücklassen, aber er besteht darauf. Sie heben ihn vom Pferd und betten ihn hinter einen umgestürzten Baumstamm. ›Gebt mir meine Winchester‹, sagt er. ›Ich halte sie euch vom Leib.‹ Schon können sie den Sheriff und

seine Helfer hören. Innerlich zerrissen, den Tränen nahe, sitzen die Männer auf, wirbeln herum und galoppieren davon. Sugarfoot hält ihnen den erhobenen Daumen hin, aber sie sehen es nicht mehr, sehen nicht, wie er seine Winchester auf dem Baumstamm in Anschlag bringt, wie er feuert, als die Truppe des Sheriffs zwischen den Bäumen auftaucht.

In der Nacht kehren die Männer zurück. Sie bringen seine Leiche zu einem geheimen Friedhof. Nun, jedes Jahr zur selben Zeit, starren die Männer schweigend, Gram im Gesicht, auf den Baumstamm. Jedes Jahr ist es ein Mann weniger. Man überlebt nicht lange bei dieser Art von Arbeit.

Von allen Geschichten in seinem Kopf gefiel Sugarfoot diese besonders. Nachdem er die Long Riders gesehen hatte, mochte er es, sich noch einmal in das Geschehen zurückzuversetzen, bis in die kleinsten Details.

In einer anderen Geschichte, mit der er manchmal spielte, bezeugen eine riesige Menschenmenge und Millionen Zuschauer sein Ende, Fernsehkameramänner filmen aus riskanten Positionen, wie er Inder kaltmacht, Schlitzaugen und von AIDS gezeichnete Schwule. Die Regierung versucht, seinen Tod und die Beerdigung zu vertuschen, aber das ist unmöglich, er hat den Nerv des Volkes getroffen.

In dieser Geschichte war es allerdings ziemlich schwierig, alle Details zusammenzubekommen.

Er spulte das Video zurück. Ihm fiel eine neue Geschichte ein. Eine, in der er dahinterkommt, was für einen Coup Wyatt abgezogen hat, ihn tötet und sich am Ende mit der Beute davonmacht.

f ü n f

Wyatt warf Sugarfoots Pistole in den nächsten Abflußkanal, dann steuerte er aus der Stadt, schob sich südwärts durch die winterliche Nacht, fühlte sich angefressen und unbehaglich.

Es hatte mal eine Zeit gegeben, da hatte er nur zwei oder drei große Jobs im Jahr gemacht, Banken und Geldtransporter. Vier Wochen arbeiten und achtundvierzig Wochen von den Einnahmen leben. Sechs Monate lang, irgendwo, wo es warm war – Italien, die Pazifischen Inseln, Südamerika –, und wenn das Geld knapp wurde, ging es wieder an die Arbeit, immer auf der Suche nach einem Job, der interessante Probleme aufwarf, immer nur mit Profis, nie mit Süchtigen, Freigängern, Cowboys.

Er versuchte, das saure Gefühl abzuschütteln. Er schaltete das Radio ein, um die Nachrichten abzuhören. Nichts über den Frome-Job.

In Frankston nahm er eine Nebenstraße, um den Weg nach Shoreham abzukürzen. Es hatte mal eine Zeit gegeben, als er sich frei für irgendeinen Job entscheiden konnte und sich nicht mit einem Mistbock wie Ivan Younger einlassen mußte. Damals war die Arbeit eine Herausforderung gewesen, sie hatte ihn am Leben gehalten. Er hatte das Gefühl der Konzentration geliebt, alles ausschalten zu können, was nicht mit dem Job zu tun hatte. Er wußte, wie man wartete, unbeweglich, stundenlang. Small talk hatte ihn gelangweilt. Er war kalt und distanziert gewesen, aber die Männer, mit denen er gearbeitet hatte, beklagten sich

nicht darüber. Denn er durchblickte den Nebel der Einzelheiten, der jeden Job umgab.
Er schaltete die Scheibenwischer ein. Ein feiner Regen rauschte über die Mornington Halbinsel. In Shoreham bog er nach Norden ab, nahm eine schmale Straße durch eine Gegend mit Obstgärten und Wochenendfarmen, die zwischen Bäumen und Sträuchern auf kleinen, buckeligen Hügeln lagen. Hier und da sah er ein entferntes Licht, aber es war fast Mitternacht, und die meisten der Bewohner würden im Bett liegen.
Italien, der Pazifik – er war lange nicht mehr dort gewesen. Ungefähr vor zwei Jahren begann alles schiefzulaufen. Jemand schoß während eines Überfalls, fette Coups mußten abgeblasen werden, bevor er sich auf sie einlassen konnte, zu viele kleine Aufträge, zu viele Cowboys wie Sugarfoot Younger in der Szene. Zu viele High-Tech-Spielereien an jeder Tür, jedem Fenster, jedem Safe.
Er erreichte eine Haarnadelkurve, bremste den Wagen ab und steuerte in seine Einfahrt, ein schmaler Weg, der sich durch eine Zypressenallee wand. Unten lagen die Lichter von Shoreham. Jenseits der Stadt breitete sich die schwarze Masse des Meeres aus. Keine Lichter von Schiffen.
Plötzlich verloren die Hinterräder ihren Halt im Schlamm. Er steuerte dagegen, und als der Wagen wieder seine Spur fand, entdeckte Wyatt eine regendurchnäßte Gestalt, die einmal in die Scheinwerfer blinzelte und dann verschwand.
Außerdem hatte er ein Gewehr gesehen. Er zog die Handbremse an, machte den Motor und die Scheinwerfer aus und kurbelte das Fenster herunter. Für einen Moment lauschte er, seine Hand zog die flache 9mm Browning hervor, die er im Wagen aufbewahrte. Er hatte schon die

Innenbeleuchtung abgeschaltet und die Tür geöffnet, als eine Stimme rief: »Mr. Warner? Entschuldigung, Mr. Warner, ich bin's nur.«

Die Gestalt, die zwischen den Zypressen auf den Weg trat, trug einen wasserdichten Mantel, eine starke Taschenlampe und ein Jagdgewehr. Es war der Nachbarssohn. Wyatt versteckte die Browning wieder. »Craig«, sagte er.

»Tut mir leid, Mr. Warner. Schon wieder der verdammte Fuchs.«

Nun konnte Wyatt Craigs Pickel, seine ernsthafte Miene und die störenden Regentropfen in seinen Wimpern sehen. »Hast du ihn erwischt?«

»Ich kann Ihnen sagen«, erwiderte Craig und schüttelte den Kopf, »das ist ein ganz gerissener Scheißkerl.«

Wyatt nickte. Er startete erneut den Wagen. »Na dann, viel Glück«, sagte er.

»Nacht, Mr. Warner. Tut mir leid, wenn ich Sie erschreckt habe.«

Wyatt fuhr weiter die Einfahrt entlang, über den Hof und in den alten Schuppen, den er als Garage benutzte. Er setzte rückwärts hinein, um sich für einen Notfall ein bis zwei Sekunden Vorteil zu verschaffen, und klemmte den Zündschlüssel in einen Schlitz unter der Lenkradsäule.

Dann ging er zu Bett, doch Mord und Totschlag dominierten seine Träume. Schweißgebadet wachte er auf. Er versuchte zu lesen, fühlte sich aber unzufrieden und gereizt. Es war schlimm genug, daß er Stunden für einen unbedeutenden Job mit einem Stümper verschwendet hatte und dann ohne Geld dastand, aber darüber hinaus war er in Ivan Youngers Lagerraum nah dran gewesen, die Kontrolle über sich zu verlieren. Ein Job war ein Job; da war kein Platz für Emotionen. Er hatte früher Leute schon mal verletzt oder getötet, aber nur wenn es notwendig gewesen war. Sonst wurde es schnell zum Patentrezept für alles, und das war gefährlich.

Am Morgen ging er spazieren. Das tat er nach jedem Job. Er hielt sich an seinen Grenzzaun, als wollte er die fünfzig Hektar um sein Cottage markieren und nachmessen. Er sah die mit Schilf zugewachsene Bucht, die Bäume, die Wasservögel und genoß den Blick über die Bucht nach Phillip Island. Die Farm gehörte ihm. Sie war nicht mit Hypotheken belastet, und sein Name erschien in keinem Dokument, auf keiner Wählerliste, aber zum ersten Mal war sie alles, was er hatte, abgesehen von einigen Bargeldverstecken als eiserne Reserve in Sydney, Adelaide und Brisbane. Städte, in denen er einst Jobs durchgezogen hatte und vielleicht bald wieder durchziehen würde.

Nur eine Person wußte, daß er hier lebte, ein Experte für Raubüberfälle im Ruhestand namens Rossiter, der ihm Nachrichten zukommen ließ. Jeder, der nach Wyatt suchte, wußte, daß er zuerst mit Rossiter Kontakt aufnehmen mußte. Man sagte, Wyatt sei der Beste, der verfügbar war, aber in diesen Tagen rief Rossiter selten wegen etwas Lohnendem an.

Die Nachbarn und die Leute aus der Stadt glaubten, daß Wyatt ein Börsenmakler mit Namen Warner sei, der aus der Führungsetage ausgestiegen war und sich nur zwischen Perioden ausgedehnter Überseeaufenthalte noch hin und wieder einmischte. Die meisten beachteten ihn nicht. Er war zwar keiner dieser verhaßten Urlauber, aber ein richtiger Einheimischer war er auch nicht. Wann immer Wyatt verreiste, zahlte er Craig gutes Geld, damit dieser ein Auge auf sein Haus warf. Außerdem war er ruhig, höflich und zurückhaltend, und das kam allen entgegen.

Um ein Uhr aß er zu Mittag, spärlich und ruhelos, dann setzte er sich ans Fenster und brütete. Manchmal brachte er nach einem Job für ein paar Tage eine Frau hierher, Frauen, die nicht wußten, wer er war oder was er tat. Sie fanden ihn distanziert und emotional undurchsichtig. Wenn er genug von ihnen hatte, fahr er sie nach Hastings und setzte sie in den Zug. Er nahm stets schlecht wiederzuerkennende Seitenstraßen, und auf seinem Telefon stand keine Nummer, das machte es ihnen unmöglich, ihn wiederzufinden. Eine der Frauen hatte er in der Bourke Street wiedergetroffen und hatte so kühl reagiert, daß sie rot wurde und ihn wütend stehenließ. Wyatt schien es, als gerate er nur mit Fremden in intime Situationen – manchmal eine Frau, ab und zu ein Safeknacker in einem abgedunkelten Raum, mit einem Fluchtwagenfahrer nach einem Job – und dann auch nur für kurze Zeit. Er versteckte seine Vergangenheit vor anderen und vor sich selbst. Keine Photos, Tagebücher oder Briefe; nichts aufgehoben, um sich zurückzuversetzen, keinerlei Erinnerungen.
Am späten Nachmittag kam Wind auf, und er fuhr mit dem Boot hinaus, ein fünf Meter langer Aluminiumzweisitzer mit einem Johnson-Außenbordmotor. Er nahm die Angel mit und die Nikon mit Teleobjektiv und tuckerte mehrere Kilometer an der Küste entlang, gelegentlich hielt er, um zu fischen oder Wasservögel zu photographieren. Aber die Unzufriedenheit wurde er nicht los.
Um vier Uhr nachmittags kehrte er zurück. Es würde Sturm geben. Der Himmel war grau und bleiern. Er schlug sich durch die kurzen, schaumbedeckten Wellen zum Ufer und zerrte das Boot auf den Bootsanhänger. Fette Regentropfen prasselten auf den Sand und hinterließen kleine Krater. Heute abend ein offenes Feuer, dachte er.

Gegrillten Fisch und gebackene Kartoffeln, Salat, dazu einen seiner knapp werdenden trockenen Weißen. Dann aber fröstelte er und dachte wieder an sechs Monate in der Sonne, irgendwo. Das hier war ein Leben, das nur aus Warten bestand, und es war möglich, daß er für immer wartete.

Das Wochenende ging vorüber. Er arbeitete im Garten, sammelte Kiefernzapfen im Kiefernwald, unterhielt sich mit Craig und machte sich daran, das Dickicht der Brombeerbüsche an der südlichen Zaungrenze zu lichten. Doch das Gefühl von Glücklosigkeit schien ihn geradewegs zu umspülen. Er war vierzig und spürte, daß er das leichte, alte Muster verloren hatte, zunehmend weniger entspannt war, in Komplikationen und Unsicherheit gefangen schien. Nichts, was er berührte, schien ihm noch etwas wert zu sein. Er brauchte Geld. Er brauchte Glück.

Der Anruf kam am Sonntag abend. Das Telefon klingelte einmal und blieb dann stumm. Wyatt hielt den Atem an, wartete auf das nächste Klingeln, dann wieder Stille, dann ein drittes Klingeln, das Signal, das er mit Rossiter verabredet hatte. Einmal, vor einem Jahr, hatte das Telefon lange und mit Unterbrechungen den ganzen Tag und bis in den Abend geklingelt, er war gereizt gewesen, hatte sich in Alarmbereitschaft befunden, das Gewehr in der Hand, Unsicherheit hatte sich breitgemacht. Doch nichts war passiert. Er hatte angenommen, jemand hätte sich verwählt. Nur Rossiter kannte seine Adresse und die Telefonnummer.

Das Telefon klingelte wieder. Wyatt wartete, und als es ein drittes Mal klingelte, nahm er den Hörer ab, sprach aber nicht. Rossiter sagte ohne Einleitung: »Rob Hobba möchte, daß du ihn anrufst« und las eine Nummer in Melbourne vor. Wyatt wählte sie, ließ es zweimal klingeln, hängte auf und wählte erneut.

Hobba meldete sich sofort. »Ja?«

»Ich rufe wegen Ihrer Anzeige in der Trading Post an«, sagte Wyatt. »Ich brauche mehr Einzelheiten.«

»Es handelt sich um ein Haus im Westen«, sagte Hobba, »Eins-a-Zustand, großzügig angelegt, unkompliziert abzuwickeln. Wie auch immer, ich muß innerhalb der nächsten Tage verkaufen. Gibt es eine Möglichkeit, daß Sie kommen und es sich ansehen?«

Wyatt dachte darüber nach. Er hatte zweimal mit Hobba gearbeitet, ein Banküberfall, die Entführung eines Geldtransporters, und beide Jobs waren traumhaft gelaufen. Hobba war gut; er würde keinen Kontakt aufnehmen, bevor er sich nicht sicher war, daß der Job machbar war. Und es war ein leichter Job, von dem er sprach, ein Safe, aber es mußte bald geschehen.

»Morgen früh würde es mir passen«, sagte Wyatt. »Ich komme nach Melbourne und rufe Sie wieder an, wenn ich da bin.«

Sie hängten auf, und Wyatt schüttete den Scotch weg, den er sich eingegossen hatte. Er würde nicht mehr trinken, bis der Job vorbei war. Schon fühlte er sich ruhiger und besser beieinander. Er stellte keine Mutmaßungen an, worum es gehen mochte, sondern ging ins Bett und schlief traumlos.

s e c h s

diesmal nahm Wyatt den Zug nach Melbourne. Er wollte sich nicht mit einem Wagen belasten. Sollte sich herausstellen, daß der Job länger dauern würde, konnte er sich einen mieten.

Er stieg Flinders Street aus, spazierte auf der Little Collins zum Gatehouse und trug sich unter dem Namen Lake ein. Das Zimmer, das sie ihm gaben, hatte Ausblick auf den Luftschacht einer Klimaanlage, aber es war komfortabel. Wyatt mochte das Gatehouse. Es lag zentral, war preiswert und altmodisch, ein Hotel für pleite gegangene Farmer und ihre Familien, die vom Land nach Melbourne kamen. Im Gatehouse begegnete man keinen Bullen, die in der Lobby oder in der Bar Gesichter musterten.

Jetzt lehnte er seine lange Gestalt gegen das Fenster und betrachtete Robert Hobba mit eiskaltem Interesse. »Dreihunderttausend Dollar?« fragte er.

Hobba nickte. »In bar.«

»Wo?«

»Ein Safe in einem Büro.«

Wyatt runzelte die Stirn. »Fahrstühle, Türen, Kameras, Sicherheitspatrouillen, Nachtwächter …«

»Nur das Büro«, sagte Hobba. »Es befindet sich in einem Wohnhaus.«

Wyatt beobachtete ihn, fragte sich, was diesen Job von anderen unterschied, bei denen ihm jemand mit einem Plan und einem Jucken in den Fingerspitzen gegenübersaß. Auf den ersten Blick wirkte Hobba nicht vertrauenser-

weckend. Er saß auf der Kante seines Bettes, schmale Schultern, gewölbter Bauch, massive Oberschenkel. In einem grauen, aufgedunsenen Gesicht saßen hervorspringende Lippen. Er leckte sie, wenn er nervös war.
Er leckte sie jetzt. »Ein umgebautes Haus in South Yarra«, sagte er. »Quiller Place. Bin gestern vorbeigegangen. Ein Stockwerk, ruhige Straße. Eine Anwaltskanzlei. Kinderleicht.«
Wyatt schwieg, mit Bedacht Druck auf Hobba ausübend. Dann sagte er: »Erzähl mir, was eine vorstädtische Anwaltskanzlei mit Dreihunderttausend im Safe macht.«
Hobba befeuchtete wieder die Lippen und starrte an die Decke. »Mal sehen, ob ich es zusammenkriege. Wenn man ein Einkaufszentrum bauen will oder so was, beantragt man eine Baugenehmigung. Wenn man Pech hat, kommen Nachbarn daher und erheben Einwände. Wenn man vor Gericht geht, kann das mehrere Monate dauern. Wenn man endlich dabei ist, den Grundstein zu legen, kommt ein anderer Scheißer und legt Beschwerde ein. Deine Kosten steigen, jeder ist angepißt. Um solche Auseinandersetzungen zu vermeiden, findet man die Gegner ab.«
Er runzelte die Stirn, sah dann auf Wyatt und lächelte zufieden.
»Also?« sagte Wyatt.
»Dieser Anwalt, Finn, handelt solche Sachen aus.«
»Und sich selbst dreihunderttausend Dollar ein? Das ist ein Honorar«, sagte Wyatt.
»Er kriegt nur Prozente«, sagte Hobba. »Am Freitag findet so ein Deal statt, und er spielt für ein paar Stunden die Bank. Wir haben nur den einen Schuß frei.«
Wyatt hatte sich nicht vom Fenster wegbewegt. Er lehnte am Rahmen mit verschränkten Armen, versuchte Hobba

und seine Geschichte einzuschätzen. Er sagte: »Wieso weißt du das alles?«
Es war elf Uhr dreißig. Hobba war um elf Uhr fünfzehn aufgetaucht und hatte schon drei Zigaretten geraucht. Nach jeder nahm er ein Pfefferminz aus einer klappernden Dose und warf es in den Mund. Er fing an zu husten, und Wyatt, der die Verzögerungstaktik erkannte, sagte scharf: »Wo hast du's her?«
Hobba seufzte. »Aus der Höhle des Löwen.«
»Finn?«
»Nicht er«, sagte Hobba. »Seine Partnerin. Eine Schnalle namens Anna Reid.«
»Gefällt mir nicht«, sagte Wyatt. »Wie nahe stehen sie sich?«
»Überhaupt nicht nahe. Sind nur Partner.«
Hobba befeuchtete wieder seine Lippen, zog gierig an seiner Zigarette und klopfte die Asche mit drei zierlichen Bewegungen seines Zeigefingers ab. Er trug eine Brille, wirkte zerknittert und erweckte den Eindruck von Inkompetenz. Aber Wyatt hatte schon früher mit ihm gearbeitet, hatte die ausladenden Gesten verschwinden und den unförmigen Körper über sich hinauswachsen und rationeller werden sehen.
Wyatt fuhr fort, ihn zu beobachten. Er wartete, schwieg. Manchmal fanden Leute ihn geduldiger, als der Anlaß es rechtfertigte. Endlich kam Bewegung in Hobba als er sagte: »Kennst du Maxie Pedersen?«
Wyatt erinnerte sich an einen zähen, rotblonden Mann, der auf Safes spezialisiert war, und in geringem Umfang mit Dope dealte. »Das letzte, was ich gehört habe, war, daß er fünf Jahre für einen in die Luft gejagten TAB-Safe absitzt. Außerdem dealt er, also nein danke.«

Hobba schüttelte den Kopf. »Das hat er aufgegeben. Nur noch Safes. Wie auch immer, er ist seit einem Jahr auf Bewährung draußen. Anna Reid ist seine Anwältin. Sie hat ihm von Finns Safe erzählt.«

Wyatt gefiel das immer weniger. »Wenn Pedersen sie fickt, bin ich draußen.«

»Nichts dergleichen.«

»Aber sie macht ihn heiß auf Dreihundetausend, die ihr nicht gehören.«

Hobba zuckte die Achseln. »Laut Max spielt sie nicht mit seinem Schwanz, das ist alles, was ich sage. Das Geld ist da.«

Stille. Wyatt schaltete den elektrischen Wasserkocher ein. Er versuchte, hinter Hobbas Geschichte zu kommen. Er wunderte sich über die Frau: Vielleicht war sie gelangweilt, machte sich vor, ein spannenderes Leben führen zu können, flirtete gerne mit harten Männern und Risiken.

Er bereitete Tee mit Teebeuteln aus dem Hotel, wartete darauf, daß das Wasser sich in ein tiefes Rotbraun verwandelte. Er warf die Teebeutel fort und reichte Hobba eine Tasse, der vorsichtig daran nippte und nach dem Zucker griff.

Wyatt blies in den Tee. »Angenommen, Pedersen sagt die Wahrheit. Die Frau beunruhigt mich. Sie hat zuviel zu verlieren. Ihr Anteil von den dreihunderttausend Dollar wird nicht so hoch sein. Woher wissen wir, daß sie nicht nur hinter einem Nervenkitzel her ist? Vielleicht verarscht sie uns. ›Euer Ehren, ich habe Mr. Pedersen bei seiner Rehabilitierung geholfen – ich hatte keine Ahnung, daß er wieder rückfällig geworden ist.‹«

Hobba verlor die Geduld. »Rede mit ihr, Kumpel. Sie hat

Max Pedersen überzeugt, der kein Idiot ist, und er hat mich überzeugt.«

Wyatt sagte: »Sie hat Pedersen angesprochen, weil er sich mit Safes auskennt?«

Hobba nickte. »Sie hat ihn bei dem TAB-Safe-Job verteidigt. Jedenfalls hat er ihr gesagt, daß er es nicht allein tun kann. Sie war nicht gerade begeistert darüber, aber sie ist einverstanden, uns zu treffen.«

Er schaute auf. »Erinnerst du dich an den Geldtransporter? Oder diese Bank im Einkaufszentrum? Du hast ein paar Tage damit verbracht, herauszufinden, wo das Auto abgestellt wird, Vorder- und Hintereingänge überprüft, und als alles ruhig war, hast du blitzschnell zugeschlagen. Dieser Job könnte auch so sein, nett und einfach.«

»Ich werd's mir ansehen«, sagte Wyatt.

»Ich meine, Max und ich brauchen es, Wyatt, wir brauchen es wirklich. Du weißt doch selbst, wie es in letzter Zeit ist. Keine anständigen Jobs mehr, kein Bargeld, alles Plastikkarten oder elektronische Überweisungen.«

Wyatt sah ihm zu, wie er sich noch ein Pfefferminz in den Mund warf. Hobba war pleite. Er gab es aus, verlor es, vergaß es, verschleuderte es an Barschlampen und Exfrauen. Aber er hatte seinen Finger auf das wesentliche Übel gelegt.

»Ich verspreche nichts«, sagte Wyatt, »aber ich möchte, daß du Pedersen und dieser Frau sagst, daß sie sich den heutigen Abend für ein Treffen freihalten.«

»Du gehst dir also den Quiller Place ansehen?«

Wyatt nickte.

Hobba seufzte. Seine Kiefer schlossen sich um das Pfefferminz.

s i e b e n

Um halb drei stieg Wyatt in der Toorak Road aus der Tram aus, schlenderte die Straße bis zum Quiller Place entlang, vorbei an Restaurants, Buchhandlungen und Designer-Boutiquen. Er trug einen Mantel, darunter einen bequemen, graubraunen Tweedanzug, ein weißes Hemd und einen einfarbigen Schlips. Dazu braune Schuhe. Ein Outfit für alle Gelegenheiten. Er hätte ein Buchmacher, ein Geschäftsmann, oder ein Klient auf dem Weg zu seinem Anwalt sein können.

Er hatte sein Aussehen verändert. Das feine strohfarbene Haar, das er sich oft einfach nur mit der Hand aus der Stirn schob, wirkte durch das Haaröl nun viel dunkler, war straff nach hinten gekämmt und klebte förmlich auf seiner Kopfhaut. Auf einer seiner knochigen Wangen hatte er einen kleinen Fleck Ruß aufgetragen. Er trug eine Brille mit Metallgestell und Fensterglas. Der Rahmen war leicht verbogen. Sein Gesicht wurde somit zu einer Fassade aus verfälschten, widersprüchlichen aber wegführenden Details.

Er ging einmal über den Quiller Place. Er war einen Block lang und an jedem Ende mündeten Straßen in den Platz. An der Nordseite standen Wohnhäuser, in einem befand sich die Kanzlei von Finn und der Frau namens Reid. An der Südseite lagen die Hintereingänge, Höfe und Kundenparkplätze der Geschäfte der Toorak Street. Das war gut so; es würde wenig potentielle Zeugen geben. Dann erkundete Wyatt den Block nördlich und den Block südlich

des Quiller Place, auf der Suche nach Zufahrtsstraßen, Sackgassen und Einbahnstraßen.
Um fünf vor drei blieb er vor Nummer 5 stehen. Es war ein restauriertes Haus der King-Edward-Epoche wie die auf der anderen Straßenseite. Das Mauerwerk war glatt und sauber, das Holz in traditionellen Farben gestrichen. Vor dem Haus war eine Kiesauffahrt mit Parkplätzen für zwei Autos. Ein Wagen parkte dort, ein pastellgrüner Mercedes mit einem Nummernschild, auf dem FINN stand. Neben der Eingangstür hing eine Messingplatte, auf der die Worte ›Finn & Reid, Rechtsanwälte und Notare‹ eingraviert waren. Anna Reid, dachte Wyatt. Finns Vornamen kannte er nicht.
Auf einem kleineren Schild stand zu lesen: ›Bitte eintreten‹. Er drückte die schwere, schwarzglänzende Tür auf und kam in einen langen Flur. Die Luft, zentralbeheizt, roch nach neuen Teppichböden, Farbe und Möbelpolitur. Ein Geldsegen in jüngster Vergangenheit, vermutete er. Regale und Heizkörper schimmerten im Flur. Er hörte, wie die Finger eines Profis über einer Computertastatur innehielten: »Kann ich Ihnen helfen?«
Aus einem kleinen, mit Teppichboden ausgelegten Zimmer rechts der Eingangstür sah ihn eine Empfangsdame an. Das hier war das Designer-Punk-Viertel von South Yarra: Die Empfangsdame hatte kunstvoll ungeordnetes schwarzes Haar, trug schwarze Strümpfe und einen schwarzen Rock, eine gestreifte Weste über einem scharlachroten Lycra-Top, silberne Armreifen und vier Ringe in jedem Ohrläppchen. Um die Augen hatte sie pflaumenfarbenen Lidschatten aufgetragen, der den Eindruck einer Prellung suggerierte. Sie kaute selbstvergessen Kaugummi, aber ihr Lächeln war echt.

Als Wyatt sich ihrem Schreibtisch näherte, runzelte sie die Stirn. Die verbogene Brille und die verschmierte Wange brachten sie aus der Fassung. Ihre Finger fuhren hoch, um ihr Haar zu ordnen. Wyatt sagte: »Sie wollten versuchen, mich um drei Uhr für ein Gespräch mit Mr. Finn dazwischenzuquetschen.«

Sie schnippte mit den Fingern, erinnerte sich. »Mr. Lake?«

»Das ist richtig.«

Mit einem verlegenen, halben Lächeln schaute sie auf einen Punkt neben seinem Ohr. »Wenn Sie im Wartezimmer Platz nehmen wollen. Ich werde Mr. Finn sagen, daß Sie hier sind.«

Wyatt streifte seinen Mantel ab und stellte sich an das Fenster des Wartezimmers, ignorierte die skandinavischen Ledersessel. Automatisch überprüfte er das Fenster und die Decke. Wie er erwartet hatte, gab es ein Alarmsystem. In einem Zimmer irgendwo entlang des Korridors redete und lachte eine energische Stimme. Finn? Stand der Safe in seinem Büro? Würde er Wyatt dorthin bitten oder in einen Besprechungsraum? Wie auch immer, all das war ein Teil des Versuches, die Hintergründe zu recherchieren. Wyatt wollte Kenntnisse aus erster Hand über den Grundriß, einen Eindruck von Finn, ein Gefühl für den Job an sich. Es war kein bedeutender Job, aber der beste, der ihm in den letzten Monaten angeboten worden war. Wenn es schiefgehen sollte, dann nicht, weil die Vorbereitung zu wünschen übrig ließ.

Er musterte den Rest des Zimmers. Blasse Tapeten, reproduzierte Drucke hingen an einer Bilderleiste, ein Kamin, Business-Magazine lagen auf einem Glastisch. Er kehrte zum Fenster zurück. Eine Minute später sah er draußen einen schwarzen Volkswagen das Tempo verlangsamen, der Blinker leuchtete auf, der VW ließ ein Taxi passieren und fuhr in die Auffahrt neben Finns Mercedes. Eine junge Frau in dunkler, teurer Winterkleidung stieg aus. Wyatt stand am Fensterbrett, beobachtete, wie sie sich der Haustür näherte. Als er im Flur Schritte hörte, trat er zurück und begann, uninteressiert in einem Magazin zu blättern. Die Schritte hielten vor der Wartezimmertür. Wyatt sah hoch, wie es jeder tun würde. Er entdeckte ein außergewöhnliches, rätselhaftes Äußeres, neugierige grüne Augen, und einen Ausdruck von Ungeduld im Gesicht. Dann war sie fort, und er hörte, wie sie ein Zimmer irgendwo im Korridor betrat. Hobba hatte recht. Sie hatte zuviel Klasse für Max Pedersen.

Die Empfangsdame erschien, diesmal starrte sie auf Wyatts Schulter. »Hier entlang, Mr. Lake. Mr. Finn erwartet Sie.«

Wyatt folgte ihr den Flur entlang. Noch mehr Hinweise auf eine Alarmanlage. Anna Reid hatte ihre Tür geschlossen. Die Empfangsdame blieb am Ende des Korridors stehen, lächelte, streckte ihren Arm aus, und Wyatt betrat den Raum.

Der Mann hinter dem massiven, antiken Schreibtisch schob seinen Drehstuhl nach hinten, machte eine Drehung und stand mit ausgestreckter Hand auf. »Mr. Lake«, sagte er. »David Finn. Nehmen Sie Platz.«

Finn war drei Zentimeter größer als Wyatt, knapp einsneunzig, kräftig, nicht schwer. Er war ungefähr fünfzig und hatte das gnadenlose Aussehen eines Mannes, der eingeschüchterte Klienten schnell zur Sache kommen ließ. Er trug einen teuren Anzug, ein gestreiftes Oberhemd und eine schlottrige, handgenähte Seidenkrawatte. In einer Ecke, über einem Mantelständer aus Chrom, hing ein Kamelhaarmantel, zwei steife, moderne Stühle standen dem Schreibtisch gegenüber und auf einer Bank unter dem Fenster ein Faxgerät, ein Telex, ein Aktenvernichter und zwei Mobiltelefone.

Ledergebundene Gesetzbücher füllten ordentlich aufgereiht ein Regal. Bekannte Boyd- und Nolan-Drucke hingen an den Wänden.

Und da stand der Safe, ein gedrungener, schwarzer Chubb, auf Ziegel gestellt im unbenutzten Kamin. Auf dem Kaminsims befanden sich Sporttrophäen und zwei kleine Fotos eines Teams. Kein bequemer Stuhl, keine Aschenbecher, keinerlei Durcheinander. Es war ein seltsamer Raum, wie ohne es zu wollen, eingerichtet aus Antiquitätenläden und Designershops.

Finn schüttelte Wyatts Hand und setzte sich abrupt. »Was kann ich für Sie tun, Mr. Lake?«

Wyatt wankte nervös, dann setzte er sich zögernd auf die Kante des Stuhls gegenüber von Finn. Wenn Finn wollte, daß er eingeschüchtert war, dann würde er eben eingeschüchtert sein. Er legte los: »Man hat mir gesagt, Sie seien der Beste, mit dem man über Baugenehmigungen reden kann.«

Finn strich unsichtbare Papiere auf seinem Schreibtisch glatt. »Das hängt davon ab. Welcher Art sind die Probleme?«

»Ich spreche auch im Namen anderer«, sagte Wyatt. »Wenn das, was wir glauben, eintritt, sind wir ruiniert.«

Finn war ein vielbeschäftigter Mann. »Mr. Lake, wo genau ist das Problem?«

»Ich besitze einen Buchladen, seltene Bücher, zwei verkaufen Antiquitäten, ein anderer betreibt eine Galerie mit

Drucken. Um diese Geschäfte geht es«, sagte er entschuldigend.
Finn nickte. »Fahren Sie fort.«
»Gut, wir haben mitbekommen, daß ein Hotel an der Ecke beantragt hat, seine Lizenz auszuweiten, sie wollen einen Biergarten aufmachen und einen großen Parkplatz bauen. Wir haben an Wochenenden geöffnet. Zu dieser Zeit machen wir den meisten Umsatz. Wir wollen keine Säufer kommen und gehen sehen. Keine Alkoholkontrollen durch die Polizei. Keine Leute, die in die Ecken pinkeln und mit Flaschen werfen.«
Finn legte seine Finger zusammen und begann, einen Spruch aufzusagen: »Im Bebauungsplanverfahren ist vorgesehen, daß jeder Bürger das Recht hat, Einfluß auf die bauliche Entwicklung zu nehmen. Sie können gegen die kommunale Entscheidung zur Erteilung einer Baugenehmigung Einspruch wegen sozialer und finanzieller Härte einlegen. Wenn ein Bauherr einen Gutachter trotzdem dazu bringt, eine Baugenehmigung vom Bauamt zu erwirken, können Sie die Sache vor das Zivilgericht bringen.«
Wyatt rutschte auf dem Stuhl herum. »Kostet ... kostet das sehr viel?«
Finn lehnte sich träge im Stuhl zurück. »Gerichtskosten können sehr hoch sein, sicherlich.« Dann beugte er sich vor und sagte: »Soweit muß es aber nicht kommen.«
Wyatt schien aufmerksam zu werden.
»Einsprüche gegen Gemeinderatsentscheidungen werden vor dem Verwaltungsbeschwerdeausschuß gehört«, sagte Finn. »Viele Kläger tun das. Es funktioniert nicht wie das normale Gerichtswesen, wo Sie zahlen müssen, wenn Sie verlieren.«

Das Wort ›verlieren‹ schien Wyatt zu beunruhigen. Stille breitete sich aus. Nach einer Weile sagte Finn: »Wie gehen die Geschäfte?«
»Geschäfte?« fragte Wyatt.
»Sie wissen schon, was ich meine. Hohe Zinssätze, verminderter Bargeldfluß – kleine Betriebe brechen rechts und links und in der Mitte zusammen. Hab ich recht?«
Wyatt war peinlich berührt.
»Es gibt Mittel und Wege«, fuhr Finn fort, »wie Sie Bargeld in die Hand bekommen, auch wenn die Entwicklung so weitergeht.«
Ich hab dich, dachte Wyatt.
Finn fummelte an seiner Uhr herum, ein klotziges, kompliziertes, aus Metall und Plastik geformtes Ding, das sein Handgelenk schmückte. Wyatt hätte wetten können, daß er an den Wochenenden ein Goldkettchen trug, Reeboks, enge Jeans und seinen Kaffee an einem Tisch vor einem Café trank.
»Wenn der Einspruch einmal eingereicht ist«, fuhr Finn fort, »sind die Bauherren sehr verwundbar. Es kann bis zu acht Monaten dauern, bevor ein Fall vor dem Ausschuß gehört wird. Inzwischen eskalieren die Kosten – Zinssätze, die Kosten des Grundstücks, et cetera, et cetera. Sie können sich die seelische Verfassung von jemandem in einer solchen Zwangslage vorstellen.«
Seelische Verfassung. Mein Gott. Wyatt bewahrte eine freundliche Miene, erwartungsvoll, naiv. Das schien Finn zu irritieren.
»Mr. Lake, ich will es deutlicher formulieren. Als Entschädigung für das Zurückziehen des Einspruchs haben Bauherren schon Zehntausende von Dollars gezahlt oder Vergleiche angeboten oder Arbeiten aller Art. Vielleicht

brauchen Sie eine neue Schaufensterfront?« Er zuckte die Achseln. »Irgendwas.«

Gier flackerte in Wyatts Augen. Doch er spielte den Verantwortungsbewußten und sagte: »Ist denn das legal?«

»Das hängt davon ab, wie Sie es sehen wollen. Ein hartnäckiger Kläger könnte etwas daraus machen, aber wozu der Ärger? Auf lange Sicht ist es leichter, sich mit der Gesetzgebung zu verbünden. Weise Leute handeln sofort.«

Jetzt war Wyatt gierig. Da gab es einiges zu holen. »Ich muß mit den anderen reden«, sagte er.

Finn erhob sich und sah auf seine Uhr. »Warum kommen Sie nicht alle? Sagen wir, irgendwann in der nächsten Woche. Bringen Sie alle diesbezüglichen Dokumente mit, so daß wir uns einen Plan zurechtlegen können. Ich sage Ihnen was – wenn wir uns entscheiden, so vorzugehen, werde ich Ihnen die heutige Konsultation nicht berechnen. Wie klingt das?«

»Das ist sehr freundlich von Ihnen«, sagte Wyatt, stand auf und schüttelte Finns Hand.

»Sprechen Sie auf dem Weg nach draußen mit Amber. Sie wird einen Termin mit Ihnen machen.«

Wyatt verließ das Zimmer. Finn arbeitete schon an etwas anderem, kritzelte etwas auf die Unterlage, die Stirn gerunzelt. Anna Reids Tür war immer noch geschlossen. Wyatt konnte sie mit einem Klienten sprechen hören. Er machte sich auf den Weg zum Empfang. Bei dem Versuch, seinen Mantel zuzuknöpfen, hatte er Schwierigkeiten. Amber sah ihm dabei zu.

Schließlich konnte sie nicht mehr an sich halten. »Nichts für ungut«, sagte sie, »aber da ist ein wenig Schmutz auf Ihrer Wange.«

»Mein Gott, tatsächlich?« sagte Wyatt. Er ging hinaus und rieb sich die Wange.

Von der Toorak Road aus telefonierte er mit Hobba. »So weit, so gut.«

»Du hast es ausgekundschaftet?«

»Finn ist ein krummer Hund. Jetzt überprüfen wir die Frau. Mein Zimmer, acht Uhr – aber sag Pedersen sieben Uhr dreißig.«

a c h t

Montag, und Sugarfoot fühlte sich immer noch schlecht. Er stand spät auf, ließ sich Zeit, verließ das Haus erst kurz vor Mittag. Es war viel Verkehr, der Customline eingeklemmt zwischen gewienerten Holden, an deren Steuer Idioten in Anzügen saßen. In der Victoria Street legte er sich auf die Hupe, um vorwärts zu kommen, dann suchte er einen Sender mit anständiger Musik. Wenn es kein Easy-Listening-Mist war, war es New-Wave-Mist. Schließlich fand er etwas, was zu seiner Stimmung paßte, Roy Orbison, ›Only the Lonely‹, die Stimme des großen O' wurde schwächer und stärker, weil sie aus dem verschissenen Geelong gesendet wurde.

Die Musik paßte zu seiner Stimmung, denn obwohl er das Wochenende frei gehabt hatte, war er ziemlich depressiv. Sein Körper schmerzte. Er versuchte, seine Gedanken auf Wyatt zu richten und ihn aus einer Perspektive zu sehen, in der Wyatt keine Bedrohung darstellte, aber das Bild entglitt ihm.

In der Elizabeth Street hielt er an einem Autozubehörladen und kaufte eine Zwillingshupe für den Customline. Er fing ein paar Blicke auf, junge Kerle bewunderten die Restaurierungsarbeit, die er geleistet hatte, das glänzende Chrom, die Zierleisten und die Weißwand-Reifen. Und das Nummernschild: CUSTOM.

Er hatte keine Lust, sofort zum Bargain City zu fahren. Zur Erinnerung an alte Zeiten kreuzte er über den Vic Market, rollte zurück, ließ den Customline wummernd die Donut-

Stände passieren, wo an den Markttagen übergewichtige Männer und Frauen mit Mundgeruch in Jogginganzügen und Mokassins entlangschlurften und junge Einwanderer mit Gel-Frisur, die ihre Stretchjeans vorn mit Taschentüchern ausgestopft hatten.
Die Sache mit den Einwanderern ist, sie trauen den Banken nicht. Das war nur eine von vielen Möglichkeiten, der Sugarfoot sich widmen wollte, wenn er endlich mit Ivan brach und auf eigene Rechnung arbeiten würde.
Er bremste, um einen Müllwagen an den Obst- und Gemüseständen rückwärts herausfahren zu lassen. Er hatte seine erste Brieftasche auf dem Vic Market geklaut, hatte ein ausländisches Mädchen hinter einem Jeans-Stand gefickt, während ihr alter Herr einen Kunden bediente, sein erstes Koks bei einem Asiaten gezogen, der ihm erzählte, es gebe eine Triade in Melbourne und was ihn erwarten würde, wenn er nicht das Maul hielt.
Aber das war zu einer Zeit gewesen, als er mit kleinen Spinnern zusammengearbeitet hatte, die nur über einen begrenzten Horizont verfügten – mit Einbrüchen kamen sie gerade noch klar, aber Brandstiftung war ihnen zum Beispiel zu heikel, abgesehen von dem Kerl, der sich nicht unter Kontrolle hatte und immer wenn es drauf ankam, Durchfall bekam. Sugarfoot steuerte durch die Footscray Road und sagte laut zu sich selbst: »Du hast seitdem eine ganz schön lange Strecke zurückgelegt, Sugar.«
Da war noch die Zeit in Pentridge gewesen, aber daran war einzig und allein sein unglaubliches Pech Schuld. Alles war gut gelaufen – sechs Schecks vom Arbeitsamt, ein bißchen Taschendiebstahl, ein bißchen Hehlerei, Tagesmanager für eine Begleitagentur. Und dann brach alles mit einem Mal zusammen. Es waren ein paar Schulden auf-

gelaufen, wirklich nichts Besonderes, aber dann kamen die schweren Jungs vorbei und sagten, er könne für sie fahren, nur das eine Mal, um seine Schulden zu begleichen, oder eben die Statistik der Portsea Wasserleichen aufbessern.
»Krasser Fall von Dummheit«, hatte der Richter gesagt. Sugarfoot war nur das Bauernopfer gewesen, oder jemand hatte der Bundespolizei einen Tip gegeben. Achtzehn Monate in Pentridge.
Er hatte lernen müssen, wie langsam Zeit vergehen konnte. Er hatte erwartet, daß Gangs einander unter der Dusche vergewaltigten, daß gemeine Schließer in Uniform die Gefangenen malträtierten, daß er ›Einladungen‹ bekäme, die Freundin für irgendwelche aidsverseuchten Kerle zu mimen. Aber die echte Strafe waren die Zeit und die Regeln gewesen. Jeden Morgen um dieselbe Zeit aufstehen, jeden Abend um dieselbe Zeit in die Zelle, wenig Zeit zum Duschen, Rasieren, Essen, Sport. Dafür lange Stunden bei irgendeiner schweißtreibenden Arbeit, den gleichen jugendfreien Mist jeden Abend im Fernsehen, ausgewählt von den Lebenslänglichen und den langjährig Verurteilten, deren Gehirne sich in Gefängnisbrei verwandelt hatten. Was ihn wirklich getroffen hatte, war das Fehlen von natürlichem Licht und natürlicher Dunkelheit – wo immer er ging und stand, hatten sie elektrisches Licht eingeschaltet, hell während des Tages, damit die Wachen nichts verpaßten, heruntergedimmt am Abend, aber dennoch drang es in seine Zelle, in sein Gehirn. Sugarfoot hatte sich gefragt, wie er die achtzehn Monate überleben sollte, war dankbar, daß sie ihm nicht mehr gegeben hatten, und wußte, daß er nie zurückkommen würde.
Er erreichte die Williamstown Road. Die Ampeln zeigten rot, aber die Schwachköpfe tuckerten über die Kreuzung,

als wenn sie auf einem Sonntagsausflug wären, also drückte er auf die Hupe, bog vor ihnen links ab und fuhr die Williamstown Road hinab.
Er parkte hinterm Bargain City und spazierte in den Laden. Leanne, die morgens aushalf, versuchte irgendeinen Schwachkopf dazu zu überreden, einen Staubsauger zu kaufen. »Das Kabel geht da rein«, sagte sie. Sugarfoot stellte sich neben sie, bis sie aufsah.
»Ivan da?« sagte er.
»Er ist auf einer Auktion. Wird mittags zurück sein.«
Schön. Zeit, um ein bißchen Wyatt-Vorarbeit zu leisten. Aber als Sugarfoot sich umdrehen wollte, um wegzugehen, sagte Leanne: »Er möchte, daß du die Teppichrollen von hinten holst. Er sagt, die fangen an zu stinken.«
Dinge wie diese konnten einem Kamel den Rücken brechen. Er zwang sich, ruhig zu bleiben und sagte: »Kein Problem. Ach, übrigens, hast du den Schlüssel?«
»Den Schlüssel?«
»Ja, für den Schrank.«
Sie wandte sich dem Kunden zu und wies auf einen Karton auf dem Boden. »Er wird mit diesem Zubehör geliefert«, sagte sie. Zu Sugarfoot: »Der Schlüssel ist in meiner obersten Schublade.«
»Fein.«
»Aber denk dran, er will, daß du dich um die Teppiche kümmerst.«
»Kein Problem.«
Der Kunde warf ein: »Sie sind sicher, daß alles funktioniert?«
»Wie neu«, sagte Leanne. »Unser Techniker überprüft alles, bevor es in den Laden kommt.«
Scheißtechniker. Ivan, mit Lappen und Schraubenzieher.

Sugarfoot betrat Leannes kleines, verglastes Büro, fand ihre Schlüssel und ging nach hinten zum Lagerraum.
Ivan bewahrte ›Verkauft‹ und ›Ausverkauft‹-Schilder, Preisetiketten, Quittungen, Rechnungsbücher und Aktenordner in einem grauen Stahlschrank auf. Alles andere, was er wissen mußte, hatte er im Kopf. Sugarfoot hoffte, daß Adressen und Telefonnummern nicht zu dieser Kategorie gehörten.
Zwischen den Ordnern und Akten fand er eine kleine Box mit Karteikarten, auf der ›Vertragspartner‹ stand. Auf den Karteikarten waren Namen, Kontaktinformationen und kurze Kommentare notiert. Die Karte mit Wyatts Namen besagte lediglich: ›Nachrichten über Rossiter‹ und ›arbeitet mit Hobba‹. Auf Hobbas Karte standen eine Adresse in Flemington und die Worte: ›arbeitet mit Pedersen‹. Auf Pedersens Karte war eine Adresse in Brunswick verzeichnet, es gab den Vermerk ›arbeitet mit Hobba‹.
Außerdem gab es eine Karteikarte für Rossiter. Sugarfoot schrieb die Adressen von Rossiter, Hobba und Pedersen auf, schloß den Schrank ab und legte die Schlüssel wieder in Leannes Schreibtisch. Sie zählte gerade dem Kunden das Wechselgeld vor, der mit besorgter, zweifelnder Miene vor dem Karton mit dem Staubsauger stand.
Sie blickte hoch zu Sugarfoot, als sei sie überrascht, ihn zu sehen.
»Vergiß die Teppiche nicht.«
»Die müssen warten«, sagte Sugarfoot. »Ich muß weg.«
»Aber Ivan wird ausrasten.«
»Das ist Pech«, sagte Sugarfoot. Mein Gott, manchmal ging sie ihm wirklich auf die Nerven.
Er drehte ihr den Rücken zu und bahnte sich seinen Weg zwischen Tischen und Lehnstühlen hindurch, er liebte es,

wie seine beschlagenen Absätze auf den alten Bodenplatten klapperten. Hinter ihm sagte der Kunde: »Dreißig Tage Garantie sind nicht gerade viel.«

Und vor ihm betrat Ivan den Laden. »Hast du das mit den Teppichen erledigt?«

»Meine Rippen tun weh«, sagte Sugarfoot. »Könnten angebrochen sein.«

Ivan wollte an ihm vorbeigehen, der beschäftigte Mann, immer auf Draht, aber dann zögerte er und zeigte Besorgnis: »Die Teppiche können warten. Hast du meinen Rat befolgt und dich am Wochenende ausgeruht?«

Sugarfoot zuckte die Achseln.

Ivan, schon wieder bei den Geschäften, sagte: »Bleib in der Nähe. Möglicherweise könntest du später was mit Bauer erledigen.«

Bauer. Jetzt war er endlich im großen Geschäft.

n e u n

Andreis Bauer verbrachte den Morgen damit, dem Syndikat in Sydney Bericht zu erstatten und gegen drei Uhr befand er sich wieder in der Ankunftshalle des Flughafens in Melbourne. Er konnte sehen, wie sein Gepäck auf dem Band rotierte, ging aber zuerst zum öffentlichen Telefon neben der Herrentoilette und rief Ivan Younger an. Er stellte sich mit dem Rücken zur Wand. Schütze Deinen Rücken, die erste Regel in diesem Spiel. Er lauschte dem Klingelton und sah düster in die Halle. Er war schlank und drahtig, hatte blutleere Lippen und eine fahle Haut, die über einen Rahmen aus scharfen Knochen gespannt zu sein schien. Er sah einen Griechen mit Gel-Frisur böse an, der Gepäck auf einen Wagen lud.

Ivan Younger meldete sich. »Bargain City«, sagte er mit seiner typischen hohen Stimme.

Bauer sagte: »Die Schichtleiterin im Calamity Jane's – wie heißt sie?«

»Die in die Kasse gegriffen hat? Ellie.«

»Um wieviel Uhr fängt sie an?«

»Sie hat die Schicht von vier bis Mitternacht«, sagte Younger. »Übrigens. Was hat Sidney gesagt? Sind sie sauer?«

»Sie sind nicht gerade glücklich«, sagte Bauer. »Sie sagen, Sie fahren hier keinen straffen Kurs, die Profite sinken.«

»Kommen Sie«, sagte Younger gekränkt. »Was ist mit den Nutten, die unter Ken Salas Regie für mich anschaffen, Cher und Simone. Die können nicht behaupten, das sei nicht einträglich.«

»Sie verstehen nicht«, sagte Bauer. »Wenn Sie unachtsam genug sind, zuzulassen, daß eine Ihrer Arbeitskräfte Geld abzieht, sind Sie unachtsam genug, es jeden tun zu lassen.«
»Sagen die«, antwortete Ivan. »Kommen Sie, Bauer, es wird nicht wieder vorkommen. Ich werde es der Schlampe zeigen.«
»Seien Sie nicht dumm«, sagte Bauer. »Ich werde heute nachmittag mit ihr reden.«
Es trat eine Pause ein, während Ivan dies verdaute. Bauer beobachtete die Schwingtür zur Herrentoilette. Es hatte Zeiten gegeben, da hatte er Toilettenkabinen benutzt, um zuzuschlagen. Das Opfer war mit den Hosen um die Knöchel am leichtesten verwundbar. Der sauberste Weg war eine schallgedämpfte .22er, genau am Haaransatz abgefeuert, aber einmal hatte ein Typ ihn von hinten gegriffen, und er war gezwungen gewesen, ihn zusammenzuschlagen und ihm den Nasenknochen ins Gehirn zu treiben.
Ivan Younger sagte: »Sie sind der Boss. Aber wie ich neulich schon angedeutet habe, wenn Sie Sugarfoot mitnehmen können, könnte er etwas lernen, dann müßten wir Sie in Zukunft nicht belästigen.«
Bauer sah über einen vorbeigehenden Geistlichen hinweg. »Wenn er mir nicht im Weg steht. Sagen Sie ihm meine Adresse. Vier Uhr.«
Er hängte ein, holte seine Reisetasche vom Band und stieg in ein Taxi. Er setzte sich neben den Fahrer. Der Fahrer war Asiate. Das überraschte Bauer nicht, man fand sie heutzutage überall. »St. Kilda«, sagte er.
Auf dem Tullamarine Freeway betrachtete er die Aussicht, die Satellitenindustrie, die sich um alle Flughäfen ausbreitete, Meilen von Ziegeldächern, die sich zur Skyline der

Stadt dehnten, die schimmernden Wolken, die zwischen den Dächern der Hochhäuser gefangen waren. Als wäre er nur ein Tourist, fragte er: »Wo ist was los in Melbourne?« Er nannte das Recherche. Er überwachte inzwischen verschiedene Operationen in Melbourne, und wann immer er in einem Taxi saß, fragte er gern nach Insidertips, denn Taxifahrer sind bekannt dafür, den Finger am Puls der Zeit zu haben.

»Das hängt davon ab«, sagte der Fahrer. »Aber Sie fangen am richtigen Ort an. Die meisten Leute versuchen es zuerst in St. Kilda.«

Kaum Akzent. Wahrscheinlich schnorrt der hier schon seit Jahren. »Das hängt von was ab?« fragte Bauer.

»Möchten Sie ein Mädchen? Kleine Jungs? Ein Spielchen? Einen Club? Wollen Sie was einwerfen?«

Klugscheißer. »Was wäre, wenn ich alles wollte?« fragte Bauer. »Ich habe gehört, euer Volk kennt sich gut mit so was aus.«

»Mein Volk«, sagte der Taxifahrer. »Wer sollte das wohl sein?«

»Sei kein Klugscheißer«, sagte Bauer.

»Sehen Sie, ich muß Sie nirgendwo hinbringen«, sagte der Taxifahrer. Er bremste das Taxi und steuerte in die Haltebucht vor der Ausfahrt zur Bell Street. »Ist das in Ordnung? Geht auf meine Kosten.«

Der Fahrer war schmal, dürr, seine schwarzen Haare hingen ihm in die Stirn bis knapp über den schwarzen Brillenrand. Nichts für ungut, dachte Bauer, aber vielleicht gefiel ihm ein Kampf ohne Waffen. Er ließ seinen Arm auf der Lehne des Sitzes liegen und seine Hand in den Nacken des Fahrers fallen. Er suchte mit den Fingern nach dem Druckpunkt und begann zu pressen. Mit der anderen

Hand steuerte er das Taxi, als es langsamer wurde. Die Augen des Fahrers verdrehten sich. Sein Körper begann zu erschlaffen.
Das Taxi rollte nun aus. Der Fuß des Fahrers stand nicht länger auf dem Gaspedal. Bauer steuerte weiter mit einer Hand, lockerte mit der anderen seinen Griff, schlug dem Fahrer auf die Wange und pfiff durchdringend in dessen Ohr. Als das Taxi sich nicht mehr bewegte, schob er den Schalthebel auf Parken.
Er öffnete das Fenster. Die Luft war ziemlich kalt. Der Fahrer erholte sich, schüttelte seinen Kopf. »Arschloch«, sagte er.
»Du fühlst dich noch ein bißchen schwindlig,« sagte Bauer, »aber das Gefühl kommt in die Finger zurück, nicht wahr? Du kannst sehen und hören und wieder atmen.« Er langte nach vorn und drehte den Taxifunk ab. »Du wirst jetzt nicht deine Zentrale rufen. Laß uns von vorn beginnen. Wo ist was los in Melbourne? Ich möchte die Namen der Orte. Denk jetzt sorgfältig nach.«
»Ich weiß nicht«, sagte der Fahrer. »Ich fahre nur Teilzeit.«
Bauer schüttelte den Kopf vor Ekel. »Du bist Student? Ich nehme an, du läßt dich vom Staat unterstützen? Ich nehme an, du wirst auch hierbleiben, wenn dein Visum abgelaufen ist? Du machst mich krank.« Er setzte sich zurück und zeigte nach vorn. »Los. St. Kilda.«
Er gab vor, schläfrig zu werden. Der Fahrer reihte sich wieder in den Verkehr ein und fuhr durch die Stadt. Als sie in St. Kilda waren, Fitzroy Street Ecke Esplanade, sagte Bauer: »Ich werde den Rest zu Fuß gehen.«
Er zahlte den Preis und zwanzig Dollar extra, sagte: »Du wirst nichts unternehmen. Du wirst das Geld nehmen und deine Klappe halten.« Er griff nach seiner Tasche auf dem

Rücksitz, stieg aus und blieb abwartend auf dem Bürgersteig stehen.
Der Fahrer saß da, den Motor im Leerlauf. Dann öffnete er die Tür, setzte ein Bein auf den Bordstein, das andere ließ er im Taxi, und rief Bauer mit schriller Stimme zu: »Deine Schwester machts mit Negern.« Dann sprang er zurück auf den Sitz und fuhr mit hoher Geschwindigkeit in Richtung Luna Park.
Bauer zuckte die Achseln. »Hab keine Schwester.«
Er zog den Riemen seiner Tasche über die Schulter und lief die Fitzroy Street entlang. Palmen, Rasenflächen und Bürogebäude auf der gegenüberliegenden Straßenseite, italienische Bistros, Eissalons, Buchhandlungen und Fußgänger auf dieser Seite. Junkies und Betrunkene blinzelten in die Wintersonne.
Er bog in eine Seitenstraße und begann den Aufstieg zu seinem mit Mauern umgebenen Haus. Er wohnte nicht gern in St. Kilda, aber er hatte keine Wahl. Das Syndikat in Sydney wollte ihn in der Nähe seiner Melbourner Quellen haben, seiner Clubs und anderer vordergründiger Aktivitäten, seiner Dealer und Spielsalons. Nicht, daß er viel zu tun hatte, er sollte nur sicherstellen, daß Leute wie Ivan Younger ihre Finger nicht in die Kasse steckten, jemandem Angst einjagen, wenn er sich aufspielte, und mit den Wocheneinnahmen nach Sydney fliegen.
Das Schlimmste war, mit Gesindel zu arbeiten. Er traf Sugarfoot vor dem Eingangstor an, das fleischige Gesicht perplex, während Placida laut über die Sprechanlage schimpfte.

zehn

Sugarfoot grüßte mit einem Kopfnicken, spielte den Coolen, ließ Bauer wissen, daß er nicht beeindruckt war. Er nahm die dunklen Cordhosen wahr, den gerippten blauen Pullover unter der kurzen Lederjacke, das blasse Haar, raspelkurz geschnitten, die Furchen, die wie Risse in Bauers hohlen Wangen saßen.
Aber Bauer beachtete ihn nicht, tippte einen Zahlencode in eine Tastatur neben der Sprechanlage. Das elektrische Schloß öffnete sich. Bauer sagte: »Bitte, treten Sie ein, mein Freund.«
Beinahe hätte Sugarfoot höhnisch gegrinst. Bauer sah unberechenbar aus, bis man den albernen Akzent hörte. »Danke«, sagte er und betrat den Vorgarten.
Er ließ Bauer auf dem gepflasterten Pfad bis zur Haustür vorangehen. Sie war schlicht und solide, ohne Klopfer oder Klingel, statt dessen ebenfalls mit einer Tastatur ausgestattet. Eine kaum spürbare Bewegung, er sah hoch. Eine Kamera war auf ihn gerichtet. Er warf einen Blick auf die Fenster neben der Tür. Sie waren verriegelt, aber Sugarfoot hätte wetten können, daß es auch da irgendwo elektronische Augen gab. In dieser Beziehung war Bauer wahrscheinlich wie Ivan – er hatte einen verschwenderischen Sinn für Sicherheit und Überleben. »Nettes Zuhause«, sagte er. Bauer ignorierte ihn und gab einen Nummerncode ein. Die Haustür klickte auf, er trat zurück und sagte wieder: »Bitte, treten Sie ein, mein Freund.«
Sugarfoot betrat das Haus. Der Flur war kalt und roch

nach Möbelpolitur. Er hatte kaum zwei Schritte gemacht, als er das Geräusch von Krallen auf dem Holzboden vernahm und ein Hund aus dem Schatten auftauchte. Das Tier duckte sich, völlig lautlos und beobachtete ihn. Sugarfoot hielt den Atem an. Neben vielen anderen Dingen hatte Ivan ihn vor Bauers Kampfhund gewarnt, ein rhodesischer Ridgeback. Instinktiv rutschte seine Hand unter den Mantel.

»Nicht bewegen«, sagte Bauer sanft. Dann schärfer: »Runter!«

Sugarfoot wollte in die Hocke gehen.

»Nicht Sie«, sagte Bauer, dann sah Sugarfoot den Hund flach und ergeben auf dem Fußboden liegen.

»Kein schlechter Hund«, sagte Sugarfoot.

Bauer sah ihn einen Moment ausdruckslos an, und Sugarfoot fragte sich, ob er den Mann damit beleidigt hatte. »Mach ihn bloß nicht wütend«, hatte Ivan gesagt, »beobachte nur, lerne und tu, was er sagt.« Sugarfoot versuchte, Bauers Augen zu begegnen.

Plötzlich lächelte Bauer, seine Gesichtsmuskeln entspannten sich leicht und er sagte: »So. Sie sind also hier, um mir bei dem Problem Ihres Bruders zu helfen.«

Sugarfoot räusperte sich. »Ivan sagte, die Tante im Calamity Jane's hat was abgegriffen.«

Bauer nickte. »Kommen Sie, setzen Sie sich einen Moment. Möchten Sie etwas trinken.«

Überrascht sagte Sugarfoot: »Haben Sie Corona?«

»Corona?« fragte Bauer schwarzseherisch.

»Yeah, wissen Sie, das ist ein Bier.«

»Tut mir leid, nein.«

»Na gut, dann eben Foster's, irgendwas«, sagte Sugarfoot.

Bauer rief: »Placida!«

Sugarfoot hörte Schritte. Er blickte den Flur entlang in den hinteren Teil des Hauses. Eine junge, dunkelhaarige Frau erschien. Sie wirkte bescheiden, unterwürfig und war außerordentlich wortkarg.
»Eine Flasche Bier für unseren Gast. Ich nehme ein Mineralwasser«
Die Frau verschwand, und Sugarfoot ging mit Bauer in ein Wohnzimmer. Der Teppich hatte eine düstere Farbe, die Vorhänge waren dick. Eine massive Anrichte stand einer Gruppe schwarzer Ledersessel gegenüber. Es gab weder Bücher noch Bilder, nur ein Jagdmagazin auf einem niedrigen Glastisch.
Sugarfoot dachte über die Frau nach. Von Ivan wußte er, daß Bauer sie über einen Katalog heiratswilliger Frauen bestellt hatte. Sie war eher Dienstmädchen als Ehefrau. Bauer hatte sie hier mit der Option weggeschlossen, daß er sie jederzeit für ein paar Dollar zu ihrer Familie zurückschicken konnte. Ivan vermutete, daß Bauer sich wieder das Leben schuf, das er in Südafrika geführt hatte, ohne das Risiko, unsittlicher Handlungen bezichtigt zu werden. Sugarfoot konnte Ivan in diesem Punkt nicht mehr folgen: Das klang alles sehr kompliziert, wie etwas aus *Sixty Minutes*.
Er sah Bauer an. »Wie glauben Sie, werden Sie's machen?«
»Was machen?« fragte Bauer.
»Der Frau Angst einjagen«, sagte Sugarfoot.
Bauer hob seine Hand. »Einen Moment.« Er sah zur Tür. »Stell die Getränke auf den Kaffeetisch. Du darfst in der Küche Radio hören.«
Mein Gott, dachte Sugarfoot. Die arme Sau.
Als Placida gegangen war, sagte Bauer: »Wir werden hingehen und mit ihr reden.«

Mehr sagte er nicht. Schnell trank Sugarfoot sein Bier, er wollte das hier hinter sich haben. Mit den Bauers dieser Welt sitzt man nicht unbedingt bei einem Bier und plaudert.

Er fand das alles etwas undurchsichtig. Er wußte, daß Bauer für das Syndikat in Sydney arbeitete, daß er seine Finger in verschiedenen Torten hatte – Drogen, Glücksspiel, Geldwäsche, Schuppen wie das Calamity Jane's – aber es gelang ihm nicht herausbekommen, wie die Befehlsebenen aufeinanderfolgten. Bauer war irgendwie im Amt, aber man konnte nicht unbedingt behaupten, daß Ivan ein Mitglied seines Stabes war. Ivan hatte Geld bei ihnen investiert und managte einige ihrer Geschäfte. Die einzige Erklärung, die Ivan ihm gegeben hatte, war, daß in diesem Metier die rechte Hand nicht weiß, was die linke tut, und man keine Fragen stellt.

Sugarfoot stellte sein Glas ab. Sofort sagte Bauer: »Wir werden jetzt aufbrechen.«

Sie nahmen Sugarfoots Customline. Als sie sich durch die Straßen von St. Kilda schlängelten, ließ Sugarfoot ein paar Erklärungen ab, über den V8 Motor, die Restaurierungsarbeit, wohin man gehen mußte, um etwas verchromen zu lassen, aber Bauer ging nicht darauf ein.

Deshalb kam er wieder auf das Calamity Jane's zu sprechen, versuchte, sich der Sache von der Seite zu nähern. »Da gab's mal diesen Schwachkopf«, sagte er, »den ich mir vor ein paar Jahren vorgenommen habe, bevor ich mit Ivan gearbeitet habe. Jedenfalls hat er gedroht, zu den Bullen zu laufen. Ich sagte zu ihm: ›Erwähne meinen verdammten Namen, Kumpel, und du bist tot. Wenn du zur Polizei gehst, komme ich in dein Schlafzimmer und töte dich, während du schläfst. Damit zu leben, daß du zu Bett gehst

und nicht weißt, ob du den Morgen erlebst, das macht einem angst. Ich komme, ich brenne dich und deine ganze Familie ab, ich, höchstpersönlich. Dich, sagte ich, deine Töchter, besonders deine Töchter und die Schlampe, mit der du verheiratet bist, jeden einzelnen von euch. Ich sagte, irgendwann mußt auch du schlafen, du kannst nicht zwölf Monate im Jahr wach bleiben. Denk darüber nach. Was ist dir wichtiger, deine Zahlungen aufrechtzuerhalten oder eines Morgens mit einem kleinen Loch im Kopf aufwachen?‹« Er machte eine übertrieben lange Pause. »Hat funktioniert«, sagte er kopfnickend und grinste.
Stille. Doch dann regte sich Bauer. Er sagte gedämpft: »Sie reden zuviel.«
Ja, verdammt, fick dich. Sugarfoot steuerte den Customline um die Ecke und fuhr auf einen Parkplatz. Calamity Jane's war die Kopie eines Western-Bordells, mit einer roten Saloontür, Wildwestdekor und passender Aufschrift. In Sommernächten lungerten die Mädchen auf den schmiedeeisernen Balkonen herum, mit Strapsen im Saloon-Style, Bändern und Korsetts, forderten die Männer zum Hereinkommen auf und verspotteten die Frauen. Eine Anzahl von Tafeln waren neben der Eingangstür angebracht worden: ›Privat-Suite‹, ›Filme für Erwachsene‹, ›Wasserbetten‹. Das Wort ›Aids‹ in ›Sex Aids‹ war übermalt und durch das Wort ›Toys‹ ersetzt worden. Sugarfoot hatte daraufhin die Vision, es mit einem Teddybär zu treiben.
Sie gingen hinein. Im vorderen Teil befand sich niemand. Wann immer Sugarfoot auf einen Freifick herkam, versuchte er die Gerüche unterzubringen: billiges Parfum, Reinigungsmittel, Räucherstäbchen, nichts Beunruhigendes dabei, aber unter all dem lag ein feiner,

aufregender Geruch, von dem er annahm, daß es der Sex selbst war.
»Bitte, meine Herren?«
Sie drehten sich um. Eine junge thailändische Frau kam aus einem Zimmer im Korridor. Dann erkannte sie die beiden, ihr professionelles Lächeln verschwand, und sie wirkte ängstlich.
»Wir möchten Ellie besuchen«, sagte Bauer.
Sie ging die Treppe hinauf. Zwei Minuten später kam eine gutangezogene Frau mittleren Alters langsam die Treppe herunter. Sie blieb auf der letzten Stufe stehen, erkannte Bauer und wurde blaß.
»Wir möchten mit dir reden«, sagte Bauer.
Sie sah die beiden an, nickte kurz und drehte sich um, um wieder nach oben zu gehen. Sie folgten ihr in ein Zimmer. Es war mit einem King-size-Wasserbett, schrägen Spiegeln und einem Plüschteppich ausgestattet. Eine schmale Tür führte zu einem Badezimmer.
An Sugarfoot gewandt, sagte Bauer: »Sie sagen nichts, mischen sich nicht ein, sehen nur zu« und stieß die Frau auf das Bett.
Sugarfoot sah zu, wie er ein Nylonseil aus der Tasche zog. Er fesselte die Frau an den Fuß- und Handgelenken, bog ihre Fersen an ihr Gesäß und legte eine Schlinge um ihren Hals. Wenn sie strampeln würde, oder ihre Beine geringfügig bewegte, würde sich die Schlinge zusammenziehen und sie langsam erwürgen. In dem Moment als Sugarfoot die Methode begriff, begann die Frau zu husten. Sie kämpfte dagegen an, doch das erhöhte nur die Gefahr.
Bauers Gesicht war ganz dicht über ihr. »Du bist Dreck«, sagte er, »ein Nichts. Du hast jede Woche einen Teil für dich abgezweigt, stimmts?«

Sugarfoot schloß aus den Lauten, die die Frau von sich gab, daß sie zustimmte. Er sah, daß sie vor Angst uriniert hatte.

»Uns fehlen siebentausend Dollar«, sagte Bauer. »Das wirst du zurückzahlen, mit Zinsen, ja?«

Wieder gurgelte die Frau.

»Hier wirst du dafür arbeiten«, fuhr Bauer fort. »Verstanden?«

Die Frau nickte, bewegte ihre Beine und fiel in Ohnmacht.

»Machen Sie sie los«, sagte Bauer.

Sugarfoot ging in die Knie, fummelte an den Knoten, fühlte sich merkwürdig angetörnt und erregt von Bauers Kälte, seinem professionellen Vorgehen. Bauer war verrückt, keine Frage, weiß Gott, er beherrschte sein Handwerk.

Er hörte, wie ein Wasserhahn im Bad aufgedreht wurde. Bauer wusch sich die Hände.

elf

Pedersen kam zwanzig Minuten zu spät. Als er Wyatts Zimmer im Gatehouse betrat, brachte er einen Geruch von chinesischem Essen und Industriegiften mit. Er schüttelte Wyatt die Hand, ging sofort ans Fenster, maß dabei die Grundfläche des Raumes mit seinen Schritten ab. Eine Angewohnheit, dachte Wyatt. Pedersen war fünfunddreißig und hatte sein halbes Leben in kleinen Räumen verbracht – Zellen und billige Zimmer.

Endlich setzte sich Pedersen auf die Bettkante und schlug ein Bein über das andere. Er trug eine imprägnierte schwarze Wetterjacke, Jeans, dicke Socken und – ein Stilbruch – teure, weiche, knöchelhohe Stiefel. Die John-Deere-Kappe auf seinem Kopf hatte er zurückgeschoben. Wyatt hörte Schlüssel klirren, die an einem Ring von Pedersens Gürtel baumelten. Pedersen hatte den kleinsten Mund, den Wyatt je gesehen hatte und ein plattes Gesicht, das man schnell vergaß, aber er schien härter und konzentrierter zu sein, als Wyatt ihn in Erinnerung hatte. Vielleicht hatte er wie viele Ex-Knackis im Gefängnis seinen Körper trainiert und seitdem in Schuß gehalten.

»Bier? Scotch?« fragte Wyatt. Er selbst trank Tee.

»Hast du Wasser da? Mein Magen.«

Wyatt raffte sich auf. Er öffnete den kleinen Kühlschrank. »Soda.«

»Das genügt«, sagte Pedersen.

Er streckte seinen Arm aus; Wyatt packte ihn und schob den Ärmel hoch bis zum Ellenbogen.

Pedersen zuckte zurück, zog den Ärmel wieder herunter. »Was soll das, Wyatt. Das habe ich seit fünf Jahren hinter mir. Kalter Entzug. Und vom Suff bin ich auch weg.«
Wyatt hielt ihm die Sodaflasche hin. Pedersen nahm sie mit finsterer Miene. »Wo sind die anderen?« fragte er.
»Auf dem Weg.«
Pedersen leerte die kleine Sodaflasche. Wyatt sagte nichts, er war gespannt auf Pedersens Reaktion. Er selbst spürte nie den Druck langen Wartens oder großer Stille. Aber Pedersen machte ein angewidertes Gesicht, als wüßte er, daß er jetzt überzeugend klingen müsse. Er ist gerade aus dem Knast raus, dachte Wyatt, und wenn er jetzt schon wieder arbeitet, dann nur, weil er das Geld braucht oder sich beweisen will, daß seine Verhaftung nichts als Künstlerpech gewesen ist.
Pedersen sah ihn sauer an. »Du hast mich früh herbestellt.«
»Erzähl mir alles. Die Frau, das Geld, alles.«
»Sie weiß, daß das Geld da ist«, sagte Pedersen mit gelangweilter Stimme. »Sie kommt nicht ran, deswegen heuert sie einen Profi an.«
»Einen wie dich.«
»Ich bin gut, Wyatt. Hab Pech gehabt, das ist alles.«
Wyatt nickte. Es stimmte, daß Pedersen gut war. Und wie für viele andere fiel für ihn alles in die Kategorien Glück oder Pech. »Was mir keine Ruhe läßt: Wie kommt eine erstklassige Anwältin dazu, Seite an Seite mit einem Profi den Safe ihres Partners aufzubrechen?«
Pedersen zuckte die Achseln. »Mich überrascht gar nichts mehr.«
»Versuchs mal.«
Zum Zeichen seines Desinteresses atmete Pedersen tief aus.

»Sie macht nicht den Eindruck, als wenn sie einen Hang dazu hätte«, sagte er schließlich. »Ich würde sagen, das macht sie einmal und nie wieder.«

Es klopfte an der Tür. »Verdammt«, sagte Wyatt. Er stand auf, öffnete und ging einen Schritt zurück, als Hobba und Anna Reid den Raum betraten.

»Kühl draußen«, sagte Hobba, zog die Schultern hoch und rieb sich die Hände. Die Nähe und die Ausstrahlung von Anna Reid schienen ihn durcheinanderzubringen. Nachdem Hobba sie vorgestellt hatte, setzte er sich in einer Ecke des Zimmers auf einen Stuhl, der unter seiner mächtigen Erscheinung zu verschwinden drohte.

Wyatt übersah ihn, beobachtete Anna Reid. Sie musterte das Zimmer und nickte Pedersen kurz zu. Dann sah sie Wyatt ausdruckslos an, knöpfte dabei ihre mit breiten Schulterpolstern ausgestattete Lederjacke auf. Auf der Suche nach etwas zum Aufhängen drehte sie sich um, dabei schwang ihr schwarzes Haar und schimmerte im Licht. Sie roch nach Shampoo und parfümierter Seife, war groß, und Wyatt gewann den Eindruck von physischer und psychischer Beweglichkeit. Er sagte nichts, nahm ihr die Jacke ab, hängte sie über einen Stuhl. Sie nickte argwöhnisch und setzte sich auf die Bettkante, kam Pedersen aber nicht zu nahe.

Hobba öffnete seine Schachtel und kramte ein Pfefferminz hervor. »Möchte jemand? Anna?«

Ihr Gesichtsausdruck war eine Mischung aus Spott und Ablehnung. Sie wandte sich an Wyatt. »Ich mußte einen Termin absagen, um hierherzukommen. Ich weiß nichts über Sie, aber die sagen, Sie wären gut, es sieht also so aus, als hätte ich keine Wahl.« Sie zögerte. »Mein Einsatz ist gemacht, ich habe Ihnen einen Traumjob angeboten, jetzt sind Sie dran.«

Ihre Stimme war leise und tief, mit einem Anflug von Ungeduld, den Wyatt schon am Nachmittag bemerkt hatte. Vielleicht fing sie an, die Sache zu bedauern, maß ihn an seinen stillosen Partnern. Er sagte: »Erklären Sie mir den Job.«

»Haben Ihnen die anderen nichts gesagt?«

»Ich möchte es von Ihnen hören.«

Sie senkte ihre Stimme und sagte bitter. »Ich habe Probleme. Ich schulde jemandem viel Geld. Ich kann nicht zahlen, und er erpreßt mich.«

Wyatt beobachtete sie. Unter dem glatten Äußeren nahm er eine Nuance Verbitterung wahr. »Erzählen Sie mir von dem Geld«, sagte er. »Wir wollen keine Schecks.«

»Keine Sorge, es ist Bargeld«, sagte sie. »Es handelt sich nicht um die Art Geschäfte, die Finn durch die Bücher laufen läßt.«

»Aber dreihundertausend Dollar? Das ist eine Menge Schwarzgeld.«

»Wir reden von einem zehnstöckigen Bürogebäude in der Innenstadt«, kläffte sie, »und nicht von einem Badezimmerausbau.«

Wyatt nickte: »Okay. Aber für wen ist das Geld bestimmt? Warum in bar? Banken melden hohe Transaktionen wie diese.«

»Was geht es Sie an? Ich kann mir nicht vorstellen, daß Sie Ihren Anteil irgendwo auf ein Konto einzahlen.«

Hobba sprach zum ersten Mal. »Das ist Vorarbeit.«

Alle sahen sie an und sie spitzte die Lippen. »Oh, da bin ich aber erleichtert«, sagte sie, griff sich ans Herz. »Man stelle sich nur vor, ich würde mich in die Hände von Amateuren begeben. Das Geld geht an eine verdammte Wohlfahrtseinrichtung, verstanden? Sie gehen zur Bank und behaupten,

Sie hätten mit Ihrem Aktienfond überdurchschnittliche Gewinne erzielt. Dann wird es in Seitenkanäle verschoben.«
Hobba und Pedersen grinsten, amüsierten sich, aber Wyatt fuhr fort. »Wenn wir es durch vier teilen, bekommt jeder von uns fünfundsiebzigtausend. Nicht schlecht, aber auch nicht ungeheuer viel. Sind Sie bereit, dafür alles aufs Spiel zu setzen?«
»Bis Max Sie und Hobba angeschleppt hat«, fauchte sie, »war mein Anteil zweimal so hoch.« Sie brachte ihre Stimme unter Kontrolle. »Es deckt meine Schulden, deswegen gehe ich das Risiko ein.«
»Erzählen Sie mir was über Finn.«
»Er ist ein Penner. Er ist schadenfroh. Ich würde ihn gerne übers Ohr hauen.«
Dann schenkte sie ihm ein Lächeln. Es enthielt eine Herausforderung, als würde sie ihn jetzt auffordern, ihre Motive in Frage zu stellen. Wyatt beobachtete sie, versuchte, ihre persönlichen Beweggründe einzuschätzen. Seiner Erfahrung nach war Gier ein verläßliches Motiv, Rache nicht. Es gab hier sorgfältig versteckte Geheimnisse, dachte er, und das störte ihn.
»Okay«, sagte er, sie immer noch musternd. »Er soll die dreihunderttausend Dollar übergeben, aber jemand kommt vorbei und klaut sie. Was wird er tun?«
»Er kann gar nichts tun. Er kann es sich nicht leisten, Aufmerksamkeit auf sich zu ziehen. Tatsache ist, er kann den Verlust verschmerzen. Er wird es nicht gern tun, aber er wird es tun.«
Es entstand eine Pause. Wyatt sagte: »Beschreiben Sie, was Freitag geschehen wird.«
»Das Geld kommt gegen Mittag. Finn übergibt es später am Abend, gegen zehn Uhr.«

»Heute ist Montag. Das läßt uns nicht viel Zeit.«
»Also sollten wir dranbleiben.«
»Wie werden wir vorgehen?« fragte Wyatt.
Sie starrte ihn an. »Warum fragen Sie mich? Fragen Sie Max, er ist der Experte für den Safe.«
Es wird ihr Plan sein, dachte Wyatt und beobachtete Pedersen. Pedersen räusperte sich: »Anna schaltet die Alarmanlage aus, wenn sie am Freitag Feierabend macht. Wir brechen zwischen sechs und sechs Uhr dreißig ein, legen die Alarmanlage lahm, damit es nicht so aussieht, als hätte jemand aus dem Büro damit zu tun, sprengen den Safe, verteilen uns auf verschiedene Wagen, um mögliche Augenzeugen irrezuführen. Ich nehme das Geld mit nach Hause und dort teilen wir.«
Nein danke, dachte Wyatt – genug Potential für einen hübschen Streit. Pläne, die andere gemacht hatten, wies er automatisch zurück. Die einzigen Pläne, denen er vertraute, waren seine eigenen. Er sah Hobba an, Pedersen und Anna Reid, versuchte schnell abzuwägen. Jeder Job war gleich: Es gab immer jemanden, dem er trauen konnte, und jemanden, den er nicht kannte, jemand, der es auf ein Spielchen mit ihm ankommen lassen würde, jemand, der vorhatte, ihn abzuziehen. Diejenigen, auf die er achten mußte, waren Pedersen und Anna Reid. Sie schienen nicht unter einer Decke zu stecken, aber wenn sie ihn bescheißen wollten, würde er sie töten. Pedersen sollte das wissen.
»Also?« fragte Anna.
»Nicht gut.« Er fing an, seine Finger abzuzählen. »Leute auf dem Grundstück nach Einbruch der Dunkelheit, Lärm, Streifenwagen.« Er sah sie an. »Außerdem, Sie sind damit automatisch verdächtig.«
Alle schwiegen. Dann klapperte das Pfefferminz in Hob-

bas Büchse. »Wir wäre es, wenn wir's abfangen?« fragte er und sah die anderen an.
»Abfangen?« fragte Pedersen.
»Ja, ihr wißt schon, die Strecke herausfinden, über die es geliefert wird oder später übergeben wird, die Straße blockieren, das Geld greifen, du fährst auf deiner Honda vorbei ...«
Wyatt beobachtete Anna Reid. Sie war irritiert, doch kurz zuvor hatte etwas wie Panik in ihrem Gesicht gestanden. Er hörte sie sagen: »Was soll das Macho-Gequatsche? Wollt ihr, daß die ganze Welt zusieht? Wenn sie eine Sicherheitsfirma engagiert haben, wollt ihr dann einen Schußwechsel veranstalten? O Gott!« sagte sie kopfschüttelnd. Sie sah Wyatt an. »Was ist mit Ihnen? Haben Sie auch zu viele Filme gesehen?«
Ihre grünen Augen blickten herausfordernd, hintergründig und unbeeindruckt, und er fragte sich, was genau an ihr fraß. »Nur die Wiederholungen von *Get Smart*«, sagte er. »Spaß beiseite. Straßenraub ist tabu. Wir werden am Freitagnachmittag loslegen, während Sie arbeiten.«
Noch mehr Irritation. »Das ist idiotisch.«
»Nicht, wenn wir schnell sind und so aussehen, als hätten wir offiziell dort zu tun.«
Hobba schien interessiert. Er wandte sich an Anna. »Was für ein Safe ist es?«
Sie zuckte die Achseln. »Eben ein Safe.«
»Es ist ein kleiner Chubb«, sagte Wyatt.
Das veranlaßte sie, sich aufrecht hinzusetzen. Sie legte den Kopf auf die Seite, konzentrierte sich auf sein Gesicht. »Das Wartezimmer«, sagte sie und nickte langsam. »Heute nachmittag.«
Wyatt hielt ihrem Blick stand. »Wir werden alle fesseln«,

sagte er, »wenn Sie unter den Opfern sind, wird niemand Sie verdächtigen.«
»Was ist mit Klienten? Was, wenn ich weg muß? Ich muß genau wissen, wann Sie es tun werden.«
Wyatt wartete. Schließlich sagte er: »Okay, sagen Sie den Klienten am späten Nachmittag ab. Wenn Finn einen bei sich hat – sein Pech. Wir schlagen um Viertel nach vier zu. Werden dann alle da sein?«
Sie nickte. »Finn geht um halb vier Kaffee trinken, aber er bleibt meist nur zehn Minuten weg.«
»Viertel nach vier?« sagte Pedersen. »Spinnst du?«
Wyatt drehte sich zu ihm um. »Wart's ab, okay?«
»Von mir aus.«
Anna lächelte, während sie die Idee in ihrem Kopf bewegte. »Finn wird denken, er wird von jemandem überfallen, mit dem er geschäftlich zu tun hat.« Ihr Lächeln verschwand. »Aber was ist mit meinem Anteil? Ich liege da, gefesselt, während ihr verschwindet.«
Hobba und Pedersen schien die Idee immer besser zu gefallen. Wyatt sah sie warnend an. Er wandte sich wieder der Frau zu. »Sie sind der Aufhänger«, sagte er. »Sie können uns alle aus dem Weg räumen. Wir werden Sie nicht verarschen. Ich persönlich werde Sie am Samstag auszahlen.«
Sie schenkte ihm einen weiteren unergründlichen Blick. Er sah die Bewegung ihrer Kehle, als sie schluckte. »Wie werden Sie hinein- und hinausgelangen, ohne Aufmerksamkeit zu erregen?«
Als Wyatt nicht antwortete, runzelte sie die Stirn und sah die anderen an. Hobba antwortete ihr. »Sehen Sie«, sagte er, »es ist besser, wenn Sie das nicht wissen. Das hilft, Sie zu schützen, und Sie werden sich viel überzeugender benehmen, wenn die Zeit kommt.«

»Oh, großartig. Soll ich schreien, wenn es soweit ist?«
Wyatt reichte ihr einen Stift und ein Stück Papier. »Geben Sie mir Ihre Adresse und Ihre Telefonnummer.«
»Woher kommt bloß das Gefühl, daß das nicht länger mein Job ist?« sagte sie.
Sie übergingen die Bemerkung, sahen ihr beim Schreiben zu. Dann steckte Wyatt die Notiz ein, ging zur Tür und blieb dort stehen, sah sie an, seine Hand auf dem Türknopf. Sie stand auf und ging auf ihn zu, halb amüsiert, halb wütend.
»Versuchen Sie nicht, Kontakt mit uns aufzunehmen«, sagte er, »und wir werden Sie auch nur dann kontaktieren, wenn es ein Problem gibt. Wenn alles gelaufen ist, werden wir Sie am Samstag wissen lassen, wo Sie mich finden können.«
Ihre Augen waren halb geschlossen. »Werden Sie nicht hier sein?«
Sie wartete. Als Wyatt nicht antwortete, fuchtelte sie irritiert in der Luft herum und verließ dann das Zimmer.

z w ö l f

Als sie gegangen war, hob Hobba eine Augenbraue und sagte: »Also, Wyatt. Was denkst du?«

»Worüber?«

»Worüber?« Hobba riß die Arme hoch. »Sie, Anna. Sie steht auf dich, Kumpel.«

Wyatt warf Hobba einen eiskalten Blick zu. Natürlich fand Wyatt sie attraktiv, aber nahm Abstand davon, denn dafür hatte er im Moment keine Zeit. Er konnte nicht verstehen, wie jemand das Ziel aus den Augen lassen konnte, solange es um den Job ging. Hobba zuckte selbstbewußt mit den Schultern und sagte: »Okay, wie siehst du den Job?«

»Wir werden einen Van benutzen, einen, der nicht auffällt. Wir fahren vor, betreten den Laden als Wartungspersonal, schließen die Türen, ziehen die Telefonstecker heraus, brechen den Safe auf. Max, Chubbs sind einfach, oder?«

»Die meisten«, sagte Pedersen. Er hatte mit dem Reißverschluß seiner Jacke gespielt. »Ein Van mit 'ner Tarnung. Wird ganz schön was kosten. Waffen auch?«

»Ja«, sagte Wyatt. »Aber wir schießen nicht.«

»Ich habe eine Waffe«, sagte Hobba. »Wyatt, du hast auch welche.«

Wyatt schüttelte den Kopf. »Ich habe meine nie für einen Job benutzt, und ich werde jetzt nicht damit anfangen. Wir kaufen neue.«

Wyatt wartete, beobachtete ihn. Hobba liebte es, des Teufels Advokat zu spielen. Man sah es daran, wie seine Falten sich glätteten. »Woher?« fragte Hobba. »Letzte

Woche haben sie Payne weggeschlossen, weil er haufenweise M16 auf die Fidschiinseln ausgeführt hat, und ich möchte nicht mit etwas erwischt werden, was von der Laderampe eines Lastwagens vor der Saloon Bar in Kings Head gefallen ist.«

»Max, hast du was gehört? Wer liefert sonst noch?«

Pedersen zog wieder seinen Reißverschluß hinauf und hinunter, dachte nach. Schließlich sagte er: »Da gibt es diesen Kerl in der Nähe der Burnley Station. Flood irgendwer.«

Wyatt nickte. Er hatte von Flood gehört.

Hobba stellte sich auf die Füße, dehnte sich, um die Verspannungen in seinem Rücken loszuwerden. Er zündete eine Zigarette an und ging zwischen Tür und Bett hin und her. »Womit?« sagte er. »Ich habe kein Bargeld über. Max auch nicht.«

Wyatt hatte an diesem Nachmittag sein letztes Versteck geöffnet. Für Waffen, andere Ausgaben und seine Hotelrechnung würde es reichen, für mehr aber auch nicht. Er sagte: »Ich kümmere mich um die Waffen.«

Hobba sah ihn scharf an, sagte aber nichts. Pedersen zog endlich seine Jacke aus. Das beige Hemd darunter ließ seine Gesichtszüge noch diffuser wirken. Er faltete die Jacke, legte sie übers Knie und sagte: »Okay, du kaufst die Waffen. Aber woher kriegen wir das Geld für den Van und das andere Zeug? Ich meine, das ist mit das Wichtigste bei diesem Job.«

»Wir besorgen es uns«, sagte Wyatt. »Wir drehen ein paar kleine Dinger.«

Hobba setzte sich wieder. Das Bett senkte sich unter seinem Gewicht. »Ivan Younger wäre ein Mann für solche Sachen.«

Wyatt grinste. »Ja, also, das ist eine lange Geschichte.« Er erzählte ihnen von Sugarfoot, Ivan und der toten Haushälterin.

»Das warst du?« fragte Pedersen amüsiert. Dann schien er beunruhigt zu sein, daß selbst jemand wie Wyatt nun kleinere Brötchen backen mußte. »Ivan Younger ist jemand, von dem man kauft. Er ist niemand, mit dem man arbeitet.«

Hobba begann zu jaulen wie ein Akkordeon. Er lachte. »Du hast Glück gehabt. Der kleine Sugar wird sich eines Tages in einem flachen Grab wiederfinden.«

So könnten wir die ganze Nacht weitermachen, dachte Wyatt. Er sagte: »Also, wir können die Youngers nicht gebrauchen. Wen gibt's noch?«

Er wußte die Antwort auf diese Fragen, aber die Szene änderte sich schnell, deswegen war eine Gegenprobe wichtig. Hobba sagte: »Eddie Loman.«

»Eddie Loman ist gut«, sagte Wyatt. »Du gehst am Morgen zu ihm und bestellst einen Van.«

»Er wird mit nichts rüberkommen, bevor wir ihn nicht bezahlt haben.«

»Die Eddie Lomans dieser Welt wollen ein bißchen Bargeld sehen, sagen wir, tausend. Dann werden sie umgänglicher.«

»Einen Tausender. Ich habe keinen verdammten Tausender.«

Schweigend zog Wyatt seine Brieftasche heraus und zählte eintausend Dollar ab. »Gib ihm die. Ich kümmere mich um die Waffen. Inzwischen möchte ich, daß unser Ziel überwacht wird. Max, du machst morgen die erste Schicht.«

Pedersen nickte. Er schien sich zu freuen, daß er wieder arbeiten konnte.

Hobba suchte noch immer nach dem Haken. »Wir können unsere eigenen Wagen für die Überwachung nicht benutzen. Wir brauchen Mietwagen. Das bedeutet gefälschte Ausweise.«
Wyatt öffnete seine Brieftasche. »Hier ist mein Paßphoto. Du läßt heute nacht eins machen, benutze eine dieser Maschinen und frage Loman, ob er uns Ausweise besorgen kann. Einen Job für das nötige Kleingeld weiß ich, aber einer reicht nicht. Wir brauchen noch einen.«
Hobbas Gesicht verformte sich zu einem schwerfälligen, breiten Grinsen. »Ivan Younger schickt in Fitzroy ein paar Callgirls anschaffen. Willst du die fünftausend zurück, die er dir schuldet?«

d r e i z e h n

Später, als er allein war, hörte Wyatt ein Klopfen, zwei leichte, vertrauliche Klopfer. Er öffnete die Tür, und Anna Reid stand da, sagte mit ihrer tiefen Stimme: »Ich habe in der Lobby gewartet. Ich habe die beiden gehen sehen.«

Sie musterte ihn ruhig, ihre Hände in den tiefen Taschen ihrer Jacke vergraben. Wyatt starrte sie an, dann trat er zurück, um sie einzulassen.

Sie zog die Jacke aus. Sie sprach nicht. Keine Erklärungen, keine Rechtfertigungen, kein ›Sind Sie überrascht?‹ oder eine andere Eröffnung, die er erwartet hätte.

Aber als sie neben ihn trat, um die Jacke über einen Stuhl zu hängen, streifte ihn ihr Arm. Er spannte seine Muskeln an. Sie sagte in das Schweigen: »Zwei Dinge. Erstens, ich habe Geld unterschlagen.«

Er nickte.

»Um einen Buchmacher auszuzahlen«, sagte sie. »Ich muß das Geld zurückzahlen, bevor ich auffliege. Zweitens, ich könnte ein paar Polaroids vom Grundriß und der Alarmanlage machen, wenn das hilft.«

Wyatt überdachte die Möglichkeiten. Vielleicht war sie darauf aus, daß er ihr vertraute. Oder sie wollte wissen, ob sie ihm vertrauen konnte. Oder für sie war alles nur ein Spiel. »Photos wären hilfreich«, sagte er. »Machen Sie sie morgen. Ich werde mit Ihnen in Kontakt bleiben.«

Sie sah ihn ironisch an. »Sie bleiben in Kontakt.«

Er nickte und unterdrückte ein Grinsen. »Und wegen des

Geldes, das Sie unterschlagen haben«, sagte er, »haben Sie mal gerade eben entschieden, Max zu bitten, einen Safe für Sie zu knacken.«
»So plump war es nun auch wieder nicht. Eines Tages sprach ich mit ihm über seine Kaution, und er sagte mir, ich würde meine Zeit verschwenden. Er sagte, er gehe davon aus, früher oder später wieder im Gefängnis zu landen.«
»Das hat Ihre Phantasie angeregt.«
Sie lächelte. »Ein paar Tage lang habe ich nichts gesagt. Er machte nicht den Eindruck eines Idioten, aber ich war mir nicht sicher, also kreiste ich allmählich den Kern der Sache ein, um zu sehen, wie er reagierte.«
»Was hat er gesagt, als Sie schließlich damit herausrückten?«
Sie zuckte die Achseln. »Er schien nicht überrascht zu sein. Ich war eben auch eine Kriminelle; und das war nur ein weiterer Job.«
Nun schwiegen sie. Sie hatten die Zeit nicht mit Small talk vertan, aber Wyatt wollte mehr wissen. Nach einer Weile sagte er: »Wie kommt es, daß Sie Finns Partnerin sind?«
»Er kannte meinen Vater aus Brisbane. Als ich hierherkam, hat er mich in die Kanzlei aufgenommen.«
Sie schaute leicht beunruhigt in sein Gesicht, und dem entnahm er, daß sie unglücklich war. Schönheit zieht schlechte Angebote an, dachte er, und sie hat einige davon angenommen. Plötzlich sagte er: »Finn hat erwartet, daß Sie mit ihm ins Bett gehen.«
»Na ja«, sagte sie und zog die Augenbrauen hoch. Sie wurde wieder ernst, verschränkte die Arme vor der Brust. »Zuerst war es mir egal. Ich war jung, er gab mir eine Chance, er kann sehr bezwingend sein. Später hörte er

damit auf, aber er schaut mich immer noch an, als könne er zugreifen, wann immer er wollte.«

Wyatt blieb stumm, wartete darauf, daß sie weitersprach. Sie hob den Kopf. »Er hat beim Börsencrash 87 viel Geld verloren. Nach einer Weile habe ich dann bemerkt, daß er krumme Dinger dreht. Es fing an mit den Schwarzgeldern bei den Planungsvorhaben – es gab viele kleine Hinweise – zum Beispiel hat er jeden Monat das Haus und die Telefonanlage nach Wanzen absuchen lassen. Uns sagte er, es sei die Wartung von der Telecom.«

»Wie haben Sie von der Übergabe am Freitag erfahren?«

»Er ist immer sehr sorgfältig, aber ich höre hier und da etwas und reime mir den Rest zusammen. Einiges an seiner Arbeit bezüglich der Berufung gegen Baupläne ist korrekt, aber vieles ist nur Manipulation – Strohmänner, die Einspruch erheben, aufgeblasene Honorare, alles bringt ihm riesige Mengen an Schwarzgeld ein. Wenn ihm etwas Großes gelingt, prahlt er gern damit.«

»Seine Art von Anmache«, sagte Wyatt.

Ihre Augen waren groß, und wenn sie lächelte, schienen sie breiter zu werden, etwas nach oben zu wandern. Sie streckte ihren Arm aus und streifte wieder seine Brust, tat so, als hätte sie es nicht getan. »Unten habe ich über Sie nachgedacht. Die meisten Leute, die nicht ehrlich sind, werden irgendwann übervorsichtig und mißtrauisch. Ich glaube, mit Ihnen ist es genau andersherum.«

»So?«

»Lassen Sie uns hoffen, daß das bedeutet, daß Sie weniger zu Fehlern neigen.«

Wenn man für gewöhnlich begann, ihn zu analysieren, zu versuchen, ihn zu verstehen, war es Zeit zu verschwinden. Aber es gab noch Lücken in diesem Job, und es konnte

sein, daß er etwas herausfand. Außerdem brachte sie ihn dazu, sich lebendig und wohl zu fühlen. Ihre Fingerknöchel streiften wieder seine Brust, und er wich nicht aus.
»Sie können es sich leisten, sich Ihre Jobs auszusuchen«, sagte sie.
Hätte er sie besser gekannt, wäre es möglich gewesen, daß er ihr erzählt hätte, wie es war, mit Leuten wie den Youngers den Topf auszukratzen. Aber er fühlte, daß sich sein Geschick gewendet hatte; die Youngers waren unwichtig.
»Ich stehe auf die Details«, sagte er.
»Offensichtlich. Vorhin, als alle hier waren, machten Sie den Eindruck, als wären Sie ausschließlich am Job interessiert. Nicht an den anderen, nicht an mir.«
»Ablenkung hebe ich mir für später auf.«
»Aha«, sagte sie und nickte spöttisch.
Er wartete darauf, was sie wohl tun würde.
Was sie tat, war, auf dem Weg nach draußen seine Brust zu berühren und zu sagen: »Ich kann mehr als nur Polaroids machen.«

vierzehn

Montag nacht sollte Sugarfoot Younger wieder ran, um in den Bars und auf den Tanzflächen des Club H in der King Street für Ordnung zu sorgen und den Gästen auf die Füße zu treten, wenn sie aus dem Ruder liefen. Ivan hatte viel Geld in den Club H investiert. Sugarfoot hatte keine Ahnung, ob der Club Bauer unterstellt war oder nicht. Er wußte nur, daß er die hellblauen Smokings haßte und daß die Frauen Schlampen waren. Man hätte meinen sollen, daß er als Rausschmeißer in einer Position war, sich ein bißchen mehr Action zu verschaffen, aber er hatte es nicht mal darauf angelegt. Die Weiber schienen alle aus Mount Waverley zu stammen und wollten immer nur von ihm wissen, wie es kam, daß er so einen alten Wagen fuhr.

Um elf Uhr klopfte er mit den Fingerknöcheln auf den Tisch und ging hinaus, um frische Luft zu schnappen. In einer Montagnacht, mitten im Winter, war auf der King Street nicht viel los. Nicht halb soviel wie in der Schicht samstagnachts: Typen, die offen dealten, Schlampen, die schrieen, sie seien vergewaltigt worden, herausgerissene Haarbüschel, Bullen, Notarztwagen, ein paar Anzeigen gegen die Türsteher. Und das als Vollzeitjob? Fünfzehn Kröten pro Stunde? Vergiß es.

Er war mehr dazu bestimmt, ein Profi zu sein. Heute nachmittag Bauer bei der Arbeit zuzusehen hatte ihn beunruhigt und innerlich aufgewühlt. Bauer hatte es drauf.

Raußschmeißer an Montagabenden? Kleine Schulden eintreiben? Kein Mitspracherecht bei einem Plan? Fuck. Ein schneller, sauber hingelegter Job, das war alles, was er wirklich brauchte.

Um ein Uhr nachts machte er Feierabend. Gegen ein Uhr dreißig stand sein Customline auf dem Parkplatz der Housing Commission in der Racecourse Road. Hobba wohnte in der achten Etage, aber Sugarfoot ging nicht nach oben, um das zu überprüfen. Hier wohnten ihm zu viele Ausländer. Laß dein Auto unbeaufsichtigt, und sie brechen es auf. Schau sie nur zweimal an, und sie stechen dich ab.

Sugarfoot startete den Wagen, verließ den Parkplatz und fuhr eine lange, schmale Straße in Brunswick entlang. Er sah angewidert auf die Häuser. Es waren kleine Arbeiter-Bungalows, aber die Straße war auf dem besten Wege, ein Paradies für Yuppies zu werden. Die Hausnummern waren bereits aus Messing und die Veranden restauriert. Pedersens Holzverschlag befand sich mitten zwischen kleinen Gärten und Kieswegen. Verwahrloste Obstbäume dominierten den hinteren Teil des Grundstücks.

Sugarfoot blieb eine Weile sitzen. Es gab kein Lebenszeichen, aber das hatte er auch nicht unbedingt erwartet. Wenn Hobba und Pedersen etwas mit Wyatt geplant hatten und wenn es nicht gerade heute nacht geschah, konnten ihre Aktivitäten am Tage der Schlüssel dazu sein. Schließlich war es Teil der Vorbereitung, herauszufinden, wo sie wohnten.

Sugarfoot fuhr nach Hause und stellte den Wecker auf acht Uhr. Schrecklich früh, aber er würde diesen Tag als eine Wende in seinem Leben betrachten.

f ü n f z e h n

bevor sich Wyatt am Dienstag um die Waffen kümmerte, checkte er aus dem Gatehouse aus. Wenn er einen Job vorbereitete, verbrachte er nie mehr als eine Nacht an einem Ort. Er mietete sich in einem billigen Hotel in der Nähe ein, steckte das verbliebene Geld in seinen Geldgürtel und stieg an der Parliament Station in die U-Bahn. Er erwischte einen Zug, der durch Burnley fuhr. Ewig war er nicht mehr mit der U-Bahn gefahren. Er setzte sich ans Ende des Waggons, von wo aus er einen unverstellten Blick auf den Gang und die Türen hatte. Seine Hand lag auf dem Messer in seiner Jackentasche. Das war eine Marotte. Messer hatten ihren Effekt. Leute nahmen die Bedrohung durch eine Klinge sofort ernst, wohingegen eine Schußwaffe oder eine geballte Faust sie erst mal nur alarmierte.

Der Waggon war fast leer. Zwei Männer, der eine ungefähr vierzig, der andere etwas älter, saßen in der Nähe der mittleren Türen. Drei Frauen mittleren Alters fuhren vom Einkaufen nach Hause. Wyatt hörte zu, wie sie Friseursalons in Myer und David Jones verglichen. Zwei junge vietnamesische Männer, gut gelaunt und agil, saßen am anderen Ende des Waggons. Wyatt gegenüber stand eine übergewichtige junge Mutter, sie trug Stretchjeans und Mokassins. Sie war nahe dran, die Beherrschung zu verlieren, und keifte dem quengelnden Gör im Kinderwagen Koseworte zu. Auf dem Fenster befand sich ein Graffiti, die Schrift herausfordernd und spöttisch.

Burnley Station stieg er aus und stand vor dem Fahrplan,

beobachtete die anderen beim Aussteigen, blickte sich nach Verfolgern um. Er sah die junge Mutter, die sich eine Zigarette anzündete und den Kinderwagen schaukelte. Sie schloß sich einer Gruppe von Leuten am Ausgangstor an, Leuten, die ihre Eltern, Geschwister, Nachbarn sein mochten und die allmählich in leeren, kontrastlosen Straßen verschwanden. Grundloser Stolz und Streitsüchtigkeit war ihre Reaktion auf bittere Armut, dachte Wyatt. Er war in so einem Vorort aufgewachsen. Jeder hatte das Wort Solidarität im Munde geführt, aber Taten hatte er nie gesehen.
Andere Züge kamen an und fuhren ab. Er verließ den Bahnhof und lief zur Cowper Road, einer engen Straße mit maroden Arbeiterhäuschen und dreckigen Werkstätten. Autos fuhren über Schlaglöcher in der Straße, ließen ölige Pfützen hochspritzen.
Nummer Neunundzwanzig war ein rostiger Schuppen, etwa dreißig Meter lang. Auf einem Schild über der Tür las er ›Burnley Metall-Verarbeitung‹, auf einem kleineren Schild das Wort ›Büro‹, und ein Pfeil wies auf ein Häuschen aus der Jahrhundertwende, das sich eine Wand mit dem Schuppen teilte.
Abgesehen von dem spärlichen Rasen und einem angeketteten Alsatian auf der Veranda gab es kein Lebenszeichen. Die Vorhänge waren aus kitschiger Spitze. Stahlstreben sicherten die Fenster. Wyatt stieg die Stufen zur Tür hoch – den Alsatian aufmerksam im Auge behaltend. Der Hund öffnete und schloß ein Auge, gähnte jaulend und klopfte dabei mit dem Schwanz. Wyatt drückte die Klingel.
Eine Stimme krächzte durch die Gegensprechanlage: »Ja?«
»Flood?«
»Ja.«

»Ich habe gestern abend angerufen«, sagte Wyatt.
Er hörte schlurfende Schritte hinter der Tür und ahnte ein Auge hinter dem Spion. Zwei Schlösser wurden geöffnet. Die Tür schwang zurück. Flood, ein kleiner, schäbiger, mit Overall bekleideter Mann sagte nichts, drehte sich um und schlurfte zurück ins Haus. Die Luft war heiß und abgestanden und roch nach Toast und Pfeifenrauch. Wyatt folgte Flood durch ein winziges Wohnzimmer, wo in einem altertümlichen Heizgerät Gasflammen flackerten, in eine Küche auf der Rückseite des Hauses. Der Abwaschtisch aus Keramik war angeschlagen und gelblich verfärbt. Risse im Linoleum waren mit flachgeklopften Obstdosendeckeln zugenagelt worden. Eine scheue Katze beobachtete Wyatt von einem hölzernen Küchenschrank aus.
»Ich habe mich umgehört«, sagte Flood. »Man sagt, du bist okay.«
Wyatt antwortete nicht.
Flood zuckte mit den Achseln. Er hatte ein zerfurchtes Gesicht. Barthaar sproß in Büscheln auf seinen Wangen, als würde er sich ohne Spiegel rasieren und ein dünner, brauner Streifen bedeckte seine Lippen. »Setz dich«, sagte er und zog sich einen Stuhl heran. Es gab noch einen Stuhl, doch Wyatt blieb stehen.
»Wonach suchst du?«
»Drei Handfeuerwaffen.«
»Die Preise liegen bei zweihundertfünfzig Kröten. Hast du soviel?«
»Ja.«
»Ich kaufe sie danach zurück – für die Hälfte.«
Wyatt nickte.
»Nächste Tür«, sagte Flood.
Er führte Wyatt hinter das Haus in den Garten, dann durch

eine Tür in einen langen Schuppen. Drinnen war es dunkel, die Luft schwer vom Ölgeruch der zerlegten Maschinen und schweren Drehbänke. Kupferwannen, Schrott und Metallspäne waren auf dem Boden verteilt. Schwaches, winterliches Licht durchdrang kaum die schmutzigen Dachfenster. Alles war von Schmiere und Staub bedeckt. Flood bahnte sich seinen Weg durch den Schuppen. Es war ein ungewöhnlicher Ort für so kleine, präzise Instrumente wie Schußwaffen. Wyatt begann bereits, an Flood zu zweifeln, als der die Ecke eines schmutzigen, ölgetränkten Teppichs hochzog, unter dem eine kleine Falltür zum Vorschein kam. Sie kletterten hinunter in eine langgezogene, enge Kammer.

Wyatt begriff. »Nett«, sagte er.

Zum ersten Mal zeigte der Waffenhändler Regungen. »Gefällt's dir?« Er wies auf die Wände, den Boden und die Decke. »Vollkommen schalldicht. Die Verkleidung schluckt Querschläger. Zielscheiben sind da hinten.« Er zeigte auf den Flaschenzug über ihnen und die Sandsäcke, die am anderen Ende gestapelt waren. Dann sagte er: »Kommen wir zum Geschäft«, und rieb seine Hände aneinander.

»Leicht, präzise, zuverlässig«, sagte Wyatt. »Nicht registriert.«

»Das wird dich was kosten«, sagte Flood. »Was für 'n Ding wollt ihr drehen?«

Wyatt überhörte die Frage. In Shoreham bewahrte er einen .38er Revolver auf und in seinem Wagen eine Browning Automatik. Sie waren für seinen Schutz während der Arbeit gedacht, und sie waren neu, auf niemanden registriert. Er hatte sie noch nie benutzt. Wenn er arbeitete, kaufte er gewöhnlich eine Waffe und entsorgte sie danach. Jedesmal wandte er sich an einen anderen Lieferanten,

kaufte nie Waffen, die ihn mit irgendeinem anderen Job, einer anderen Schießerei in Verbindung bringen konnten.
»Zeig mir, was da ist«, sagte er.
Flood schloß einen Stahlschrank auf, nahm Handfeuerwaffen heraus und arrangierte sie in Reihen auf einer Werkbank. Einen Colt Woodsman, Kaliber .22, eine 9mm Beretta, eine Browning Automatik, eine Smith & Wesson .38 Chief's Special, eine Walther PPK und die erste Sauer, die Wyatt je gesehen hatte. Die letzte Waffe war eine klobige Uzi-Maschinenpistole von der Größe eines schweren Revolvers.
»Vergiß die Uzi«, sagte Wyatt. »Ich ziehe nicht in den Krieg.«
»Sie kann sehr überzeugend sein«, sagte Flood, aber Wyatt zog seine Latexhandschuhe über und griff nach der Browning. Er wollte sie mit seiner eigenen vergleichen. Wie Floods andere Waffen war sie mit Gelatine eingeschmiert und in einen Plastikbeutel eingeschweißt. Das aber erst kürzlich, man war nicht immer sorgfältig mit ihr umgegangen. Der Kolben zeigte Spuren von Rost. Ein Schriftzug am Lauf war weggeätzt, die Seriennummer mit einer Feile entfernt worden. Aber das Magazin war voll. Wyatt zuckte mit den Achseln. Wenigstens sollte er sie ausprobieren. »Ohrenstöpsel.«
Flood reichte ihm Industrieohrschützer, klemmte eine Zielscheibe an das Zugsystem und sandte sie zum anderen Ende des Raumes. Als Flood aus der Schußlinie gegangen war, stellte Wyatt sich in Position und gab mehrere Schüsse ab. Die Waffe blockierte.
Flood war nicht aus der Ruhe zu bringen. Er betätigte einen Schalter, und die Zielscheibe kam zu ihnen zurück. Wyatt untersuchte die Einschußlöcher. Nur drei Schüsse

hatten die Scheibe getroffen, weit links vom Zentrum. So schlecht war er auf keinen Fall.
»Die Waffe ist Scheiße.«
»Unterste Preisklasse«, gab Flood zurück. »Welche jetzt?«
Die Sauer kannte Wyatt nicht. Die Woodsman würde leicht sein und präzise, aber sie war zu lang, schwer zu verbergen.
»Gib mir die Beretta«, sagte er.
Es war ein 15-Schuß Parabellum Modell, Konstruktion aus blauem Stahl, Holzgriff. Sie war nicht neu, aber sauber und blockierte nicht. Die Einschüsse saßen akkurat und eng beieinander. Nicht schlecht. Aber wer mochte wissen, welcher Punk sie in der Vergangenheit benutzt hatte?
Absichtlich probierte er die Smith & Wesson zuletzt und fühlte sich sofort vertraue mit ihr. Das Gewicht war mit 400 Gramm genau richtig, der Griff war mit Kautschuk überzogen. Sie sah neu aus.
»Sie stammt von einem Bruch in einen Waffenladen letztes Jahr in Brisbane«, murmelte Flood. »Nie benutzt worden.«
»Gibt's noch mehr?«
»Noch sechs.«
»Ich werde sie ausprobieren.«
Der fünf Zentimeter lange Lauf würde auf größere Distanz nicht gerade für Treffsicherheit sorgen, aber eine Entfernung von mehr als 20 Metern schränkte jede Handfeuerwaffe ein. Der Überfall auf Finns Büro würde sowieso aus nächster Nähe geschehen – falls es zu einem Schußwechsel kommen sollte, aber das würde es nicht. Wyatt feuerte den Revolver schnell hintereinander ab. Die Einschüsse waren perfekt.
»Ich nehme drei«, sagte er. »Und Munition.«
»Dreihundertfünfzig für jede, und ich lege noch eine

Schachtel Patronen drauf«, sagte Flood. Er nahm eine Abwehrhaltung ein, in Erwartung, daß Wyatt um den Preis feilschen würde. Aber Wyatt sagte nur: »Die Nummern sind nur ausgefeilt. Das wird die Jungs von der Spurenanalyse nicht aufhalten. Hast du Säure?«

Flood nickte. »Oben ist 'n bißchen Hydrochlorid.« Er drehte sich um, und wollte die Stufen zur Falltür hochsteigen.

»Noch einen Augenblick«, sagte Wyatt. »Gibt es irgendwelche Unterlagen über die Waffen?«

Flood blieb unwillig stehen. »Da drin.«

Er zeigte auf einen Aktenschrank mit zwei Schubladen.

»Die will ich haben«, sagte Wyatt.

Er öffnete den Schrank, behielt dabei Flood im Auge. Das Aktensystem war einfach, Mappen in alphabetischer Reihenfolge, entsprechend den Namen der Waffen. Das war Floods Versicherung. Wenn die Bullen jemals eine Waffe zu ihm zurückverfolgen würden, hätte er ihnen im Tausch für ein geringeres Strafmaß etwas anzubieten.

Wie zu erwarten war, hatte Flood Dutzende von Smith & Wessons verkauft. Jede Einzelheit war auf einer Karteikarte verzeichnet: Typ, Seriennummer – soweit vorhanden, Beschreibung des Zustandes der Waffe, Daten, Herkunft und Informationen über den Käufer. Eine kleine, verschweißte Plastiktasche war in jede Akte geheftet – Testkugeln, die Flood in einen Sägemehlsack gefeuert und aufgehoben hatte, um die Waffen, die er verkaufte, identifizieren zu können.

Flood sah zu, wie Wyatt durch die Akten blätterte. Er sagte geknickt: »Verdammt, du bringst mein System durcheinander.«

Wyatt beachtete ihn nicht. Er fand sieben Akten jüngeren Datums für unbenutzte .38er Smith & Wessons.

»Brisbane Small Arms«, las er vom ersten Ordner ab. »Sind das diese?«
Flood nickte mit säuerlichem Gesicht.
Wyatt verbrannte die Karten und steckte die Testkugeln ein, um sie später loszuwerden. Die anderen Akten ließ er liegen. Die hatten nichts mit ihm zu tun.
Sie gingen nach oben und bestrichen die ausgefeilten Seriennummern mit Säure. Dann säuberte Flood die Waffen, steckte sie in einen Schuhkarton und dann in eine Safe-Way-Tüte.
Wyatt bezahlte und verließ das Haus. Der Hund auf der Veranda stöhnte, streckte sich und hob seinen Schwanz.
Viertel vor zwölf. Wyatt kehrte nicht zur Burnley Station zurück, sondern ging zum Pavillon im Richmond Park, wo Hobba ihn auflesen würde. Die Luft war kühl. Ein kleiner Junge in Schal und Mantel lief schwankend neben seiner Mutter her. Ein Gemeindegärtner jätete Unkraut entlang der Wege.
Fünf Minuten vor zwölf lud der Gärtner seine Geräte auf die Ladefläche eines Treckers. Er stieg ein und fuhr davon.
Um zwölf Uhr bog ein weißer Holden vom Boulevard ab und hielt. Hobba saß am Steuer.
Wyatt trat unter der Überdachung des Pavillons hervor und ging auf den Holden zu. Er lief an der Mutter vorbei, die ihren Sohn auf dem Rücksitz eines Volvos festschnallte. In unmittelbarer Nähe war nur noch ein massiver Customline, der an die Bordsteinkante des Boulevards fuhr. Er hatte getönte Scheiben. Wyatt konnte das dumpfe Hämmern der Stereoanlage hören.
Wyatt öffnete die Fahrertür des Holden. »Laß mich fahren«, sagte er.
Hobba rutschte auf den Beifahrersitz, und Wyatt setzte

sich hinter das Lenkrad. Er startete den Motor, dann sah er sich nach dem großen Wagen hinter ihnen um. »Wie lange steht der schon da?«

Hobba begann, auf einem Pfefferminz herumzukauen. »Nachdem ich den Van bestellt habe, bin ich nach Hause gefahren, um mir eine Jacke zu holen. Da hat er mich aufgelesen.«

Wyatt legte einen Gang ein. »Bist du kürzlich auf irgendwelche Zehenspitzen getreten?«

Hobba schüttelte den Kopf. »Aber du«, sagte er. »Es ist dein kleiner Kumpel.«

sechzehn

»Dieses Auto sticht heraus wie ein geschwollener Daumen«, sagte Hobba. »Dummes Arschloch.«
Wyatt fuhr auf den Boulevard und beschleunigte. »Schlau genug, um zu wissen, daß er mich finden kann, wenn er dir folgt.«
Hobba grunzte. »Glaubst du, Ivan hat ihn angesetzt?«
»Das werden wir bald wissen.«
Ein paar Minuten später befanden sie sich in Seitenstraßen, die denen in Burnley sehr ähnlich sahen. Hin und wieder entdeckte Wyatt Sugarfoot Youngers massiven, roten Wagen im Rückspiegel, der behutsam den Buckeln und Löchern im Pflaster auswich.
Hobba warf ein Pfefferminz in den Mund. »Was er wohl will?«
Wyatt zuckte die Achseln. »Mit mir abrechnen.«
»Sich in den Job einmischen?«
»Das auch.«
»Warum machen wir das kleine Arschloch nicht einfach kalt?«
Es schien eine rhetorische Frage zu sein, doch Wyatt ging darauf ein. »Dazu besteht jetzt noch keine Notwendigkeit. Wir können uns in diesem Stadium kein Risiko leisten.«
»Ein verrücktes Arschloch«, sagte Hobba nach einer Weile. »Er ist dumm, und deshalb auch gefährlich. Waffengeil.«
Wyatt nickte. »Der Straßenpunk steht ihm im Gesicht geschrieben.«

»Bevor Ivan ihn eingestellt hat, hat er versucht, Mr. Big zu sein, aber er blieb auf der Strecke, ein unbeherrschter Kleinkrämer, ein Verlierer. Ivan hat ihn wieder auf den Boden der Tatsachen zurückgeholt. Wenn ein Kopf eingetreten werden muß, schick den jungen Sugar.«

Wyatt überprüfte wieder den Rückspiegel. Er grinste. »Ich glaube, Ivan versucht, ihm etwas beizubringen. Deshalb hat er ihn letzte Woche mit mir zu dem Versicherungsjob geschickt.«

»Eine Art Praktikum«, sagte Hobba und genoß es. Er hatte Wyatt fast nie lächeln gesehen. »Hinterher schreibt er alles auf, am Ende des Jahres gibt's eine dreistündige Prüfung.«

»Nach zwei Jahren ein Abschlußzeugnis«, sagte Wyatt.

Sie fuhren tiefer in die Seitenstraßen, nahmen Gassen und Wege in Augenschein. Wyatt sagte: »Ist bei Loman alles glattgegangen?«

»Bestens«, sagte Hobba. »Er hat mir drei Sets gefälschter Ausweise gegeben. Morgen hat er einen Van mit sauberen Papieren fertig, ein paar Handschellen besorgt, einen Bohrer mit Zubehör für Max und C4 Plastiksprengstoff, wenn wir den Safe sprengen müssen.«

»Wollte er mit dir feilschen?«

»Ich habe ihm tausend gegeben«, sagte Hobba. »Wie du gesagt hast, alles, was er brauchte, war ein Zuckerstück. Er will weitere sechseinhalb innerhalb einer Woche.«

Wyatt nickte. »Was ist mit der Aufschrift?«

»Ist morgen fertig. ›Compatible Computer Servicing‹. Schwarze Buchstaben auf weißem Grund.«

»Gut. Was ist mit Max?«

»Beobachtet Finn, wie du es wolltest. Wir werden Autos brauchen, Wyatt. Man kann ein Haus nicht zu Fuß beobachten. Das fällt den Leuten auf.«

Wyatt nickte. Vor ihnen erschien ein Verkehrszeichen: Vorfahrt achten. Wyatt bremste und bog in eine andere schmale Straße ab. Hobba zündete eine Zigarette an und warf das Streichholz fort. »Versuch es da«, sagte er plötzlich und zeigte in eine Gasse.
Wyatt wurde langsamer, doch beschleunigte dann wieder. »Zu breit.«
Nach einer Weile sagte Hobba: »Wie kommt's, daß es einfach nie so klappt, wie geplant, Wyatt? Hast du dich das jemals gefragt? Ich meine, liegt es daran, weil wir krumme Dinger drehen? Gott schaut herunter, sieht zu, was wir so veranstalten und schickt uns Sugarfoot vorbei, um uns das Leben schwerzumachen. Ich frage mich das öfter.«
»Er könnte uns auf die Probe stellen«, sagte Wyatt.
»Wozu? Wir sind schon durchgefallen. Nee, Gott legt unsereins ganz gerne Steine in den Weg. Nimm einen stinknormalen Kerl, eine Stütze der Gesellschaft, Frau und Kinder, Kirche am Sonntag – wenn er es versaut, kannst du darauf wetten, daß er trotzdem damit durchkommt.« Hobba hatte die Zigarette zu Ende geraucht und warf ein weiteres Pfefferminz ein. »Da drüben«, sagte er und zeigte nach vorn.
Wyatt bremste. Sie befanden sich an der Einmündung zu einer engen Sackgasse mit Kopfsteinpflaster, gesäumt von hohen, rostigen Zäunen. Die Häuschen und Schuppen auf der einen Seite waren zugenagelt und schienen leer zu sein. Er blickte in den Rückspiegel, der rote Customline war zwei Blocks hinter ihnen. Wyatt fuhr ein Stück an der Einfahrt vorbei, schob den Hebel auf Reverse und fuhr rückwärts in die Gasse. Fünfzig Meter fuhr er rückwärts und hielt dann, ließ den Motor laufen. Aus keinem Fenster der Anlieger konnte man in die Gasse sehen. Niemand war

unterwegs. Sie rutschten tiefer in ihre Sitze, so daß der Wagen leer wirkte.

»Er kommt«, sagte Hobba, der den Customline in ihre Richtung wummern hörte. Um einen Überblick zu bekommen, hob er den Kopf um einen Bruchteil. Sugarfoot, der überrascht war, niemanden im Holden sitzen zu sehen, war weit in die Gasse hineingefahren.

»Jetzt«, sagte Hobba.

Wyatt stieg mit dem Fuß auf das Gaspedal. Der Holden machte einen Satz nach vorn. Sie sahen den Ausdruck der Beunruhigung auf Sugarfoots Gesicht, sahen ihn den Kopf verzweifelt wenden und rückwärts fahren. Der große Wagen schwankte unberechenbar. Plötzlich brach er aus, das Heck erwischte einen Pfosten, der Motor jaulte, der Wagen stoppte. Wyatt reduzierte die Geschwindigkeit nicht. Er fegte durch die entstandene Lücke und bremste hinter dem roten Customline, so daß dieser wirkungsvoll zwischen Wyatts Holden und dem von Mauern umgebenen Ende der Gasse eingeklemmt war.

Er nahm zwei Smith & Wessons aus der Einkaufstüte und gab Hobba eine. »Er könnte bewaffnet sein«, sagte er.

Gebückt krochen sie vorwärts – jeder auf einer Seite des Customline. Sugarfoot kurbelte sein Fenster herunter, weiter bewegte er sich nicht. Der schwere Motor rülpste und gurgelte.

Wyatt blieb an der Hintertür stehen. »Wir wollen mit dir reden«, sagte er. »Laß deine Waffe im Wagen, und steig aus. Ansonsten durchsieben wir dein hübsches Auto.«

Im Wagen gab es eine Bewegung. »Hast du das gesehen?« fragte Hobba. »Das kleine Arschloch zeigt uns den Stinkefinger.«

Wyatt entsicherte seinen Revolver. »Wir schnappen ihn.«
Sie stürzten auf die beiden Vordertüren zu, hielten sich gebückt.
Aber Sugarfoot machte ihnen keine Mühe. Als sie sich in Bewegung setzten, stellte er den Motor ab, und als sie bei ihm waren, starrte er trotzig geradeaus, die Hände auf einem Magnum Revolver in seinem Schoß.
»Los, steig aus«, rief Wyatt und öffnete die Fahrertür. »Wir wollen uns mit dir unterhalten.« Er griff nach der Magnum. »Mein Gott, ein Nachbau.«
Wyatt trat zurück, als Sugarfoot aus dem Wagen stieg. Er sah Kraft in der bulligen Figur, weder Anmut noch Beweglichkeit oder Schnelligkeit.
»Weshalb verfolgst du uns?«
»Fick dich.«
Hobba griff nach Sugarfoots Ohr und zog daran. Als er losließ, hatte er den Ohrring in der Hand. Sugarfoot zuckte zurück und griff sich an sein blutendes Ohr.
»Antworte dem Mann«, sagte Hobba.
»Ihr beide und Max Pedersen seit dabei, einen Job vorzubereiten.«
»Wie kommst du darauf?«
Sugarfoot Youngers Gesicht verzog sich vor Wut. »Bin ja nicht total blöde. Wenn der große Wyatt einen kleinen Job macht, dann nur, weil er einen großen vorbereitet.«
»Was geht dich das an?« sagte Wyatt.
Sugarfoot senkte den Kopf und murmelte: »Das war hinterfotzige Scheiße, mich so vor Ivan zu demütigen.« Er sah wieder hoch. »Ich will bei dem Job mitmachen. Ich hab's drauf.«
»Du hast es einmal versaut, du wirst es wieder versauen. Wir bringen dich nach Hause zu Ivan.«

»Er wird mich umbringen. Gib mir eine Chance, Wyatt. Ich werde fahren, Schmiere stehen, irgendwas.«
»Leg dich auf den Boden«, sagte Wyatt.
Hobba grinste. Sugarfoot rief panisch: »Mensch, das ist nicht nötig. Ich werde nichts verraten. Laßt mich doch einfach nur abhauen.«
»Maul halten«, sagte Wyatt. »Niemand wird dich erschießen. Leg dich einfach auf den Bauch.«
Sugarfoot legte sich auf die feuchten Pflastersteine. Als Hobba einen Fuß auf seinen Rücken stellte, stieß er einen kleinen, schockierten Schrei aus.
»Sei kein Schwitzer«, sagte Hobba. Er fing an, Sugarfoot zu treten. »Was soll der Pferdeschwanz und der Ohrring, Sugar?« fragte er. »Hä? Bist du 'n Schwuler?«
»Fick dich. Ich werde euch Fotzen schon noch erwischen. Ich werde euch alle drei aufspüren.«
»Laß sein«, sagte Wyatt erschöpft. Er zog Hobba am Ärmel. »Ich will dir was sagen.«
Ein paar Schritte entfernt flüsterte er: »Wir können unsere Zeit nicht damit verschwenden. Wir haben Arbeit, die getan werden muß.«
»Knall ihn ab«, sagte Hobba. »Du hast ihn gehört, er wird uns nur weiter Ärger machen.«
»Dann haben wir Ivans Hyänen hinter uns. Das können wir nicht gebrauchen. Jag ihm Angst ein, und laß ihn verschwinden.«
»Wie du willst.«
Inzwischen begann der Schmerz Oberhand über Sugarfoots Nebel aus Illusionen und Kummer zu gewinnen. Er hob den Kopf. »Ich werde hier verdammt noch mal verbluten.«
»Halt's Maul«, sagte Hobba. Er ging schnell zu Sugarfoot

hinüber, nahm ein Messer aus der Tasche, kniete sich hin und schnitt ihm den Pferdeschwanz ab. Er zeigte Sugarfoot die Klinge und den Zopf. »Siehst du das? Wenn ich dich noch einmal sehe, und wenn es nur zufällig ist, schneide ich dir die Eier ab. Dann mache ich mit deinem Gesicht weiter.« Er stand auf und trat Sugarfoot in die Rippen. »Jetzt mach dich vom Acker.«

Sugarfoot kam auf die Füße und lief stolpernd die Straße hinunter. Er sah sich nicht um.

Sie blickten ihm nach. »Was für ein Idiot«, sagte Hobba. »Ich habe nicht gesagt, er soll sein Auto hierlassen.«

Wyatt schwieg und dachte angestrengt nach. Nun brauchten sie eine sichere Unterkunft, bis der Job vorüber war; ohne würden sie riskieren, von den Youngers aufgespürt zu werden.

Aber zuerst mußten sie den Job in Fitzroy erledigen.

siebzehn

Von den ungefähr viertausend Prostituierten in Melbourne arbeiten neunhundert in legalen Bordellen. Den anderen bleiben Begleitagenturen, Straßenstrich und das blühende Geschäft im eigenen Apartment.

Für Ken Sala schafften zwei an. Cher und Simone arbeiteten in einer Zweizimmerwohnung in der Carribean-Apartment-Anlage, einer umgebauten Fabrik in Fitzroy. Sie empfingen die Kunden hier oder besuchten sie in Hotelzimmern. An einem guten Wochenende kam jede auf fünfzehnhundert Dollar und auf weitere fünfzehnhundert unter der Woche. Ken, der in einem der angrenzenden Apartments wohnte, gab ihnen nur ein Drittel davon, aber er zahlte ihre Rechnungen und schleppte ihnen keine Fieslinge an, also beschwerten sie sich nicht. Jedenfalls erinnerte er sie immer daran, daß er nur ein Zahnrad im Getriebe war. Er behielt eintausend Dollar Provision für sich, der Rest wanderte zu irgendeinem Syndikat in Sydney.

Es war 15 Uhr und Ken begann einen neuen Tag.

Zuerst erledigte er den Papierkram für die Wochenendeinnahmen. Montags sammelte er von Cher und Simone alles ein, so lautete die Verabredung, erledigte den Papierkram am darauffolgenden Dienstag und wartete dann, bis am Abend der Bote kam, um das Geld abzuholen.

Fünftausendsechshundert Dollar. Guter Durchschnitt. Am Freitag würde eine Tagung für Reiseveranstalter beginnen, dann würde der Umsatz etwas anziehen. Er stopf-

te das Geld in eine Geldkassette, verschloß sie und schob sie in die unterste Schublade seines Schreibtischs.
Er liebte es, jeden Nachmittag um diese Zeit die Lygon Street entlangzuschlendern. Er hätte sich auch für die Brunswick Street interessiert, aber dort waren eher Pferdeschwänze angesagt, 50er-Jahre-Klamotten und blutarme, schwarz gekleidete Punkgrufties. Lygon Street entsprach mehr seiner Szene. Er ging in das Schlafzimmer und zog eine weite, metallisch schimmernde Bundfaltenhose an, ein schwarzes Seidenhemd, ein in Falten gelegtes Jackett mit ausladenden Schultern und feinen Karos und flache italienische Schuhe, so leicht, daß sie sich wie Hausschuhe anfühlten. Er betrachtete sein Gesicht. Er war niemand, mit dem man Streit suchte.
15 Uhr fünfundzwanzig. Zeit, sich auf den Weg zu machen. ›Hey, Ken‹, würden die Jungs in der Lygon Street sagen. ›Wie laufen die Pferdchen?‹ Zunächst hatte er den Witz nicht begriffen, später schon, und von da an wußte er, daß er akzeptiert war.
Es klingelte. Er sah durch den Spion. Niemand da. Der Hausflur war leer.
»Wer ist da?« fragte er.
Keine Antwort.
Das machten diese Kinder ständig. Der Junge würde die *Herald-Sun* ausliefern und an jeder Tür klingeln, ob die Person die Zeitung nun abonniert hatte oder nicht. Ken öffnete die Tür. Den kleinen Bastard würde er gleich haben.
Es war diese Art von Ereignissen, die sich in schlechten Träumen abspielten: Die beiden Männer, die durch die Tür auf ihn zukamen, trugen Masken. Irgend etwas – das Türblatt – verletzte seine Lippe. Die Männer schlugen ihn,

schleuderten ihn gegen die Wand, stießen die Tür hinter sich zu. In fünf Sekunden war es vorbei.

Kaum eine Minute später hatten sie ihn in einem Sessel, und der fette Kerl, der nach Pfefferminz roch, fuchtelte mit einer Waffe vor seinem Gesicht herum und sagte: » Kenny, wir wollen dein Bargeld.«

Der andere, ein schlanker, beweglicher und drahtig aussehender Kerl, untersuchte schnell die anderen Zimmer, kam zurück und blieb an den Türrahmen gelehnt stehen. Ihn umgab eine Aura des Schweigens.

»Was für Bargeld?« fragte Ken.

Der drahtige Bursche wirbelte herum: »Er verschwendet nur unsere Zeit. Nimm alles auseinander«, und er fing an, Bilder von den Wänden zu reißen, die Covers des Penthousemagazins zu zerknüllen und das Stephen-King-Taschenbuch vom Couchtisch zu fegen.

Der Fette zog ein Messer heraus, schlitzte das graurosa Sofa auf; zweitausend Dollar bei Ikea.

»Was soll das verdammt noch mal?« sagte Ken. Seine Stimme überschlug sich. Er versuchte es noch mal: »Wer seid ihr. Was wollt ihr?«

Der Drahtige sagte: »Das Geld. Die Wocheneinnahmen.«

»Ihr wißt ja nicht, worauf ihr euch da einlaßt«, sagte Ken. »Ich arbeite nicht allein. Das Resultat hiervon werden ein paar stinksaure Gesichter sein.«

»Du gibst also zu, daß du das Geld hast?« fragte der Fette.

»Das wird verdammten Ärger geben. Außerdem –« Kens Stimme stieg wieder verräterisch an, »wie soll ich es denen wohl zurückzahlen?«

Der Drahtige sah ihn an. »Hol einfach das Geld.«

Auf dem Weg nach draußen grinste der Fette, und der Drahtige sagte: »Feiner Zwirn, den du da trägst, Ken.«
Es war 15 Uhr dreißig. Sie waren in weniger als fünf Minuten hereingekommen und gegangen.

achtzehn

Gegen 16 Uhr dreißig stand Wyatt vor einem Gebäude in der Nähe der Queens Road, ein Mann schüttelte ihm die Hand und sagte: »Mr. Lake? Nennen Sie mich Rocky.«

Rocky fuhr einen schwarzen Porsche Targa mit Autotelefon und Nummernschildern mit seinem Namen. Er trug ein weißes Hemd und einen Anzug, mit breiten Schulterpolstern und Bügelfalten, scharf wie ein Messer. Er ließ Wyatts Hand los und klatschte seine Pranken zusammen. »In Ordnung«, sagte er. »Miete auf Zeit, voll möbliert? Kein Problem.« Er sprach aufdringlich, sein Gesicht kam zu nah, als könnte Wyatt nur den einen Wunsch im Leben haben: seine Worte zu hören. »Für welche Firma arbeiten Sie?«

Wyatt murmelte einen Namen. »Die Zentrale ist in Sydney«, sagte er. »Heute habe ich erfahren, daß ich noch drei Wochen bleiben muß, deswegen dachte ich, warum nicht auch Frau und Kinder? Dafür brauche ich die anderen Zimmer. Außerdem will ich nach Feierabend mal abschalten, und das kann man in einem Hotel nicht so gut.«

Rocky beobachtete fasziniert Wyatts Gesicht. Dann konnte er sich nicht länger beherrschen und fragte: »Entschuldigen Sie, der Rahmen Ihrer Brille ist verbogen.«

»Ja, das verdammte Ding«, sagte Wyatt.

Es entstand eine Pause. Rocky klatschte wieder in die Hände. »In Ordnung.« Er wies auf das Gebäude hinter sich, drei Stockwerke aus rosa Stein mit grauen Türen, Fensterrahmen, Eingangsvordächern. »Wir haben mehrere Apartments frei.« Er zählte mit seinen gepflegten, weißen, beringten Fingern auf: »Sie haben Video, CD-Spieler, Zentralheizung, Waschmaschine, zwei Telefone, vor allen Fenstern Jalousien. Sie haben eine Gegensprechanlage am Haupteingang und eine verschließbare Garage im Keller, Platz für zwei Wagen.«

»Kann ich die Garage sehen?«

Rocky sah überrascht aus. Normalerweise wollten alle zuerst das Apartment besichtigen. »Sicher, kein Problem.« Er führte Wyatt über eine Rampe hinunter ins halbdunkle Untergeschoß. An einer Seite befanden sich zwölf Garagentüren aus Stahl. »Absolut sicher. Der Fahrstuhl ist auf der anderen Seite. Ich zeige es Ihnen.«

Rocky schloß eine der Stahltüren auf. Dahinter war eine Garage mit Platz für zwei Wagen. Es roch schwach nach altem Öl und Abgasen. Er zog die Tür herunter, verschloß sie und öffnete eine massive Holztür, die in die hintere Wand eingelassen war. Sie führte zu einem kleinen Gang.

»Hier ist der Fahrstuhl«, sagte Rocky und betätigte einen Knopf. Der Lift kam und Rocky drückte die zweite Etage. »Habe hier ein hübsches Eckapartment«, sagte er. »Drei Schlafzimmer und alles andere, was ich Ihnen vorhin aufgezählt habe.«

Es war Nummer acht. Rocky zog ein großes Schlüsselbund heraus, schloß die Tür auf, und sie betraten das Apartment. Wyatt ging zu dem Fenster, von dem aus man die Queens Road, den Golfplatz und den Albert Park See sehen konnte. Ein paar Trottel waren auf dem See, ein oder zwei erbärmliche Segel flatterten im Wind. Er drehte sich um, musterte das Zimmer, ging ins Schlafzimmer und ins Bad. Rocky folgte ihm, berührte fast seine Hacken, die Schlüssel rasselten, er roch penetrant nach Aftershave.

Es sah aus wie in einem Resort-Hotel, so, wie sich die Gattin eines Bierbarons guten Geschmack vorstellte. Pastellfarbene Wände, glänzendweiße Schleiflackoberflächen, Terrakotta, lackierte Rattanmöbel, leuchtende Baumwollkissen und Stuhlbezüge, mexikanische Brücken, verschwommene Aboriginal-Drucke an den Wänden und Vasen, in Form und Farbe an Süßigkeiten erinnernd.
»Sie haben Ihre Kaffeemaschine, Ihre Mikrowelle«, sagte Rocky, »für die Gattin.«
»Sehr nett«, antwortete Wyatt. »Ruhig?«
»Absolut. Doppelverglasung, dicke Wände, Teppichboden in den Fluren. Sie werden nichts hören. Niemand klopft an Ihre Tür, um ein Schwätzchen zu halten. Momentan« – Rocky hustete ein wenig verlegen – »haben wir nicht alles vermietet.«
»Die Geschäfte laufen überall schlecht«, sagte Wyatt.
»Es wird besser werden«, sagte Rocky. »Das ist immer so.« Er hustete wieder. »Wir benötigen eine Kaution, natürlich nur, wenn Sie interessiert sind, das Apartment zu mieten.«
»Die volle Miete im voraus«, sagte Wyatt. »In bar. So arbeite ich für gewöhnlich.« Er zog seine Brieftasche heraus.
Rocky öffnete den Mund und schloß ihn wieder. »Sie nehmen es?«
»Ich nehme es.«
»Das werden Sie nicht bereuen. Es ist eine günstige Gelegenheit.«
»Genau«, sagte Wyatt.
Sie gingen ins Erdgeschoß und füllten in Rockys Auto den Mietvertrag aus. »Rufen Sie mich einfach an, wenn Sie noch etwas wünschen«, sagte Rocky, reichte Wyatt seine Visitenkarte und die Schlüssel.
Wyatt ging zurück ins Apartment und rief Pedersen an,

um ihm die Einzelheiten des abendlichen Vorgehens mitzuteilen. Dann kochte er Tee und setzte sich, um bis 18 Uhr zu warten, danach würde er Anna Reid anrufen und ein Treffen vereinbaren, um die Photos abzuholen. Er war etwas ungeduldig, und das überraschte ihn.

neunzehn

Im Bargain City schritt Ivan Younger den Lagerraum auf und ab, stieß einen Finger in die Luft und sagte: »Du bist ein Arschloch. Ein ganz dämliches!« Er blieb stehen. »Du kannst von Glück reden, daß sie dir nicht die Kehle durchgeschnitten haben. Ich an deren Stelle hätte es getan. Wo willst du hin?«

Sugarfoot zuckte die Achseln. »Mein Auto holen, dann die Einnahmen bei Ken einsammeln.«

Ivan dachte darüber nach. »Das und sonst nichts. Keine verdammten Abenteuer mehr, verstanden? Komm nachher auf direktem Weg hierher zurück. Geh Wyatt aus dem Weg. Du spielst nicht in derselben Liga.«

Sugarfoot machte ein böses Gesicht. Er hatte nichts anderes gehört an diesem Nachmittag. Stundenlang diese Litaneien ertragen, sich wie ein Stück Scheiße behandeln lassen. Schlimmer Mist über Intelligenzquotienten, abfälliges Gerede, das er sein ganzes Leben lang hatte hören müssen. Und als Sahnehäubchen zwei Mal in einer Woche zusammengeschlagen worden zu sein. Fuck! Sie konnten alle zur Hölle gehen.

Sugarfoot knöpfte seinen Mantel zu. Ein guter Mantel, knöchellang, warm, er verbarg alles, sah wichtig aus. Er hatte diese Idee mit einem Gewehr an einer Schlinge. Abgesägt würde es weniger als drei Kilo wiegen. Nur den Mantel zurückschlagen, es hochziehen und Bumm.

Aber auch nur darüber nachzudenken schien den geprellten Rippen und seinem Magen zuzusetzen. Er verzog

sein Gesicht vor Schmerz. Ivan sagte, seine Stimme eine Nuance freundlicher: »Bist du okay? Soll ich dich hinfahren?«
»Ich hab mir ein Taxi gerufen. Es wird schon gehen«, sagte Sugarfoot.
Aber er fühlte sich steif und wund. Sein rechtes Auge war geschwollen, färbte sich dunkel, war fast geschlossen. Verkrustetes Blut klebte an seinem Ohr und in seinem Nakken. Sein Haar sah aus, als wäre ein Rasenmäher drübergefahren.
Ivan berührte seinen Arm. »Kumpel, eines Tages werden wir es den Wichsern heimzahlen, okay? Sie sind zu weit gegangen. Aber tu mir jetzt den Gefallen, und geh ihnen aus dem Weg.«
Mr. Wichtig. Erstgeborener Sohn. »Fick dich«, zischte Sugarfoot.
Er ging nach draußen, um nach dem Taxi zu sehen. Er konnte fühlen, wie Ivan ihn hinter der mit Werbung beklebten Schaufensterscheibe des Bargain City beobachtete. Er zog den Mantel eng um sich. Der eisige Wind pfiff ihm um die Ohren.
Eine Hupe. Er sah auf. Ein Silver Top, der indische Fahrer gab ihm den Rest. »Haben Sie getrunken? Wenn Sie in mein Taxi kotzen, Kumpel, wischen Sie es wieder auf.«
»Du kannst mich mal«, sagte Sugarfoot.
»Yeah, du mich auch, Kumpel«, antwortete der Fahrer.
»Laß uns einfach fahren, okay?« sagte Sugarfoot.
Er gab die Adresse seines Hauses in Collingwood an. »Warten Sie hier«, sagte er. Er ging nach oben, schloß die Kiste unter seinem Bett auf und steckte das Klappmesser ein. Er brauchte eine Handfeuerwaffe, und zwar bald. Et-

was, was klein genug war, um es in den Strumpf zu stekken oder in der Hand zu verbergen. Was richtig gut käme – abgesehen von einer abgesägten Schrotflinte an einer Schlinge –, wäre bei passender Gelegenheit aus einer gewissen Entfernung mit einem Gewehr mit Zielfernrohr zu feuern. Kugeln, die aus dem Nichts kamen, der Ausdruck von Überraschung in Wyatts Gesicht, wenn seine Brust explodierte. Andere Leute würden sich umsehen und eine Weile brauchen, um zu kapieren, was vor sich ging.

Er ging hinunter und befahl dem Fahrer, ihn nach Richmond zu bringen. Sie kurvten eine Viertelstunde herum, und er versuchte, sich zu erinnern, wo der Customline stand. Wyatt war aus dem Richmond Park gekommen, eine Weile auf der Swan gefahren, dann nach Burnley, dann in die Seitenstraßen. Es war alles sehr deprimierend.

»Hör zu Kumpel«, sagte der Fahrer. »Ich würde dich nach Sydney bringen, wenn du willst, aber ich habe Besseres zu tun, als durch Richmond zu kurven.«

»Geht dich das irgendwas an?« fragte Sugarfoot.

Wenn er sich nicht so mies gefühlt hätte, würde er den Bastard jetzt und auf der Stelle auseinandernehmen. Aber an einer kleinen Verkehrsinsel wurden sie langsamer, und er entdeckte eine Gasse und an ihrem Ende einen roten Blitz.

»Hier können wir halten«, sagte er.

Der Fahrer sah sich um, runzelte die Stirn: »Hier?«

Sugarfoot zog ein finsteres Gesicht. Die Fotze lebte wahrscheinlich in einem zwei Stockwerke hohen, herrschaftlichen orientalischen Haus aus rotem Backstein in Sunshine.

»Behalt das Wechselgeld«, sagte er, es waren zwei Dollar. »Kauf dir 'n Stück Seife.«

Sugarfoot dachte für einen Augenblick, der Fahrer würde jetzt aussteigen, aber er zeigte ihm nur den Mittelfinger und beschleunigte mit quietschenden Reifen in Richtung Bridge Road. Sugarfoot versuchte ein Grinsen, trotz den Platzwunden im Gesicht, dann ging er die Gasse hinunter zu seinem Auto und entdeckte, Bastarde, Kratzer über die ganze Karosserie. Wahrscheinlich waren es Vietnamesen gewesen, die in dieser Gegend nichts anderes zu tun hatten, als den Besitz anderer Leute zu zerstören, und sich so ein Auto mit der Klinge eines Messers oder dem Rand einer Münze vornahmen. Fotzen. Sugarfoot schlug mit der Faust auf den Kofferraumdeckel, ging um den Wagen herum, versuchte, sich damit zu beruhigen, daß sie immerhin nicht die Reifen zerstochen hatten oder eingebrochen waren.

Er drehte den Anlasser, horchte, wartete darauf, daß der große Motor ansprang. Das tat er, Qualm ausstoßend beruhigte er sich dann und wummerte, wie man es gern hatte.

Er drehte sich um, um aus dem Rückfenster zu sehen, und fuhr rückwärts aus der Gasse, eine Hand am Steuer. So, wie er da saß, konnte er den Druck des Messers in seiner Tasche spüren.

Ein Ärger jagte den nächsten. In der Johnston Street vernahm er eine Sirene, sah sich um und entdeckte einen Polizeiwagen, der ihm bedeutete, an den Rand zu fahren. Schnell fummelte er das Messer aus der Tasche und schob es unter den Sitz. Er hatte seinen Führerschein parat und ein verdutztes Gesicht aufgelegt, als zwei Cops ausstiegen und an seine Tür traten. »Ist was nicht in Ordnung?«

Zwei Constables, so jung, daß sie noch Flaum im Ge-

sicht trugen. »Ein Traum von einem Wagen«, sagte der eine.
»Hab ich nicht gestohlen«, sagte Sugarfoot. »Ich kann Ihnen die Fahrzeugpapiere zeigen.«
Der andere Cop sagte: »Schon gut. Wir wollten nur mal gucken. Mein Kumpel hier hat einen Galaxie.«
»Völlig restauriert. Habe ich selbst gemacht«, sagte der erste Bulle.
Sugarfoot hätte sich beinahe für ihn erwärmt. »Gute Autos, Galaxies«, sagte er. Verfickte Mistkarren.
Er stieg aus, und die drei spazierten eine Weile um den Customline herum. Die Cops sagten, es sei eine Schande mit den vielen Kratzern. Sugarfoot erzählte ihnen, es seien Vietnamesen gewesen – er sei zusammengeschlagen worden, als er seinen Wagen beschützen wollte –, und die Bullen zeigten Mitgefühl, schnalzten mit den Zungen und wünschten ihm einen schönen Tag.
Er erreichte die Carib-Lean-Apartments in Fitzroy pünktlich, um Ken Sala in Tränen aufgelöst vorzufinden, die Wohnung ein Wrack, eine Tasche auf dem Bett, halb gepackt. Er schlug auf Salas wabbelige Wangen und hörte eine Geschichte von einem Überfall, ausgeführt von ein paar bewaffneten Typen.
Er nahm das Telefon. »Ken, alter Junge«, sagte er, während er die Nummer vom Bargain City wählte, »du sitzt tief in der Scheiße.«

zwanzig

Ivan war in dreißig Minuten da. In der Tür zum Schlafzimmer blieb er stehen, sah voller Schrecken auf das Bett und sagte: »Mein Gott, was haben sie bloß mit dem armen Schwein gemacht?«
Ken lag auf der Seite, ein dünnes, gelbes Nylonseil spannte sich straff zwischen seinen gefesselten Knöcheln und der Schlinge um den Hals. Sein Gesicht war rot vor Anstrengung, feucht, seine Augen traten hervor. Das Seil strangulierte ihn allmählich, und er war machtlos, es zu verhindern.
Sugarfoot drehte sich um. »Alles okay. Ich hab's unter Kontrolle. Er wird uns ein paar Fragen beantworten, nicht wahr, Ken?«
»Mach ihn los, verdammt noch mal.«
»Woher willst du wissen, daß er nicht versucht hat, uns reinzulegen? Wenn er Theater spielt, werden wir es bald herausbekommen.«
Ken Sala schaffte es, zu keuchen: »Das war ich nicht. Ich bin nicht blöd. Zwei Kerle. Mach mich los.«
»Mach ihn los, Sugar.«
Demonstrativ seufzend und murrend, beugte sich Sugarfoot zu ihm hinüber und begann, an den Knoten zu ziehen. Als er entdeckte, daß sie so hart wie Kieselsteine waren, zog er sein Messer heraus. Ken Sala fing an, auf dem Bett herumzuzappeln und grunzte schrecklich.
»Bleib liegen«, sagte Sugarfoot. »Ich werde dich nicht verletzen.«

Er schnitt das Seil durch. Ken Salas Erleichterung war offensichtlich. In den folgenden zwei Minuten waren die einzigen Geräusche im Zimmer Husten und Keuchen, bis sein Atem sich wieder beruhigte. Er setzte sich zitternd auf. »Ehrlich«, sagte er. »Zwei Kerle haben mich überfallen.«

»Wieviel haben sie mitgehen lassen?« fragte Ivan.

»Etwas über fünftausend. Ich habe es irgendwo aufgeschrieben.«

»Beschreib sie.«

»Einer war von der schweren Sorte, der andere war drahtig, das ist alles, was ich euch sagen kann.«

»Gesichter?«

»Sie trugen Masken. Diese Motorraddinger.«

»Nicht viel, um weiterzukommen.«

»Versteht ihr, sie wußten, wer ich war und alles. Der Fette hat mich mit Bonbonatem eingenebelt und gesagt: ›Wo ist das Geld, Ken?‹«

Ein Ruck ging durch Sugarfoot. Unwillkürlich sagte er: »Hobba. Ich hab's heute nachmittag an ihm gerochen.«

»Mein Gott«, sagte Ivan, seine Stimme war leise und erregt. »Das ist alles dein beschissener Fehler. Letzte Woche hast du Wyatt den Versicherungsjob versaut, heute verfolgst du ihn durch die ganze Stadt. Ich würde wirklich gern wissen, wie dein Hirn manchmal arbeitet. Was hast du denn erwartet, was er tun würde? Es einfach hinnehmen? Er will mir mitteilen, daß er mich schlagen kann, wann und wo er will.«

»Bullshit. Er bereitet mit Hobba einen Job vor.«

»Ach ja? Das ändert nichts an der Tatsache, daß er sich fünftausend Dollar vom Vermögen des Syndikats geschnappt hat. Was soll ich Bauer wohl erzählen? ›Tut mir

leid, diese Woche sind die Einnahmen kleiner ausgefallen?‹ Scheiße, die haben mich sowieso schon aufs Korn genommen. Das wird sie davon überzeugen, daß ich etwas zu verbergen habe.« Er sah zu Ken Sala hinüber. »Ich werde die Differenz aus eigener Tasche bezahlen. Was Bauer und Sydney nicht wissen, wird ihnen nicht weh tun. Mit Wyatt rechnen wir später ab.«
Sugarfoot zuckte die Achseln. »Wie du willst.«
»Halt einfach deine Klappe«, sagte Ivan. »Okay?«
Dann setzte er sich neben Ken Sala auf das Bett. Er erklärte ihm, daß es nicht seine Schuld war und daß er, Ivan, es in Ordnung bringen würde, Ken könne weitermachen wie eh und je, solange er nur sein Maul halte, okay?
»Okay«, sagte Ken Sala.
Besorgt rieb er seinen Nacken.

einundzwanzig

Wyatt rief Anna Reid um 18 Uhr an. Sie sagte, sie habe die Polaroids, er könne jederzeit vorbeikommen, und nun war er hier, in ihrem Wohnzimmer, und sie ritt ihn, auf dem Teppich vor ihrem Kamin, völlig konzentriert. Er sah in ihr Gesicht, ihre Lippen leicht geöffnet, die Augen starr, als wäre sie vom Muster des Teppichs hypnotisiert. Dann war sie wieder klar, sah ihn an und grinste, beugte sich über sein Gesicht, um ihm einen Nippel hinzuhalten oder ihre Brüste die Linie seiner Wangen und Kiefer streifen zu lassen, rechts und links. Manchmal verzerrte sich ihr Gesicht in einer Art Rage, als würde das nicht reichen, als würde sie ihn auch noch verzehren wollen. Sie hatte ihn gebissen, ritt ihn eine Weile sehr schnell, wurde wieder langsamer.

»Daran habe ich gedacht«, sagte sie. »Nicht an Geld.«

Als Antwort hob Wyatt sie etwas hoch und schob sie zurück. Sie bog den Kopf nach hinten. Dann verschnaufte er, und sie erhob sich, und sie sahen einander an, als sie sich wieder über ihm zu bewegen begann.

Als sie ihn an der Schulter festhielt und sich fallen ließ, rollte er mit ihr. Sie rutschte auf dem Teppich zurück, bedeutete ihm ihr zu folgen. Sie kletterte rückwärts in einen Sessel. Wyatt verlor sie beinahe, zog sie dann fester an sich, roch ihren Atem, während er sich wieder in ihr bewegte.

Sie sagte: »Ich wollte aufhören, jetzt will ich nicht mehr.«

Wyatt nahm ihre beiden Hände und zog sie nach unten.

Sie sah ihn fragend an, dann lächelte sie langsam, und er sah, wie sie mit ihren langen Fingern arbeitete und sich selbst mit kreisenden Bewegungen heftig rieb. Auch er war kurz vor der Explosion, also beobachtete er ihr Gesicht, und als ihre Augen sich öffneten, irgendwie sorgenvoll, ließ er sich gehen.

Das Zimmer war heiß. Sie schwitzten. Wyatt, die Arme angewinkelt, um sein Gewicht abzustützen, schaute hinunter auf Anna, die ihn schläfrig ansah, das Gesicht geschwollen, die Augenlider schwer. Sie blies zwischen ihre Brüste und auf seinen Oberkörper, und es fühlte sich wie eine kühle Brise an.

Nach einer Weile zog er sich zurück und fiel rücklings auf den Teppich. Es war ein teurer Teppich, und er schien in ihm zu versinken.

»Ich fühle mich wie ausgestellt hier oben«, sagte sie und legte sich neben ihn. Einen Augenblick später gesellte sich Masher zu ihnen, schnurrend stieß er mit dem weichen Fell seines Rückens gegen Wyatts Hüfte.

Sie schliefen ein. Später streichelte Wyatt Annas Arm und fragte: »Hat jemand gesehen, wie du die Kamera benutzt hast?«

Sie stöhnte und versteifte sich. »Zurück in die Wirklichkeit. Nein. Ich habe gewartet, bis niemand mehr im Büro war.«

»Hast du Bilder von jedem Zimmer?«

Sie legte ihren Kopf auf seine Brust. Als sie antwortete, schien ihre Stimme sich in seiner Achselhöhle zu verstärken. »Alle Zimmer, die Alarmanlage, den Safe.«

Wyatt versuchte, in ihr Gesicht zu schauen. Er sah nur die Kopfhaut durch die Haare schimmern. Er ließ sich wieder auf den Rücken sinken, sah sich die Wände an, die Decke,

die Gemälde, die Lichtanlage. Sie hatte einen teuren Geschmack.
Bald fühlte er sich unruhig. Anna betrachtete die Linien seines Körpers, verfolgte seine harte, muskelbedeckte Oberfläche mit der Hand, aber er war bereits mit seinen Gedanken bei Pedersen und ihrem Vorhaben später am Abend und bei dem Finn-Job an sich. Er sah auf seine Uhr. Sieben Uhr fünfzehn. Er bewegte sich leicht, weckte Masher auf, der sich dehnte und schüttelte und wieder zu schnurren begann.
Anna fühlte die Veränderung in Wyatt und zog sich von ihm zurück. »Gehst du?«
»Bald.«
»Ich werde die Photos holen.«
In einer einzigen anmutigen Bewegung erhob sie sich vom Boden. Er stand auf, folgte ihr mit den Augen, als sie durch den Raum ging, zu einem kleinen Tisch, auf dem eine Ledertasche lag. Sie hatte einen elastischen, intuitiven Gang. Die roten Abdrücke des Teppichs auf ihrer Haut sprachen ihn seltsam an, und unter anderen Umständen würde er sie wieder besitzen wollen.
Sie kam mit einem Stapel Polaroids zurück. Er begann, sie durchzusehen. Er nahm eines, auf dem der Safe zu sehen war, verharrte und dachte scharf nach. Er stand da wie eine Statue, starrte in den Kamin ohne ihn wahrzunehmen, versuchte, die Details herauszuarbeiten.
Sie berührte seinen Arm. Er schien ihn zurückzuziehen, und sie schauderte leicht beim Anblick der Kühle und Distanz in seinem Gesicht. »Hups«, sagte sie.
Er murmelte etwas.
»Du bist weit weg«, sagte sie.
Wenn er sich auf einen Job konzentrierte, haßte er es, un-

terbrochen zu werden. Er wollte gehen, irgendwo herumlaufen, einen ruhigen Ort finden, wo er nachdenken konnte. Aber das konnte sie kränken, darum öffnete er den Mund, um etwas Beruhigendes zu sagen. Aber plötzlich hatte er die Antworten auf die Fragen, die den Finn-Job umgaben, schnell und vollständig. Ein Lächeln erschien in seinem Gesicht und veränderte es.

»Herzlich willkommen«, sagte Anna und trat näher.

Er beobachtete sie. Nun hatte sie die Kontrolle. Darin war sie gut. Ihr Kopf neigte sich, und sie bewegte sich an seinem Körper abwärts, saugte an ihm. Später, als sie wieder auf dem Teppich lagen und sie sich auf ihm bewegte, beugte sie sich vor, um ihn zu küssen und er konnte sie beide auf ihren Lippen schmecken.

Ihre Oberschenkel preßten sich an ihn, als könnte sie damit Verlangen und Zweifel abschätzen. Ihr Gesicht war hart.

»Damit hätte ich wirklich nicht gerechnet«, sagte sie.

Er nickte. »Ich habe ein Haus an der Küste«, sagte er und betrachtete sie. »Dort können wir hingehen, wenn alles vorbei ist.«

Sie lächelte, hörte auf zu pressen, und beide bewegten sich wie in Trance. Masher wachte plötzlich auf, putzte sich ein Vorderbein und schlief wieder ein.

zweiundzwanzig

Gegen acht Uhr dreißig an diesem Abend beobachteten Wyatt und Pedersen die Autos, die im strömenden Regen die Chapel Street entlangzischten. Ein Alfa und ein BMW hielten vor Henri's Bistro und fuhren dann weiter, um nach einem Parkplatz zu suchen. Fünf Minuten später liefen die Insassen durch den Regen zurück, die Schuhe nass, die Aufmachung ruiniert.

Pedersen war sauer darüber. »Es würde diesen Kerlen nicht schaden, wenn sie ihre Mädels erst aussteigen lassen würden und dann einen Parkplatz suchen.«

»Es wird schon noch ein Gentleman vorbeikommen«, sagte Wyatt.

Sie standen unter der Markise eines Schuhgeschäftes zwei Türen entfernt von Henri's. Sie trugen ausgeliehene marineblaue Uniformen, Handschuhe und Mützen mit genug goldener Spitze versehen, um die Queen neidisch zu machen. In seiner Tasche hatte Wyatt ein Dutzend Karten, auf denen das Wort ›Parkservice‹ stand. Darunter eine Klausel, in kleineren Lettern gedruckt: ›Das Management übernimmt keine Verantwortung für Verlust oder Beschädigung.‹ Das gefiel Wyatt.

»Was ist bloß los mit diesen Wichsern?« sagte Pedersen. Er war hypernervös, ließ seine Fingerknöchel knacken, trat vor und zurück.

»Beruhige dich«, sagte Wyatt.

Pedersen schnaufte. »Ich bin Safeknacker, so 'nen Scheiß mache ich nicht.«

Wyatt wandte sich zu ihm und musterte ihn mit ausdruckslosem Gesicht.
»Es gibt keine Garantie, daß wir es schaffen. Warten ist ein Teil des Jobs, das weißt du.«
»Yeah«, sagte Pedersen. »Im Regen.«
Wyatt schwieg. Es gab immer einen, der vor einem Job nervös wurde. Da war immer jemand, der nicht so stabil war, wie man es gerne hätte. Immer ein persönliches Problem, immer irgendeine Falte, aber wenn man seine Zeit damit zubrachte, sie auszubügeln, würde man nie etwas zu Ende führen. Er hoffte nur, daß Pedersen vernünftig war.
»Das ist ein echter Rohrkrepierer«, fuhr Pedersen fort. »Wir könnten Eddi Loman das Geld geben, das ihr dem Zuhälter abgenommen habt, und ihm den Rest schuldig bleiben. Laß uns zusammenpacken.«
»Nur noch ein paar Minuten, okay?«
Dann sah Wyatt aus dem Augenwinkel, wie Pedersen etwas auf die Zunge legte und es verschluckte wie eine Eidechse eine Fliege.
»Oh, wie wunderbar«, sagte er und stieß Pedersen gegen die Wand. »Hobba hat gesagt, du bist sauber. Und du hast gesagt, du bist sauber.«
»Nur was zum Wachmachen, damit ich mich konzentrieren kann.«
»Konzentriere dich auf die Arbeit. Möchtest du eine Hand auf deiner Schulter, die dich auffordert, mit auf die Wache zu kommen und deine Taschen auszuleeren? Was hast du sonst noch genommen?«
»Nichts. Laß deine dreckigen Hände von mir.«
Wyatt ließ ihn mit einer verächtlichen Geste los. Sie hielten Abstand von einander, warteten, und der Regen fiel.
»Hör mal, Wyatt. Ich bin weg von dem harten Zeug, okay?«

Wyatt schien ihm nicht zuzuhören. Dann veränderte er seine Position. »Ich werde es dir nur einmal sagen. Wenn du irgend etwas nimmst, wenn wir den Job durchziehen, oder versuchst, mich auf irgendeine Art zu bescheißen, bist du ein Teil der Nahrungskette, bevor du es begreifst.«
Pedersens Gesicht verfinsterte sich und er fing an, auf den Fußballen zu wippen.
Dann hielt er inne, plötzlich völlig aufmerksam. »Sieh mal, da.«
»Ich sehe es.«
Ein weißer Mercedes 380 SE war aus dem Verkehr ausgeschert, die Bremslichter leuchteten auf, und er hielt vor Henri's. Dreißig Sekunden vergingen. Die Leute im Mercedes schienen sich zu beraten.
»Den nehmen wir«, sagte Wyatt. »Komm mit.«
Sie näherten sich dem Wagen mit aufgespannten Regenschirmen. Genau in dem Augenblick, als die Frau auf dem Beifahrersitz ihren Kragen hochschlug und die Tür öffnen wollte, sagte Pedersen: »Erlauben Sie, Madame«, öffnete die Tür und hielt den Schirm über sie.
Wyatt klopfte an das Fahrerfenster. Das Fenster fuhr leise ein Stück herunter.
»Wir haben jetzt einen Parkservice, Sir«, sagte Wyatt. »Hier ist Ihre Quittung. Zeigen Sie sie nach dem Essen vor, und man wird den Wagen für Sie holen.«
»Ich weiß nicht«, sagte der Fahrer. Er war übergewichtig, grunzte vor Anstrengung. Er schien mißtrauisch zu sein, also bereitete sich Wyatt auf eine Flucht vor.
»Was wird mich das kosten?« fragte der Mann.
Die Frau unter dem Regenschirm wurde unruhig. »Um Himmels Willen, Neil, gib ihm den Wagen. Es ist naß. Ich werde jetzt hineingehen.«

»Der Service ist umsonst, Sir«, sagte Wyatt.
Der Fahrer stieg aus, es schien ihn Mühe zu kosten. »Wenn er auch nur einen Kratzer hat, nur einen, packe ich euch bei den Eiern.«
»Sie werden absolut nichts zu Gesicht bekommen«, sagte Wyatt.
»Können Sie so einen fahren? Es ist keine japanische Blechkiste, verstehen Sie?«
»Neil«, sagte die Frau.
»Komme schon, komme schon«, antwortete der Fette. Wyatt begleitete ihn bis unter das Schutzdach vor Henri's Eingangstür und sah ihm nach, als er der Frau nach drinnen folgte.
»Laß uns abhauen«, sagte Pedersen.
Wyatt gab die Richtung vor, und Pedersen fuhr sie zu einem öffentlichen Parkplatz, wo Wyatt in den Holden umstieg. Dann führte er Pedersen durch die Stadt zur Sidney Road. Beide Wagen hielten sich an die Geschwindigkeitsbegrenzungen und beachteten alle Verkehrszeichen.
Sie erreichten einen Vorort mit engen Straßen. Kleine Fabriken drängten sich zwischen Arbeiterhäuser und die Straßenlaternen funktionierten entweder nicht oder waren zerbrochen. Wyatt stellte den Holden ein paar Meter vor einer gemauerten Wand mit mehreren Stahltoren ab. Unter einem der Tore schimmerte ein Lichtstreifen, und auf dem schmalen Schild an der Wand stand: ›AP Motoren‹.
Wyatt stieg aus, sah sich um, und ging zu Pedersen zurück, der im Mercedes sitzengeblieben war und sagte: »Hier ist es.«
Er näherte sich den Toren, klopfte einmal, wartete, klopfte dreimal und hörte, wie Riegel zurückgezogen wurden. Eine Stimme rief: »Bringt ihn rein. Macht schnell.«

Wyatt gab Pedersen das Zeichen hineinzufahren. Er folgte dem Mercedes in die Halle und half einem Mann im Overall, die Stahltore zu schließen.

Er sah sich um. Die Szenerie wirkte professionell. Eine Anzahl neuester Holden-, Falcon- und Hondamodelle war zerlegt worden. Einige Bohrmaschinen lagen auf einer Werkbank zwischen Büchsen mit ätzenden Lösungen, um Seriennummern zu entfernen.

Der Mann, der die Stahltore geöffnet hatte, wartete im Hintergrund. Zwei andere Männer standen bewegungslos an der Rückseite der Halle. Ein Vierter kam hinter einem Jaguar XJS hervor und sagte: »Ein Mercedes, was? Hübsch.«

Er trug ebenfalls einen Overall, der jedoch bis zur Taille aufgeknöpft war, und verschiedene, lange Goldketten. Er stellte sich vor den Mercedes und begutachtete ihn, die Hände in die Hüften gestemmt.

»Sehr hübsch. Ich bin Ray. Wer von euch ist Lake?«

»Ich«, sagte Wyatt und übersah die ausgestreckte Hand. Pedersen stellte er nicht vor.

Ray schaute von einem zum anderen. »Tja, ihr beide seid mir vielleicht ein paar Stimmungskanonen«, sagte er und fing an, den Mercedes zu untersuchen. Sein Blick glitt die Verkleidung entlang, dann legte er sich auf den Boden, um das Chassis von unten zu inspizieren. Danach hob er die Haube hoch und leuchtete mit einer kleinen Taschenlampe in den Motorraum. Schließlich nahm er einen kleinen Magneten aus der Tasche und befestigte ihn aufs Geratewohl an einer Stelle der Karosserie. Befriedigt, keinen Rostfüller unter dem Lack zu finden, sagte er: »Sehr gepflegt.«

»Das wissen wir«, sagte Pedersen. »Wie ist dein Angebot?«

»Halt deine Pferde im Zaum, kleiner Jimmy. Nimm dich vor dem Käufer besser in Acht.«

»Ach ja? Du hast ihn untersucht, nun mach das Angebot.«

»Ich verhandle mit Lake«, sagte Ray. »Lake, sag dem Quatschkopf, er soll das Maul halten.«

Rays drei Assistenten traten aus dem Dunkel hervor. »Wir sollten uns alle wieder beruhigen«, sagte Wyatt. Er fühlte sich sehr müde. Zu Pedersen gewandt, sagte er. »Bleib lokker, okay?«

»Frag ihn nach seinem Angebot.«

Ray zeigte mit dem Finger auf ihn. »Du mußt noch 'ne Menge darüber lernen, wie man Geschäfte macht, Kumpel. Wir gehen ins Büro, brechen den Scotch an, reden über alles, nett und zivilisiert.«

»Scheiß drauf.«

»Lake, meine Jungs nehmen deinen Freund in einer Minute auseinander.«

Wyatt trat dicht neben Ray und sagte rasch mit sanfter Stimme: »Es tut mir leid, Ray. Du weißt, wie das ist. Er ist ein guter Fahrer, aber er kann nicht mit Menschen umgehen.«

»Die Fotze spaziert auf ganz dünnem Eis. Eines Tages wird er in einem Fluß enden.«

Wyatt nickte. »Er hat einen beschissenen Charakter. Hör zu, wir lassen den Scotch besser aus. Ich traue ihm nicht zu, so lange ruhig zu bleiben. Also, wenn du willst, mach uns ein Angebot.«

Ray dachte darüber nach. Er machte eine Was-soll's-Geste: »Fünftausend. Mehr ist nicht drin.«

»Großer Gott«, mischte sich Pedersen ein. »Das habe ich gehört. Was für ein verfickter Halsabschneider.« Das Aufputschmittel machte ihn zunehmend unbeherrschter. »In Sydney bringt der verdammte Wagen doppelt soviel.«

Ray wurde unangenehm. »In diesem Stadium der Verhandlung hat der Käufer das Sagen. Und außerdem seid ihr zahlenmäßig unterlegen. Fünftausend. Nehmt sie oder laßt es sein.«
Wyatt teilte ihm mit, daß sie es nehmen würden.
Später, als Pedersen im Holden in Gelächter ausbrach, jauchzte und ›Some fun tonight‹ sang, war Wyatt nah daran, die ganze Sache abzublasen.

dreiundzwanzig

Sie erreichten die neue Unterkunft um halb zehn. Langsam fuhr Wyatt am Gebäude vorbei und dann zurück. Keine Autos, keine Fußgänger.

In der Wohnung wartete Hobba auf sie. Er hatte die Schuhe ausgezogen und sich in einen Sessel gefläzt. Das Zimmer roch nach Rauch und Pfefferminz. »Nett«, sagte er, als sie eintraten. »So macht freiberufliches Arbeiten Spaß.«

Wyatt ignorierte ihn. Er ging geradewegs zum Fenster und sah hinaus.

Hinter ihm betrat Pedersen widerwillig die Wohnung, mit ärgerlicher Miene sah er auf die Abdrücke, die seine Füße in dem dicken Teppich hinterließen. Seine Türsteheruniform hatte er bereits gewechselt. In Flanellhemd, Jeans und Wetterjacke wirkte er ausgelaugt und zeigte Anzeichen von Nachlässigkeit. »Wie lange müssen wir hier bleiben?«

»Nach dem Job bleiben wir noch einen Tag hier«, sagte Wyatt. »Keiner von euch geht nach Hause. Kauft euch alles, was ihr brauchen könntet. Wir wissen nicht, was die Youngers vorhaben. Wenn wir hier bleiben, kann uns niemand finden, bevor der Job erledigt ist. Aber haltet eure Augen trotzdem offen.«

»Du hättest den kleinen Schwanz kaltmachen sollen«, sagte Pedersen.

Hobba kicherte. »Wir haben ihm statt dessen einen anständigen, altmodischen Schrecken eingejagt.« Er erzählte von dem Pferdeschwanz und dem Ohrring.

Pedersen schnaubte verächtlich: »Das gefällt mir.«
»War längst überfällig«, sagte Hobba und breitete seine Arme aus.
Sie fingen an, die Sache zu erörtern und grinsten breit. Wyatt beobachtete sie. Nach einer Weile bemerkten sie das, schwiegen und lehnten sich in ihren Sesseln zurück.
»Okay«, sagte Wyatt. »Genauso machen wir es – wir nehmen ihn einfach mit.«
Pedersen begann zu nicken und dachte darüber nach. »Er ist nicht im Boden verankert?«
»Nein, ich habe die Photos gesehen.«
»Dann gefällt's mir. Wir werden schnell wieder draußen sein und können ihn woanders öffnen oder sprengen und uns Zeit lassen.«
Hobba runzelte die Stirn, versuchte wieder des Teufels Advokat zu spielen und fragte Pedersen: »Und wo zum Beispiel? Deine Bude können wir nicht nehmen, für den Fall, daß die Youngers sie beschatten, und ich wäre in den Arsch gekniffen, wenn ich in einer Nebenstraße Schmiere stehe, während du hinten im Van daran zugange bist.«
Beide sahen Wyatt an.
»Wir machen es hier«, sagte er. »Unten in der Garage.«
»Da ist ein ständiges Kommen und Gehen.«
»Tagsüber ist es ruhig wie eine Gruft. Niemand kann einen Blick in die Garage werfen. Niemand weiß, wer wir sind und woher wir kommen. Ich habe bar bezahlt, die ganze Summe im voraus. Wir haben allen Platz, den wir brauchen, jede Menge Ausgänge, keiner stört uns. Es ist perfekt.«
»Wenn du das sagst«, murmelte Hobba.
Pedersen beugte sich vor. »Was ist, wenn ich den Safe sprengen muß? Diesen Lärm kannst du nicht verbergen.«

»Wir werden's versuchen«, sagte Wyatt. »Es ist niemand in der Nähe, und die Garage ist unter der Erde. Während ihr beiden den Safe öffnet, werde ich die Straße überwachen. Kannst du uns ein paar Funkgeräte besorgen?«
Pedersen nickte.
»Morgen am späten Abend«, sagte Wyatt, »werden wir alles haben, was wir brauchen: den Van, Handschellen, Overalls, Schilder für den Wagen, Sprengstoff, Bohrmaschine ...«
Er schwieg. Sie dachten alle über den Job nach. Jetzt schien er durchführbar zu sein.
Dann sagte Wyatt: »Wie sieht's bei Finn aus? Um welche Zeit sind alle heute morgen angekommen?«
Pedersen öffnete sein Notizbuch. »Anna und das Mädchen kamen um acht Uhr dreißig. Finn um neun.«
Wyatt wandte sich an Hobba. »Um wieviel Uhr sind sie gegangen?«
»Das Mädchen um fünf, Anna fünf Uhr zwanzig, Finn fünf Uhr dreißig.«
»Irgend etwas Ungewöhnliches?«
»Alles normal. Zwischen zehn und elf sind alle drei zum Café gegangen und fünfzehn Minuten später wieder zurückgekehrt. Dann, um drei Uhr dreißig, ist Finn rausgegangen.«
»Darauf achten wir in den nächsten paar Tagen besonders«, sagte Wyatt. »Wenn wir am Freitag zuschlagen, wollen wir sie alle im Büro haben.«
»Was ist mit dem Zeitpunkt?« fragte Hobba. »Willst du's wirklich zur Hauptverkehrszeit machen?«
»Das wird die Bullen auf Trab halten«, sagte Wyatt. »Verkehrsunfälle, Autos, die auf Busspuren parken. Wenn wir

die Abkürzungen kennen, geht alles klar. Ich möchte, daß alles präzise läuft wie ein Uhrwerk.«

Hobba zuckte die Achseln. »Du bist der Boss.«

Sie entspannten sich in hellfarbenen Stoffsesseln. Draußen benetzte dichter Nieselregen die großen Glasfenster. Es war warm und geschützt hier oben, hoch über den schmierigen Straßen und dem endlosen Verkehr.

vierundzwanzig

Am Mittwoch morgen winkten Wyatt und Hobba ein Taxi heran, um Einkäufe zu erledigen. Ihr erster Anlaufpunkt war Eddie Loman. Das N in EDWARD LOMAN HARDWARE hing spiegelverkehrt, und Loman selbst hatte eine schlaff herunterhängende Schulter und ein steifes Bein, das beim Laufen ausschwenkte. Als das Taxi weg war, deutete er mit dem Kopf auf eine Werkstatt an der Rückseite, schloß die Stahltür hinter ihnen und sagte: »Habt ihr den Rest?«

Wyatt übergab ihm ein Bündel Geldscheine. Loman zählte es, sechseinhalbtausend Dollar, dabei bewegten sich die Lippen in dem grauen, ungesund aussehenden Gesicht.

»Stimmt genau«, sagte er. »Euer Zeug liegt da drüben.«

Er schwenkte auf seinem linken Bein herum und führte sie zu leeren Säcken, die in der entferntesten Ecke auf dem Boden lagen. Unter ihnen befand sich ein gehärteter Styroporbehälter. Darin lagen vier Paar Handschellen, ein Block Plastiksprengstoff, eine Bohrmaschine und Zangen.

»Ich sehe noch keinen Van«, sagte Hobba.

»Draußen hinter dem Laden«, sagte Loman. »Mach dir nicht gleich in die Hosen.«

Er wies ihnen den Weg durch eine schmale Tür zu einem leeren Platz hinter der Werkstatt. Er war mit Unkraut überwuchert. Stahlträger und eine Fläche aus rissigem Zement deuteten darauf hin, daß dies ein Gebäude war, das nie über das Fundament hinausgewachsen war. Dort war

ein weißer Econovan abgestellt. Der Lack war gepflegt, ohne Rostspuren, die Reifen waren geschwärzt worden.
»Was ist das für ein Wagen?« fragte Wyatt.
»Was ihr bestellt habt«, sagte Loman. »Zuverlässig, anständige Beschleunigung, die Herkunft ist nicht zurückzuverfolgen.«
»Laß mich mal antesten.«
»Mach was du willst«, sagte Loman und übergab Wyatt die Schlüssel.
Wyatt ließ den Motor fünf Minuten warmlaufen, bevor er die Handbremse und die Kupplung prüfte. Dann machte er mit dem Van eine zehn Kilometer lange Testfahrt. Er horchte auf die Reaktionen des Motors unter verschiedenen Bedingungen und schaltete mehrere Male die Gänge durch. Der Econovan war zwölf Jahre alt und würde keine Rennen mehr gewinnen, aber er würde genügen.
Als er zu Loman zurückkehrte, nickte er und sagte einfach: »Okay.«
Er ließ Hobba zurück in die Stadt fahren. Nach ein paar Minuten fixierte er Hobbas Gesicht. Hobba wand sich und rutschte in seinem Sitz hin und her, und schließlich sagte er: »Ist was nicht in Ordnung?«
»Du hast mir gesagt, daß Pedersen clean ist.«
»Soweit ich weiß, ist er es.«
»Gestern abend hat er sich sein Maul mit Aufputschpillen vollgestopft.«
»Max hat was?« Hobba schüttelte den Kopf, als wolle er sagen, daß menschliche Schwächen ihn nicht überraschten, aber sehr ermüdeten. »Dummer, blöder Bastard.«
»So einfach ist es nicht«, sagte Wyatt. »Ich will nicht, daß er alles versaut. Beim ersten Anzeichen breche ich den Job ab und bringe ihn um. Ich will, daß du ihm das sagst.«

Hobba steuerte mit einer Hand und fischte mit der anderen ein Pfefferminz aus der Büchse in seiner Tasche. »Mach ich«, sagte er mit dem Pfefferminz im Mund. Er war ein wenig bleich.

Wyatt lehnte sich zurück und schloß die Augen. Es gab nichts weiter zu sagen. Er war im Small talk nicht geübt, obwohl er wußte, daß die meisten anderen Leute das brauchten. Small talk half ihnen Anspannungen zu überbrücken und versicherte ihnen, daß sie einen Platz in der Ordnung der Dinge hatten. Aber Wyatt war nicht in der Stimmung für Hobbas Betrachtungen über Leben, Schicksal und Gott, und er wußte, daß seine geschlossenen Augen den fetten Mann davon abhalten würden, welche anzustellen.

Er dachte über Pedersen und seine Angewohnheit nach und über den Finn-Job. Wyatt glaubte daran, daß er selbst niemals das Schicksal herausforderte. Wenn ein Job nicht sicher wirkte, würde er ihn nicht machen. Aber er fragte sich, wie sehr das wirklich zutraf. War er nicht in Wirklichkeit süchtig nach einem gewissen Risiko?

Dann dachte er an Anna Reid. Es sah ihm nicht ähnlich, sich vor einem Job mit einer Frau einzulassen oder auch nur darüber nachzudenken. Er stellte fest, daß er Spaß daran hatte, mit ihr zu arbeiten. Sie hatte in diesem Job eine Rolle zu spielen, sicher, aber es war mehr als das. Er wollte ihr gefallen, und er ertappte sich dabei, daß er an die Zeit nach dem Job dachte.

Hobba hustete. »Wyatt? Wir sind da.«

Wyatt öffnete die Augen.

Der Van fuhr an dem Häuserblock der Elizabeth Street entlang, der billige Autovermietungsfirmen beherbergte. Hobba manövrierte den Wagen in eine Parklücke.

»Du weißt, was du zu tun hast?« fragte Wyatt.

Hobba nickte. »Ich übernehme deine Schicht um halb vier.«

Wyatt stieg aus und überquerte die Straße zur Economy-Autovermietung. Er hörte noch, wie Hobba einen Gang einlegte und sich wieder in den Verkehr einordnete, dann drückte er die Tür zur Autovermietung auf und trat ein. Ein Blick auf die Uhr. In einer halben Stunde würde er Pedersen ablösen.

Zwanzig Minuten später bog er in einem brauen Falcon Sedan in den Quiller Place ein.

fünfundzwanzig

Wyatt hielt auf einem Kundenparkplatz hinter den Geschäften, deren Schaufenster die Toorak Road zierten, parkte rückwärts ein, stellte den Motor ab und schlug eine Zeitung auf.

Er sah aus wie ein Mann, der auf seine Frau wartete.

Zunächst wirkte der Quiller Place wie ausgestorben, aber nach und nach gewann Wyatt einen Eindruck vom täglichen Rhythmus dieser kleinen Straße. Kurz nachdem er seinen Beobachtungsposten eingenommen hatte, kam eine Postbotin vorbei. Sie trug einen Regenmantel, obwohl es nicht regnete, und schob ihren Handwagen mit einem Anflug von Verachtung für die Straße, ihren Zustellbereich. Sobald sie verschwunden war, kamen alle älteren Leute aus den Häusern gegenüber Finns Kanzlei und sahen in ihre Briefkasten. Sie grüßten einander oder blieben stehen, um sich zu unterhalten. Eine enttäuschte Frau blickte zweimal in ihren Briefkasten, blieb stehen, um die Rückkehr der Postbotin abzuwarten, schaute säuerlich den Quiller Place hinauf und hinab. Ein alter Mann mit Gehgestell ging in Richtung der Geschäfte vorüber. Fünf Minuten später kam eine Hauspflegekraft herausgerannt, die wild nach ihm Ausschau hielt.

Zwischen halb eins und eins bevölkerten Verkäuferinnen und Geschäftsleute aus der Toorak Road den Quiller Place. Sie saßen in ihren Wagen, um Sandwiches zu essen oder fuhren zum Lunch irgendwohin. Die meisten waren um zwei zurück.

Dann folgte eine Welle von Nachmittagseinkäufern. Wyatt beobachtete sie über seine Zeitung hinweg, meistens junge Mütter, die in schimmernden Range Rovern, Volvos und Mercedes-Limousinen mit Dachgepäckträgern über den Quiller Place krochen. Sie parkten auf der Straße oder den Kundenparkplätzen, verschlossen ihre Autos und trugen wegen des kalten Windes italienische Ledermäntel oder farbige Skijacken, hohe Stiefel und Handschuhe. Sie blieben längere Zeit weg und tauchten, mit Paketen beladen, aus den zur Toorak Road führenden Seitenstraßen wieder auf. Eine Mutter mit zwei kleinen Kindern traf ihren Geliebten, Mamas Freund.

Fünf Leute suchten Finns Kanzlei auf. Wyatt versuchte vergeblich zu erraten, um wessen Klienten es sich handelte. Sie waren gut gekleidet – zwei Yuppies und drei vornehme Damen mittleren Alters –, aber falls sie besorgt waren oder in Schwierigkeiten, ihrem Äußeren hätte man es niemals angesehen. Er sah jedesmal auf die Uhr: fünf Minuten vor der vollen Stunde, fünf Minuten vor der halben Stunde.

Würde Anna Reid auch bei Klienten Vertrauen erwecken können? Plötzlich verlangte es Wyatt danach, sie zu sehen und zu berühren. Das Gefühl kam so klar und so stark, daß er begriff, wie er es unterdrückt hatte. Er erinnerte sich daran, wie es letzte Nacht gewesen war, ihr schwingendes Haar und ihr langer Hals und der Geruch ihrer Haut. Innerhalb von Minuten nach seiner Ankunft hatte sie nichts mehr unter ihrem Rock getragen, hatte sich auf die Arbeitsplatte in der Küche gesetzt, hatte ihn an sich schnuppern lassen, während sie ihn im Klammergriff ihrer schimmernden Beine gehalten hatte, den Rücken gewölbt. Es war samtig und feucht gewesen, und jetzt wollte Wyatt sie wieder. Er versuchte, sich zu konzentrieren, ihr Auftauchen zu erzwingen. Aber es geschah nichts, und er fühlte sich wie ein Narr.

Drei Minuten nach drei. Niemand hatte Wyatt oder seinen schäbigen Wagen beachtet. Dafür waren die Leute zu sehr mit sich selbst beschäftigt. Aber er wußte, daß sie nicht so beschäftigt waren, um ein Auto zu übersehen, das sich nie bewegte, oder einen Mann, der nie einkaufte oder seine Frau abholte oder seine Zeitung fertiglas. Deshalb die drei Schichten jeden Tag, die drei unterschiedlichen Fahrzeuge.

Um Viertel nach drei bog am hinteren Ende des Quiller Place ein Streifenwagen ein. Zwei junge Polizisten, ein Mann und eine Frau, überprüften die Straßenseiten. Wyatt startete den Falcon, fuhr in einem ungünstigen Winkel vorwärts, warf einen Blick nach hinten, den Arm über den Sitz gelegt, und fuhr wieder zurück, als wollte er den Winkel korrigieren.

Er tat dies dreimal, während der Streifenwagen die Straße entlangkreuzte. Nichts Ungewöhnliches. Nur jemand, der sich beim Parken ungeschickt anstellte.

Wyatt dachte nach. Ein Streifenwagen in einer Seitenstraße mitten am Nachmittag? Eine routinemäßige Runde? Für alle Fälle stieg er aus dem Falcon und stellte sich außer Sichtweite neben ein paar Ziersträucher hinter einem Buchladen. Hier würde er auf Hobba warten. Wenn die Cops zurückkämen, würde er den Wagen stehenlassen und durch die Toorak Road verschwinden.

Fünfzehn Minuten vergingen. Um halb vier kam Finn aus seinem Büro, ging über den Quiller Place auf den Hintereingang des Cafés zu. Seine Kaffeepause. Wyatt schrieb die Uhrzeit auf. Die Cops hätten inzwischen zurück sein müssen, wenn ihnen etwas verdächtig vorgekommen wäre.

Als Hobba erschien, den Econovan langsam durch die Straße steuernd, steckte Wyatt sein Notizbuch weg und stieg in den Falcon. Er machte Hobba nicht auf sich aufmerksam, sondern fuhr weg. Er war hungrig und durstig und fror, und der Tag war noch nicht vorüber.

sechsundzwanzig

Wenn Ivan seine Kohle sausen lassen will, dachte Sugarfoot, ist das sein Problem. Es kommt nicht in Frage, daß ich einfach so tue, als wäre nichts geschehen.

Einmal gepflanzt, wuchs die Entschlossenheit. Es sprachen drei Gründe dafür, um zum Angriff überzugehen. Erstens: an Wyatt und Hobba Rache zu nehmen. Zweitens: Ken Salas Einnahmen wiederzubringen, um das Minus in Ivans Tasche auszugleichen. Drittens: Wyatts Job zu übernehmen und zur Abwechslung mal wirklich Geld zu machen.

Aber Ivan ließ ihn den ganzen Mittwoch über schimmelige Teppiche lüften und Schulden eintreiben, so daß die einzige Waffe, die zur Verfügung stand, als er die Saloon Bar in Kings Head erreichte und die Fühler ausstreckte, eine alte .25er mit Schalldämpfer war.

Nicht einmal zu Hause kam er zur Ruhe. Rolfe war in der Küche und mischte Trockenfrüchte und Nüsse für eine Buschwanderung am kommenden Wochenende, und Tina konnte nicht aufhören, darüber zu lamentieren, warum Männer danach nie die Klobrille herunterklappten, sie spritzten und tropften immer alles voll, und in Zukunft könne jemand anders das Klo putzen, sie finde das alles widerlich.

Also schloß Sugarfoot sich in seinem Zimmer ein, zog ein halbes Gramm Koks weg und schaltete die Kiste an. Er sah die Nachrichten auf Kanal 2, weil es zum einen dort keine Werbung gab, und zum anderen gefiel ihm die Art, wie Edwin Maher das Wetter präsentierte.

Um halb acht ging er hinunter. Tina wusch das Geschirr ab. Er wollte ihr sagen, daß es nicht schaden würde, wenn sie ihn hin und wieder zum Abendessen einlud, aber es fiel ihm ein, daß es Linsen gab, und so sagte er das, weswegen er eigentlich heruntergekommen war: »Tina, gehst du heute abend aus?«
Sie drehte sich nicht um. »Warum?«
»Kann ich dich um einen Gefallen bitten?«
»Welchen?«
»Kann ich mir deinen Kombi ausleihen?«
Diesmal drehte sie sich um. »Was ist mit deinem Auto los?«
Verdammt, sie kennen mein Auto, und ich will nicht, daß man mir wieder auflauert. »Nichts«, sagte Sugarfoot. »Ich habe einem Kumpel von mir versprochen, daß ich ihm helfen würde, ein paar Möbel zu transportieren.«
»Du hast einen Kumpel?«
Verbittert sagte er: »Vergiß es«, und wollte gehen.
»Komm zurück, Sugar. Ich hab's nicht so gemeint.« Ihr Gesicht war rot, halb reumütig. »Wann brauchst du ihn?«
»Später am Abend.«
Sie zog die Achseln hoch und schien unentschlossen – typisch Frau, dachte Sugarfoot. Endlich sagte sie: »Ich denke, das geht in Ordnung.«
»Danke.«
Bloß keine einfache Angelegenheit daraus machen. Bloß nicht einfach die Schlüssel übergeben. Er mußte warten, während sie sagte: »Sei vorsichtig damit. Außerdem könntest du mal tanken.«
Scheiß auf einen gelegentlichen Gefallen. Sugarfoot nahm die Schlüssel aus ihrer ausgestreckten Hand. Dann schien

sie ihn das erste Mal richtig zu bemerken. »Du siehst irgendwie anders aus. Warst du beim Friseur?«
»Das kann man so sagen.«
Er drehte sich um und verließ die Küche. Oben schaute er sich ein Video an. Um neun Uhr schob er die schallgedämpfte .25er in seinen Gürtel, zog seinen langen Mantel an, ging hinunter und startete Tinas Kombi.
Gegen halb zehn stand er vor Hobbas heruntergekommenem Wohnblock an der Racecourse Road. Er hatte keinen klaren Plan, hoffte aber inständig auf eine Überraschung. Er fuhr in den achten Stock, klopfte, erhielt keine Antwort und fuhr wieder hinab. Er wollte Hobba nicht verpassen, aber er war auch besorgt über die vietnamesischen Kids, die auf die Idee kommen könnten, Tinas Kombi in die Luft zu jagen.
Außerdem war hier jede Menge los. Polizei- und Rettungswagen rasten die Racecourse Road rauf und runter, Schreie hallten durch die Dunkelheit, irgendwelche Spinner hinterließen beim Anfahren ihrer tiefergelegten Wagen absichtlich Reifenspuren auf dem Asphalt, darüber wirbelte der Polizeihubschrauber mit einem Suchlicht. Menschliche Tiere torkelten aus dem Pub nach Hause und pißten und kotzten in Fahrstühle und Treppenhäuser.
Als Hobba gegen Mitternacht immer noch nicht aufgetaucht war, nahm Sugarfoot an, daß die Bastarde wahrscheinlich alle bei Pedersen waren. Zehn Minuten später stapfte er über sauber angelegte Gartenbeete und Kiespfade zu Pedersens Holzverschlag.
Auch Pedersen war nicht zu Hause.
Er setzte sich auf die Kunststoffcouch und dachte darüber nach.
Sie hatten den Job erledigt, und Pedersen war ausgegan-

gen, um zu feiern. Er würde spät nach Hause kommen und müde sein. Und wenn er gerade dabei wäre, daß Licht anzuschalten, würde eine Stimme aus der Dunkelheit kommen: »Sind wir aus gewesen? Wegen dem Job, den du abgezogen hast ...«
Pedersen würde starr, mit geöffnetem Mund, dastehen wie eine Zielscheibe.
Gegen zwei dachte Sugarfoot, scheiße, der ist wahrscheinlich längst auf Bali und läßt sich am Kuta Beach seinen Schwanz massieren.
Er ging. Diesmal benutzte er die Vordertür.
Und fühlte seinen Fuß gegen etwas auf der Fußmatte stoßen. Er beugte sich hinab, um zu sehen, was es war. Das zeigte einem mal wieder, nicht zu schnelle Schlüsse zu ziehen. Zwei Ausgaben der *Herald Sun*, von gestern und heute. Pedersen war überhaupt nicht zu Hause gewesen. Hobba auch nicht. Sie waren irgendwo abgetaucht.
Wenn man ein Einzelgänger ist, hat man das Problem, daß man keine Typen überwachen kann, bevor sich nicht irgendwer irgendwo zeigt. Sugarfoot fuhr den Kombi zurück nach Collingwood, fühlte sich müde und deprimiert. Morgen würde ein großer Tag sein.

siebenundzwanzig

Am Donnerstag morgen übernahm Hobba die Schicht von halb neun bis halb eins. Pedersen zog los, um die Funkgeräte zu kaufen, und Wyatt holte die Folien für den Van ab. Es war ein modernes Layout, der Schriftzug mit dem Namen der Scheinfirma war schwarz und vom Stil futuristisch. Er war gerade dabei, sie an den Seiten und hinten am Van anzubringen, glättete die Falten und Luftblasen, als Pedersen mit den Funkgeräten zurückkehrte.

»Wir werden sie ausprobieren«, sagte Wyatt.

Er schloß das Garagentor hinter Pedersen und ging hoch zur Straße, ließ ein Taxi vorbei, und drückte dann den Sendeknopf. »Wie ist es?«

Pedersens Stimme war zu hören, scharf und verzerrt: »Laut und deutlich.«

»Okay.«

Zurück in der Garage, half Wyatt Pedersen, ihre Fingerabdrücke vom Van zu entfernen. Von jetzt ab würden sie Handschuhe tragen. Die Papiere des Vans waren nicht zurückzuverfolgen, aber sowohl Hobba als auch Pedersen hatten eine Zeitlang gesessen, also waren ihre Fingerabdrücke in der Kartei.

Sie arbeiteten schweigend. Das schien Pedersen nicht zu passen. Wyatt konnte die Seitenblicke fühlen. Schließlich sagte Pedersen: »Weißt du, was das erste ist, was ich mit meinem Anteil mache?«

Wyatt war nicht neugierig. Er war lediglich daran interessiert, herauszufinden, wie stabil Pedersen war. Aber er

nahm es leicht, wohl wissend, daß Pedersen nach dem morgigen Tag keine Rolle mehr spielen würde: »Neue Garderobe?«
Pedersen verzog das Gesicht, rieb sich die Hände an der Jacke ab. »Vierradantrieb, etwas mit ein bißchen Stil, wie ein Range Rover.«
»Dann wirst du einen anderen Hut brauchen«, sagte Wyatt. »Einen netten Akubra mit breitem Rand. Und dazu Cowboystiefel.«
»Ich bin doch kein verdammter Viehzüchter aus den Bergen!« Pedersen schwenkte seine John-Deere-Kappe und schien einem Film über eine Kleinstadt in Texas entsprungen zu sein. »Was ist mit dir?« fragte er.
Das war sinnloses Geschwätz, und Wyatt hafte es. Ihm fiel nichts ein, was er jetzt erwähnen sollte, noch konnte er sich Gründe vorstellen, etwas dazu zu sagen.
»So dies und das«, sagte er.
Pedersens Gesicht zog sich zusammen. Er starrte Wyatt an. »Du bist ein Bastard, gut mit all dem Zeugs – «, er zeigte auf den Van, und meinte den Job, der vor ihnen lag, »aber als Arbeitskollege bist du ein richtiges Arschloch. Versuch dich mal zu entspannen. Ein Kerl wie ich weiß ganz gerne, mit wem er zusammenarbeitet.«
Wyatt sprach ruhig, die Worte klangen flach und kalt. »Laß mich im Stich, und ich bringe dich um. Du würdest das gleiche mit mir tun. Das ist alles, was wir über einander wissen müssen.«
Pedersen musterte Wyatt, nickte wissend. Es war seine Art zu sagen, daß er Wyatt aber nicht in allem zustimmte.
Wyatt schwang sich auf den Fahrersitz. »Wir haben noch viel zu tun.«
Pedersen schloß die Garagentür hinter ihnen, stieg auf den

Beifahrersitz und setzte sich dicht an die Tür. Wortlos faltete er den Stadtplan auseinander und begann, alternative Routen zwischen Finns Kanzlei und ihrem Unterschlupf auszuarbeiten.

Wyatt sagte: »Wenn möglich, vermeide große Kreuzungen, Rechtskurven, Zebrastreifen, Straßenarbeiten.«

Pedersen sah nicht auf. »Ich mache das nicht zum ersten Mal.«

»Mach dir Notizen und einen Zeitplan, für jeden Streckenabschnitt, die Dauer von Ampelphasen, alles.«

Pedersen zog seinen Ärmel hoch, eine Timex wurde an seinem breiten Handgelenk sichtbar. Er schrieb die Zeit auf, zehn Uhr.

Der Verkehr war mittel bis stark. Wyatt fuhr die St. Kilda Road entlang, bog dann in die Toorak Road. Er kreuzte die Punt Road und die Chapel Street, bog rechts in die Seitenstraße, die zum Quiller Place führte und parkte vor der Einmündung.

»Wir können eine der beiden Hauptstraßen nehmen«, sagte Pedersen. »Entweder fahren wir den Weg zurück, den wir gekommen sind, oder über die Commercial Road. Auf beiden Strecken gibt es Ampeln und Straßenbahnen. Um auf die Commerical zu kommen, müßten wir rechts abbiegen, und wenn wir auf der St. Kilda Road zurückfahren, auch.«

»Nebenstraßen?«

Pedersen sah auf die Karte. »Die meisten sind Einbahnstraßen. Wir müssen die richtigen heraussuchen.«

Wyatt mochte Nebenstraßen nicht. Das bedeutete Stop-Schilder, Kreisverkehr, Buckel zur Geschwindigkeitsreduzierung, Leute, die aus Auffahrten zurücksetzten. Er sagte: »Wir versuchen zuerst die Hauptstraßen.«

Während der nächsten zwei Stunden nahmen sie zweimal die Zeiten auf den Hauptstraßen, zuerst mit verhaltener Geschwindigkeit, dann gaben sie Gas. Wyatt berechnete Ampeln, Straßenbahnen, Lücken im Verkehr im voraus. Pedersen las die Karte, hielt nach Streifenwagen Ausschau – und nach Sugarfoot Younger.
Die Straßenbahnen machten ihnen mit dem ewigen Aus- und Einsteigen der Fahrgäste einen Strich durch die Rechnung. Frustriert beobachteten sie, wie sich kleine Autos daran vorbeimogelten, während ihr großer Van nutzlos im Leerlauf stand und darauf wartete, daß die Straßenbahnen weiterfuhren. In der Toorak Road manövrierten Matronen in Pelzmänteln ihre Rolls-Royce und es gab Lieferwagen, die in zweiter Reihe vor den Boutiquen parkten. In der Chapel Street hoben Straßenarbeiter Gräben aus.
»Wir haben keine andere Wahl«, sagte Wyatt. »Es müssen Nebenstraßen sein.«
Pedersen sah auf die Karte, und sie versuchten es noch einmal. Gegen Mittag hatten sie ihre Route. Es war ein Kompromiß, sie benutzten die Hauptstraßen und ein System von engen Wohnstraßen. Nach drei Durchläufen hatte Wyatt die Dauer der Fahrt auf zwölf Minuten reduziert. Pedersen, der so lange schlecht gelaunt gewesen war, grinste plötzlich. »Trockenen Fußes zu Hause, bevor sie auch nur den Alarm anschalten.«
Wyatt zog die Handbremse. »Zwölf Uhr fünfzehn. Zeit für deine Schicht.«
Das Grinsen verschwand. »Immer auf Achse, Wyatt, stimmt's?«

achtundzwanzig

Am Freitag wechselten sie wieder die Schichten. Wyatt nahm die erste und sah zu, wie das Geld ankam.

Zwei Männer brachten es in einer Aktentasche, am späten Vormittag, so, wie Anna gesagt hatte. Vom Fahrersitz eines gemieteten Datsuns beobachtete er, wie sie in einem dreckbespritzten weißen Falcon ankamen, zwei Männer in Tweedjacketts, gelbe Bauhelme auf der hinteren Ablage. Sie blieben fünf Minuten, und als sie herauskamen, hatten sie einen genervten Gesichtsausdruck.

Hobba beschattete bis zwei Uhr, Pedersen bis vier, diesmal zu Fuß. Um fünf vor vier kamen Wyatt und Hobba im Van. Pedersen kletterte nach hinten und zog einen Overall an. Er berichtete ihnen, daß Finn gerade von seiner Kaffeepause zurückgekehrt war. Und er hatte einen Klienten hineingehen sehen.

Um vier Uhr zwölf schlugen sie zu.

Jeder, der auf dem Bürgersteig vorbeigegangen war, mochte einen weißen Firmenwagen gesehen haben, der in die Auffahrt des Quiller Place Nr. 5 gefahren war. Drei Männer stiegen aus. Die Männer trugen Wollmützen – es war ein kalter Tag – und Overalls. Sie blieben auf der Beifahrerseite des Wagens, was bedeutete, daß man sie von der Straße aus nicht deutlich sehen konnte. Doch eine Zeugin, Lady Wright, erzählte der Polizei später aufgeregt, daß drei Handwerker herausgekommen waren, die einen dieser Gepäckwagen schoben. Es gab nur noch einen anderen Zeugen, einen Ladeninhaber, der nachsehen wollte,

ob er die Scheinwerfer seines Wagens ausgeschaltet hatte. Er sah den Van drüben vor Nr. 5 und nahm an, daß die Computer gewartet würden.
Niemand sah, wie die drei Männer vor der Eingangstür stehenblieben und Sturmmasken über ihre Gesichter zogen und dann eindrangen, schnell und geräuschlos.
Wyatt ging in Finns Büro, Hobba in das von Anna Reid.
Pedersen schloß die Eingangstür ab, zog den Telefonstecker heraus und hielt seine Waffe an Ambers Schläfe. Er berührte mit dem Zeigefinger die Lippen und drückte Amber an den Schultern herunter, bis sie verstand und sich auf den Boden sinken ließ. Er sagte nichts.
Hobba war zuerst da, schob Anna Reid vor sich her. Sie stolperte, behindert durch einen engen Rock. Ihr Haar fiel nach vorn, verdeckte ihr Gesicht. »Wer sind Sie?« fragte sie und warf es zurück. »Was machen Sie hier?«
Wyatt erschien mit Finn und einem Klienten – männlich, jung, er trug eine kurze Lederjacke und Designerjeans. Der Klient machte einen benommenen Eindruck, weggetreten, als würde er halb schlafen. Finn sträubte sich und protestierte, wollte sich nicht antreiben lassen. Er trat ein, wachsam, energisch in seinem grauen, gutsitzenden Anzug und starrte zornig auf Hobba und Pedersen und zurück zu Wyatt.
»Sie wissen nicht, worauf Sie sich hier einlassen«, sagte er.
Wyatt wedelte mit der Waffe.
»Wie?« fragte Finn herausfordernd, »was soll das bedeuten?«
»Nicht, Mr. Finn«, sagte Amber. Ihre Stimme zitterte. »Er will, daß Sie sich hier zu uns auf den Boden setzen.«
Finn ließ seinen großen Körper auf den Boden sinken. Wy-

att stieß dem Klienten in die Rippen, weil er ohnmächtig zu werden drohte.
Hobba sagte: »Bildet einen Kreis und streckt die Handgelenke aus.«
Das waren die einzigen Worte, die einer der Männer während der vier Minuten, die der Überfall dauerte, von sich gab. Später konnte sich keines der Opfer erinnern, wie die Stimme geklungen hatte oder was genau die Worte gewesen waren. Sie waren sicher, daß keine Namen genannt worden waren. Sie streckten ihre Handgelenke aus und fühlten, wie die Handschellen klickten und sie fest umschlossen, und dann saßen sie da, im Kreis, gefesselt an ein Bein von Ambers schwerem Schreibtisch, während zwei der Männer den Raum verließen. Der dritte blieb zurück. Er sprach kein Wort. Er stand hinter Anna Reid, seine Waffe auf ihren Hinterkopf gerichtet, und starrte Finn an. Die Bedeutung war offensichtlich: Versuch irgend etwas, und sie wird erschossen. Amber war sicher, daß es sich um eine echte Waffe handelte. Sie konnte Kugeln in dem Zylinder sehen, und sie hörte, wie die Gummihandschuhe auf dem Metall quietschten. Kein Zeichen von Nervosität, kein Kreischen, kein Herumfuchteln mit der Waffe. Der Polizist, der später ihre Aussage aufnahm, nickte. »Profis«, teilte er ihr mit.
In Finns Büro machten sich Hobba und Pedersen zügig an die Arbeit, stülpten einen Pappkarton über den Safe und setzten ihn auf den Gepäckwagen.
Wyatt hörte, wie sie zurückkehrten. Die Rollen unter dem Wagen rumpelten über den polierten Boden des Flurs. Dann hörte er, wie sie durch die Eingangstür gingen. Er sah sich nicht um. Er richtete seine Waffe weiter auf Anna und seine Augen auf Finn.

Eine Minute später – ein Klopfen an der Tür. Alles erledigt. Wyatt preßte seine Knie sehr sanft gegen Annas Schulter, dann verließ er den Raum rückwärts. Seine Waffe zeigte nun auf Finn. Finn schien anzuschwellen, er spuckte die Worte förmlich aus: »Ich werde euch Scheißkerle finden.«
Im Eingangsbereich entfernten sie die Sturmmasken, verließen das Haus und hoben den Safe in den Laderaum des Vans. Hobba kletterte hinterher. Pedersen schmiß die Tür zu und setzte sich auf den Beifahrersitz. Wyatt hatte den Motor angelassen. Er fuhr vom Quiller Place hinüber in die Toorak Road. Niemand beachtete sie.
Wyatt fuhr drei Blocks die Chapel Street entlang, dann bog er ab, schnitt dabei eine Tram und befuhr das System der Nebenstraßen, das Pedersen für ihn ausgearbeitet hatte. Es waren enge Straßen, noch schmaler wegen kleiner, glänzender Autos. Hinter einem roten MG tauchte ein Hund auf und rannte ihnen in den Weg. Sie spürten und hörten, wie die Reifen ihn ergriffen und zermalmten. Hier wurden Hunde höher bewertet als Kinder. Dafür würde man sie auf Kanal 10 heute abend verteufeln.
Dann gelangten sie zur Punt Road, immer noch in Richtung Süden, nun in schneller Fahrt, aber nicht schneller als irgendein anderer kampfbereiter Fahrer während des Feierabendverkehrs. An der Ampel ein zügiges Rechtsabbiegen auf die Commercial Road, dann freie Fahrt bis zur St. Kilda Road. Ein paar Blocks nördlich fuhren sie auf der Busspur, dann schnell links, wieder links und mit einem leichten Aufsetzer über die Rampe auf die unterirdische Ebene zur Garage.
Wyatt entfernte die Folien mit dem Schriftzug und schraubte die falschen Nummernschilder ab. Hobba gesellte sich zu Pedersen in den Laderaum. Wyatt hörte, wie

sie sich berieten. Dann stieg Pedersen aus. »Wyatt, ich kann nicht bohren – er ist mit einem Stahlgitter gefüttert, das braucht Stunden. Ich muß ihn sprengen.«
»Geht das, ohne daß das Geld Schaden nimmt?«
»Kleinigkeit.« Pedersen demonstrierte es mit den Händen. »Ich werde die Sprengung auf das Schloß konzentrieren. Kein herumfliegendes Metall, nur ein bißchen Qualm und Lärm.«
Wyatt nickte. Er half ihnen, den Safe auszuladen, fuhr den Van zurück und schloß die Garagentür hinter ihnen. Dann ließ er Pedersen und Hobba den Plastiksprengstoff anbringen und ging mit einem Funkgerät nach oben auf die Straße. Nach fünf Minuten fragte Hobba: »Alles klar?«
Der Feierabendverkehr auf der St. Kilda Road links von Wyatt und auf der Queens Road rechts von ihm war ziemlich dicht, aber hier, vor dem grau- und pinkfarbenen Apartment, war kein Verkehr. Er hatte noch an Sugarfoot Younger gedacht, aber es gab keinen Hinweis, daß Sugarfoot in der Nähe war. »Alles klar.«
»Wir sprengen jetzt.«
Es gab ein dumpfes Geräusch, als würde man eine Tür weit entfernt zuschlagen. Das Funkgerät knackte, als hätte Hobbas Hand es reflexartig an sich gezogen.
Wyatt wartete. Sie brauchten lange. Er fragte: »Alles okay?«
»Wart 'ne Sekunde«, antwortete Hobba. »Meine verdammten Ohren. Überall ist Rauch.«
Zwei Minuten später knackte das Funkgerät wieder. Wyatt hörte Hobba sagen. »Du kleine Schönheit.«
Wyatt ging wieder über die Rampe hinab und fuhr den Van neben den Safe in die Garage. Er konnte den Rauch riechen; die Luft war immer noch dick. Hobba und Peder-

sen waren über den Safe gebeugt, der sich von der Wucht der Explosion schwarz verfärbt hatte. Die kleine Tür stand offen, versengt und verbogen, und ermöglichte den Blick auf kleine Bündel aus Fünfzig- und Hundertdollarnoten. Hobba konnte nicht abwarten. Er stopfte das Geld in eine Tasche der Quantas-Fluggesellschaft.

Wyatt ließ die Verschlüsse seines Overalls aufschnappen. »Ich werde den Van morgen entsorgen, aber ihr beide werdet hier nicht mehr herunterkommen, deshalb schaut genau nach, ob ihr alles habt. Max, du kümmerst dich um die Overalls und die Mützen.«

Pedersen antwortete erst nicht. Dann stieß er ein kurzes Lachen aus und zu Hobba gewandt, sagte er: »Hör dir mal bitte den an, Hobba. Lächle mal, Wyatt. Wirf einen Blick auf die hübsche Beute.«

Wyatt tat, als hörte er ihn nicht. Er stopfte seinen Overall, die Handschuhe und die Wollmütze in eine Einkaufstüte, dann zog er die Mütze wieder heraus und wischte damit die drei .38er Revolver ab.

»Vergiß es, Max«, sagte Hobba.

»Der geht mir ganz schön auf den Sack«, sagte Pedersen.

neunundzwanzig

Nach den anfänglichen Ängsten und der Aufregung, als sie da so auf dem Teppich saßen, Handgelenk an Handgelenk, sagte Finn, um ihre Reaktionen zu testen: »Das war eine persönliche Sache, bestimmt.«

Er beobachtete sie. Der Klient hatte nichts damit zu tun, da gab es kein Problem. Amber, dem Weinen nahe, schniefte und fragte: »Persönlich?« Anna schenkte ihm einen gleichmütigen Blick. Seit neuestem wußte er nie, was in ihrem Kopf vorging.

»Es war nicht viel im Safe«, sagte er. »Jemand ist nur darauf aus, mir eins auszuwischen, das ist alles.«

»Wer?« fragte Amber beunruhigt und kläglich. Sie hob eine Hand, um sich die Nase zu reiben, stellte fest, daß das nicht ging und lehnte sich dahin, wo ihr Handgelenk an das von Anna geschlossen war. Anna sah ihr ausdruckslos zu.

»Damit werde ich schon fertig«, sagte Finn. Sein Gesichtsausdruck sollte besagen, daß es sich um eine vertrackte und private Geschichte handelte. Er wartete, während er sie beobachtete. »Ich möchte, daß jede von euch jetzt das Richtige tut. Um den Verlust muß sich niemand Sorgen machen.«

Amber runzelte die Stirn.

»Pardon?«

»Er möchte, daß wir nicht darüber reden«, sagte Anna mit funkelnden Augen und vielsagendem Gesichtsausdruck.

Amber war betroffen. »Mr. Finn, das geht nicht. Das ist nicht recht, Sie müssen es der Polizei erzählen.«
Die Handschellen an den Händen hinderten Finn daran, eine beschwichtigende Geste zu machen. »Es tut mir leid. Sie haben sicher recht.«
»Ich meine, sie trugen Waffen. Sie hätten uns verletzen können. Was wäre, wenn sie jemand anderem das nächste Mal Schlimmeres zufügen?«
»Ich weiß, was Sie damit sagen wollen«, sagte Finn, »Aber ich habe gedacht, Sie würden nicht wollen, daß die Polizei hier durchtrampelt, das ist alles. Daß sie jedem mit ihren Fragen auf die Nerven gehen und so weiter, und so weiter.«
Nein, teilte ihm Amber mit, die sich schnell erholte, das habe höchste Wichtigkeit, und er müsse das die Polizei wissen lassen. »Wie auch immer«, sagte sie, »auf der Straße werden Leute etwas gesehen haben.«
Finn atmete tief aus. »Sie haben recht«, sagte er. Anna warf ihm einen Blick unter hochgezogenen Augenbrauen zu, denn Amber ließ nicht locker, und der Klient schien inzwischen eingeschlafen zu sein. »Okay, wir werden sie besser anrufen«, sagte er.
Ihre Situation erinnerte an gewisse Filme. Sie mußten alle gleichzeitig über den Boden krabbeln und sich umsetzen, bis Amber auf der Seite lag, den Arm ausstreckte, um den Telefonstecker wieder in die Buchse zu stecken. Dann zog sie das Telefon vom Schreibtisch. Sie war schon dabei, die Tasten zu drücken, als sie nervös kichernd innehielt. »Ich weiß die Nummer nicht«, sagte sie, »ist es 999?«
»Ich glaube, es ist 000«, sagte Anna Reid. »Oder 11444, wenn Sie direkt das 24ste Revier erreichen wollen.«
Finn ließ sie jetzt machen. Während der ganzen Zeit rasten

seine Gedanken, er stellte sich die Fragen der Polizei vor, die Fragen der Medien, fragte sich, wie, wenn alle nach Hause gegangen waren, er das alles Bauer erklären sollte und wie Bauer den Schaden begrenzen konnte.

dreißig

Diesmal kam Sugarfoot nicht mal bis zum Wetterbericht. Seine Aufmerksamkeit war auf eine der Hauptnachrichten gerichtet, ein bewaffneter Raubüberfall in South Yarra. Drei Männer, die mit dem Fluchtwagen so halsbrecherisch gefahren waren, daß ein Hund getötet worden war.

Das war nicht viel, aber die Einzelheiten paßten: Der Ort, die drei bewaffneten Männer. Er schaltete den Fernseher aus und suchte einen Radiosender. Gegen acht Uhr verfügte er über mehr Informationen: die genaue Straße und ein Name, ein Anwalt namens Finn.

Man muß eine Strategie haben. Daher holte er seinen Melways-Stadtplan aus dem Customline, brachte ihn in sein Zimmer und begann zusammenzusetzen, was er wußte. Er benutzte Papierfetzen, um den Standort des Anwaltsbüros zu markieren und die Wohnorte von Hobba, Pedersen und Rossiter.

Er setzte sich zurück. Wo sollte er beginnen? Seine Gedanken schienen im Kreis zu laufen. Vor ein paar Tagen wollte er ein Stück von Wyatts Torte. Seit Dienstag war Rache alles, was er wollte. Nun fühlte er sich wieder beieinander, wollte den Anteil und Rache zugleich.

Warum keinen Deal machen, dachte er? Zu einem von ihnen gehen und sagen: Fünfzig-Fünfzig oder ich rede. Vielleicht Sechzig-Vierzig?

Oder den Anteil nehmen und dann dort ein Wörtchen fallen lassen, wo die Bullen es mitbekommen würden. Sie konnten sich dann um den Racheakt kümmern.

Es war besser, wenn er den Anteil fordern und sie einen nach dem anderen überfallen würde – Wochen, Monate später, wenn sie es am wenigsten erwarten würden.
Er sollte jetzt zuschlagen, bevor einer von ihnen Zeit hatte, sich in Sicherheit zu wiegen oder untertauchte oder das Geld ausgab.
Aber als Sugarfoot wieder Hobbas Wohnung und Pedersens Haus ausspähte, war es so, als hätte sich seit Dienstag nichts geändert. Es war immer noch niemand zu Hause. Es lagen immer noch Zeitungen auf Pedersens Fußmatte – inzwischen waren es vier.
Wenn sie bis morgen nicht auftauchten, hätte er keine Ahnung, was er machen sollte.
Als er zu Hause ankam, hatte Tina eine Nachricht für ihn. »Dein Bruder hat versucht, dich zu erreichen. Er hat insgesamt viermal angerufen. Ich habe ihm gesagt, du wärest ausgegangen, aber er hört nicht auf, anzurufen.«
»Ich werd ihn zurückrufen.«
»Ich meine, ich versuch hier, meine Karten zu legen«, sagte Tina.
Ivan meldete sich nach dem ersten Klingeln. »Younger.«
»Ich bin's«, sagte Sugarfoot.
»Gott sei Dank.« Ivans Stimme klang panisch. »Bauer hat mich vorhin angerufen. Am Nachmittag wurde ein Unternehmen des Syndikats überfallen, und er will eine Belohnung aussetzen. Zehntausend für jeden, der ihm einen Hinweis geben kann.«
»Um was geht's?«
»Es ist in den Nachrichten. Es hat irgendeinen Anwalt in South Yarra erwischt. Das ist alles, was ich weiß. Ich habe vorsichtshalber keine Fragen gestellt.«
Sugarfoot fühlte sich gut, als er hörte, wie Ivan auf diese

Weise auseinanderfiel. Er sagte abgeklärt: »Und du zählst jetzt zwei und zwei zusammen, stimmt's?«
»Sugar, hör zu, ich weiß, daß du hinter Wyatt her bist, aber laß das ruhen, okay? Keine Heldentaten. Laß dich nicht in Versuchung führen. Wenn Bauer herausfindet, daß Wyatt auch Ken Sala überfallen hat, sind wir erledigt.«
»Wie du meinst«, sagte Sugarfoot.

einunddreißig

Am Samstag morgen wachte Wyatt früh auf, fühlte sich hellwach und frisch. Er duschte, packte seine Sachen zusammen und stellte sich an den Küchentresen, aß Toast und trank Kaffee. Pedersen lag ausgestreckt schlafend auf der Couch, und im zweiten Schlafzimmer konnte Wyatt Hobba schnarchen hören. Er sah auf die Uhr: sieben Uhr dreißig. Um acht Uhr würde Anna Reid vorbeikommen, um ihren Anteil von den dreihunderttausend Dollar abzuholen. Dann würden sie zu ihm nach Hause an die Küste fahren. Um fünf vor acht wartete er im Foyer des Apartmenthauses auf sie.

Kurz nach acht Uhr tauchte ihr schwarzer Volkswagen auf. Wyatt blieb im Gebäude, beobachtete den Wagen und die Straße. Als er sich überzeugt hatte, daß sie allein war, ging er hinaus zum Auto.

Sie entdeckte ihn, lächelte, rutschte auf den Beifahrersitz und sagte: »Du kennst den Weg.« Er stellte seine Taschen auf den Rücksitz, setzte sich hinters Steuer, küßte sie und ließ den Motor an.

Er sprach nicht, bis sie die St. Kilda Kreuzung erreicht hatten. Dann sagte er: »Gab's irgendwelche Probleme mit der Polizei, weil du übers Wochenende wegfährst?«

»Ich habe ihnen nur erzählt, daß ich mit den Nerven fertig bin, aber am Montag wieder im Büro sein würde.«

Wyatt nickte. »Vielleicht möchtest du mal einen Blick in die schwarze Tasche werfen.«

Sie lächelte und griff nach hinten. Er hörte, wie sie den

Reißverschluß aufzog, dann wedelte sie mit einem Bündel Hundertdollarscheinen vor seiner Nase. »Alles meins?«
Er nickte. »Was haben die Bullen gesagt?«
»Ein professioneller Überfall.«
»Was noch?«
»Sie standen vor einem Rätsel und wollten wissen, was Finn wohl so Wertvolles in seinem Safe aufbewahrt hatte.«
»Haben sie euch einzeln befragt?«
Sie nickte. »Wir sind getrennt worden, sobald der Arzt sein Okay gegeben hatte.«
»Arzt?«
»Nur Routine. Sie dachten, wir bräuchten medizinische Versorgung.«
»Was war später? Hast du mit den anderen darüber geredet?«
Anna rutschte näher an ihn heran, legte ihre Hand auf seinen Oberschenkel. »Wir haben Amber und den Klienten nach Hause geschickt. Finn geriet ein bißchen in Verlegenheit. Er sagte, er gehe davon aus, daß ich von den Deals mit den Baugenehmigungen wisse. Er gestand ein, daß ein großer Regulierungsbetrag im Safe gelegen habe, von dem er der Polizei nichts hätte sagen können.«
»Wie hat er das der Polizei also erklärt?«
»Er hatte angegeben, er habe Schecks, Schuldverschreibungen und Wertpapiere drin gehabt, einiges habe ihm gehört, anderes Klienten, ungefähr zehntausend Dollar wert, alles versichert.«
»Waren sie damit zufrieden?«
»Es schien so. Ein Polizist fragte mich, ob ich nicht fände, daß alles sehr gut geplant gewesen sei – die Räuber kannten den Grundriß, waren bewaffnet und maskiert, ihr Fahrzeug getarnt.«

»Was hast du geantwortet?«
»Ich habe gesagt, daß es so aussähe. Er hat mich nach Finns Klienten gefragt, und ich habe geantwortet, daß wir getrennt arbeiteten, ich würde sie nicht kennen.«
Wyatt sagte: »Mit etwas Glück konzentrieren sie sich auf Finn.«
Sie verfielen in Schweigen. In Frankston, Mornington und Mt. Martha war starker Verkehr, und Wyatt vergaß Anna für eine Weile. Er war vollauf mit dem Fahren beschäftigt, bremste oft, achtete auf sture Familien und Wochenendausflügler, die mit Vierradantrieb aus der Stadt flohen, Pferde- und Bootsanhänger hinter sich herziehend. Der Anblick gruselte ihn. Auf dieser Seite der Bay war die dörfliche Atmosphäre längst verflogen. Wohnhäuser im Stil kalifornischer Begräbnisinstitute wetteiferten um eine vorteilhafte Lage an den begradigten Hängen, die zu den Stränden führten. Hier wurde der Wert in Sonnenterrassen bemessen, in Poolgrößen, Garagenkapazitäten. Überall entlang der Küste waren Immobilienfirmen den Bars in einem Verhältnis von vier zu eins überlegen, und die Stadträte rieben sich die von Fitneß gebräunten Hände, sie wußten von allem die Kosten zu schätzen, aber von nichts den Wert. Schließlich bog er frustriert ab, nahm Nebenstraßen nach Shoreham.
Im Cottage war es kalt. Während Anna das Haus erkundete, die Schuppen und den Garten, hackte er Holz, stapelte die Scheite im Wohnzimmerkamin und zündete ein Feuer an.
Er nahm die Gerüche wahr – das Kaminholz, die See, Anna Reid. Seine Muskeln schmerzten leicht, doch war es angenehm. Bald würden sie sich lieben, und danach würde er sie auf einen Strandspaziergang mitnehmen.

Er dachte darüber nach, wie es sein könnte. Sie könnten sich gelegentlich treffen, es würde nirgendwohin führen, und das würde ihnen beiden passen.
Er fragte sich, wie sehr sie in ihrem Job aufgehe. Sie hatte gesagt, sie habe sich in den vergangenen paar Tagen wieder lebendig gefühlt. Sie könnte ihm nützlich sein. Er hatte mindestens ein Dutzend Pläne im Kopf, die eine Frau erforderten.
Inzwischen würde er seinen Anteil des Geldes verstecken und in der nächsten Woche diskret anfangen, es zu waschen. Ein paar kleinere Depots anlegen, einige Gemälde kaufen, ein paar Aktien und Fondsanteile.
Als sie den Raum betrat, sah er hoch. Dieses eine Mal war er nicht daran interessiert, seine üblichen sechs Monate an einem warmen Ort zu verbringen.

zweiunddreißig

Die Belohnung war ausgesetzt. Alles, was Bauer nun tun konnte, war warten. Er verbrachte den Morgen in seiner Werkstatt, stellte einen Musiksender mit bekannten Hits ein, summte zu Neil Diamond, Frank Sinatra, Liza Minnelli und manchmal zu etwas Ungewöhnlicherem wie Joan Armatrading.

Das Summen half ihm, sich zu konzentrieren. Auf der Werkbank vor ihm lag ein Paket mit Hohlmantel-Patronen, Kaliber 38. Er nahm fünf auf einmal, brach die Projektile aus ihren Messingmänteln und spannte sie in einen kleinen Schraubstock. Er füllte die Hohlräume mit Quecksilber aus einer Tropfkanne, versiegelte sie mit Wachs, das er über einem Bunsenbrenner erwärmt hatte, und paßte sie wieder in die Metallmäntel ein.

Möglicherweise würde er diese Patronen nie benutzen, aber es gefiel ihm, sie parat zu haben. Bei einem Kaffer hatte er mal beobachten können, welchen Schaden sie in dessen Rücken angerichtet hatten. Das Quecksilber suchte sich seinen Weg aus dem Hohlraum, verteilte sich und hinterließ schwere Wunden, die hohen Blutverlust und den sicheren Tod bedeuteten. Bauer summte zu Barry Manilow, während seine Finger geschickt die Patronen hielten.

Auf der Werkbank stand ein Telefon. Er war geduldig. Irgend jemand würde anbeißen, angelockt von zehntausend Dollar.

Hier fühlte er sich sicher. Es gab kein Fenster. Das Mobiliar bestand aus einer Werkbank, einem Stuhl, einer Neonlampe, Werkzeugschränken, Regalen und einem kleinen Kleiderschrank. Seine Gewehre und Pistolen befanden sich hinter Glas in einem Hängeschrank an einer der Wände. Die Luftfeuchtigkeit war reguliert, und Bauer reinigte und ölte seine Waffen regelmäßig. Regale an einer anderen Wand enthielten Fernrohre, getönte Schießbrillen, Ohrenschützer, Waffenöl, Stofflappen, Bürsten und Schachteln mit Munition. An der Wand über der Werkbank, unter militärischen Vermessungskarten, war ein Regal mit Handbüchern und älteren Ausgaben von *Soldier of Fortune*.

Der Kleiderschrank befand sich in der Nähe der Tür. In ihm waren die Jacken und Hosen, die er bei der Jagd und bei Schießübungen trug. Ein Teil der Kleidung war schwarz, anderes in Khaki- oder Tarnfarben. Auf dem Boden standen Gummi- und Canvasstiefel. Die Schubladen waren voll mit Gürteln, Netzen, Karabinerhaken, T-Shirts, Sturmmasken und Pistolenhalftern. Wohlvertrautes Gerät, ähnlich dem, das er vor fünfzehn Jahren getragen hatte, als er Terroristen über die Grenze nach Mosambik verfolgt hatte. Heutzutage kaufte er das Zeug über eine Versandfirma, die einen Stand auf der *Soldier of Fortune*-Messe in Las Vegas gehabt hatte.

Am Mittag klingelte das Telefon. Eine Frauenstimme, noch verschlafen, sagte: »Sind Sie der, der die Belohnung ausgesetzt hat?«

»Belohnung?« fragte Bauer tonlos.

Die Stimme wurde leise und unsicher. »Sie wissen schon, für eine Information.«

»Über was?«

»Einen Überfall. Einen Safe.«

»Könnte sein.«

Die Stimme schwieg. Dann: »Mit der Belohnung – stimmt das auch?«
»Wenn die Information nützlich ist.«
»Woher soll ich wissen, ob sie nützlich ist?«
»Ich werde es wissen«, sagte Bauer. »Wer sind Sie? Wo sind Sie? Was wissen Sie?«
»Ich bin nicht so dumm, Ihnen das am Telefon zu erzählen, oder? Ich will erst sehen, welche Farbe Ihr Geld hat.«
»Wo und wann?« Bauers Stimme klang ungeduldig und verächtlich. Das verunsicherte die Frau am anderen Ende. Sie nannte ihm eine Adresse in Fitzroy, um zwei Uhr.
Bauer legte den Hörer auf und machte sich wieder an die Patronen. Nach einer Weile fing er an zu summen, lächelte, weil er die Adresse kannte. Er wußte nicht, was das alles zu bedeuten hatte, aber das würde bald anders sein.
Er beendete die Arbeit an den Patronen, packte sie weg und entschied, sich fertigzumachen. Er konzentrierte sich auf das, was bevorstehen mochte. Was immer es war, es würde schnell, aus nächster Nähe und in aller Stille geschehen.
Er öffnete den Gewehrschrank und nahm einen Revolver heraus, Kaliber 22. Mit dieser Waffe war Bauer in der Lage, aus zwanzig Metern Entfernung sechs Geschosse in einem Abstand von zehn Zentimetern in der Brust einer Pappfigur zu versenken. Und heute ging es um Arbeit aus nächster Distanz, dafür war die .22er am besten geeignet. Außerdem hatte die Waffe keine Geschichte, und die kleinen Kugeln, die er benutzte, würden im Körper explodieren und für eine ballistische Untersuchung nutzlos sein. Er prüfte das Magazin: voll. Unglücklicherweise war der Holzgriff von seiner guten Pflege viel zu ölig. Damit er in seiner Hand nicht rutschte, wickelte er Gummibänder

darum. Er warf die Waffe von einer Hand in die andere. Links oder rechts, er war mit beiden gut.

Dann einen Schalldämpfer, ein Schulterhalfter und den schwarzen, kurzen, wattierten Mantel. Er warf einen Blick in den Spiegel: Keine Ausbuchtung zu sehen. Es gibt zu viele Cowboys in diesem Spiel, dachte Bauer. Wenn sie nicht gerade absurde T-Shirts verkauften, schleppten sie einen Colt Python .357er Magnum mit sich herum, der fast anderthalb Kilo wog. Nach einer Weile gerieten sie dann in Versuchung, verübten einen spontanen Mord oder Überfall, wurden aber immer erwischt. Anhand der Waffen kam man ihnen auf die Schliche, weil sie nicht daran dachten, ihre Fingerabdrücke von den Hülsen zu entfernen, die am Tatort zurückblieben.

Er zog leichte Kampfstiefel an, schloß die Tür hinter sich ab und ging in die Küche, um zu warten. Placida war da, wie gewöhnlich, sie lauschte einer Kassette mit jammernden Liebesliedern von den Philippinen. Es war ein grellweißer Raum, von der Decke leuchtete das Neonlicht kalt und hell. An der Wand tickte eine Uhr. Placida schaute auf, als er eintrat, bemerkte, wie er angezogen war und wurde blaß.

Bauer betrachtete sie. »Komm her«, sagte er. Seine Stimme knirschte wie Kies.

Sie näherte sich ihm mit gesenktem Blick. »Du weißt, was du zu tun hast«, sagte er und drückte ihren Kopf hinunter.

dreiunddreißig

Sugarfoot war an diesem Morgen um acht Uhr aufgestanden, überraschte Rolfe bei seinem Müsli und Tina im Badezimmer, die rasch den Duschvorhang zuzog. »Ich werd schon nicht hinsehen«, sagte er, erhaschte aber noch einen Blick – gar nicht mal so schlecht.

»Klapp den Sitz hoch«, kreischte sie. »Paß auf, wo du hinzielst.«

Sugarfoot nahm sich Zeit und spielte mit dem Strahl in der Schüssel. Er hob seinen Kopf und rief: »Hey, Tina.«

»Was?«

»Kann ich mir noch mal den Kombi borgen?«

Er hörte, wie sie sich fest schrubbte. »Wann?«

»Jetzt. Gleich morgens. Mein Kumpel will seine Bücherregale loswerden.«

Er rechnete mit einem ›Kann er etwa lesen?‹, aber sie sagte: »Meinetwegen, aber mittags brauche ich ihn.«

»Kein Problem.« Er schüttelte die letzten Tropfen in die Kloschüssel. Als hätte sie es gesehen, rief sie: »Nicht tropfen.«

Er spülte, und im gleichen Moment wurde ihr Duschwasser brühend heiß.

Gegen Viertel vor neun parkte er hinter Büschen auf dem Parkplatz der Housing Commission. Die Wohnungen türmten sich wie Felsbrocken auf einem kalten Plateau, das Fensterglas ließ die morgendliche Wintersonne wie Eiszapfen erscheinen. Von seiner Position aus konnte Sugarfoot jeden sehen, der Hobbas Wohnblock betrat oder verließ. Um diese Stunde waren eine Menge schlechtgelaunter Leute auf dem Weg zur Arbeit, fuhren in rostigen Autos zum Vic Market oder gingen zur Straßenbahnhaltestelle. Da waren Kinder in Parkas, diese verdammten Ausländerkinder, alle gekämmt und herausgeputzt, ein sicheres Zeichen dafür, daß ihre Eltern zwei Jobs machten, um sich irgendwann mal ein Haus in der Vorstadt leisten zu können.

Er nahm den stinkenden Fahrstuhl in den achten Stock, stellte fest, daß Hobba noch nicht zu Hause war, und ging durchs Treppenhaus wieder hinunter. Die Wohnungen waren so ungünstig angeordnet, daß dort eine Art Windkanal entstand und er sich gegen den zugigen Luftstrom beugen und Papierfetzen wegtreten mußte, die gegen seine Schienbeine flogen.

Im Kombi war es sehr kalt, der Kunststoffsitz hart und unnachgiebig. Zitternd saß er eingehüllt in seinem langen Mantel und fragte sich, ob er es riskieren könne, die Straße zu überqueren und ein Stück Kuchen und einen Kaffee zu kaufen. Noch nicht einmal halb zehn. Es war möglich, daß er sich auf langes Warten einstellen mußte.

Er stieg aus und rannte hinüber in das Café, drückte seinen Unterarm gegen die Taille, um die kleine .25er an ihrem Platz zu halten. Innerhalb von drei Minuten war er zurück. Der Kaffee war nur lauwarm, das Stück Kuchen schmaler als sonst, schon ein wenig altbacken und trocken, aber er fühlte sich besser.

Dreißig Minuten später drückten Kaffee und Kälte auf seine Blase.

Nirgends eine öffentliche Toilette. Keine Chance, in den Pub an der Ecke zu gehen. Zu weit weg, er könnte Hobba verpassen.

Blieb nur der Wohnblock. Piß einfach in den Fahrstuhl wie jeder andere auch. Er stieg aus dem Kombi, schloß ab, sah sich um und machte sich auf den Weg.
Als er den Parkplatz halb überquert hatte, inzwischen war es taghell, fühlte er etwas Hartes, das sich in seine geplagten Nieren bohrte, und hörte Hobba in sanftem Ton sagen: »Es ist eine Waffe, Cowboy. Halt nicht an. Geh einfach weiter.«
Als erste Reaktion hob Sugarfoot die Hände. Um sie unter Kontrolle zu bekommen, wollte er sie in die Taschen stecken, doch Hobba schlug ihm mit dem Lauf gegen den Ellenbogen: »Halt sie da, wo ich sie sehen kann. Hast du eine Waffe?«
Sugarfoot räusperte sich. »In meinem Gürtel, unterm Mantel.«
»Gib sie mir später.«
Sie näherten sich den schweren, massiven Stützpfeilern im Erdgeschoß des nächstgelegenen Wohnungsblocks. Zehn Uhr, kein Mensch weit und breit. Sugarfoot sagte: »Was hast du vor?«
»Maul halten«, antwortete Hobba.
»Ivan weiß, daß ich heute vormittag hier bin – wenn mir irgendwas zustößt.«
Hobba stieß mit der Waffe zu. »Maul halten, hab ich gesagt.«
»Ivan hat Kontakte. Wenn mir was passiert, hast du sie am Arsch.«
»Sugar«, sagte Hobba müde. »Dein Bruder weiß, was für ein Schwachkopf du bist.«
»Yeah, und ist ganz schön ausgerastet, als er gesehen hat, was du neulich mit mir gemacht hast.«
»Und hat dir befohlen, dich da rauszuhalten, stimmt's?

Wenn er wüßte, wo du dich rumtreibst, würde er sagen: Na los, macht das kleine Arschloch fertig.«
Sugarfoot hüllte sich in Schweigen, er vermutete, daß das sogar stimmte. Nun befanden sie sich unter dem Gebäude, einem trostlosen, windigen Areal, zwischen abplatzendem, feuchten Putz und herumwirbelndem Abfall. Auf einmal war niemand mehr in der Nähe, nicht einmal ein Hausmeister oder eine türkische Witwe auf dem Weg zum Einkaufen.
»Bleib hier stehen«, sagte Hobba, und Sugarfoot fühlte, wie ein Arm ihn umfaßte, die .25er fand und ihn wieder losließ. »Okay, rüber zum Aufzug.«
»Wo gehen wir hin?«
»Aufs Dach.«
Da standen sie und warteten auf den Aufzug. Sugarfoot warf Hobba, der mit seinem linken Arm schützend eine schwarze Sporttasche umklammerte, einen Blick von der Seite zu. Hobbas rechte Hand steckte in der Manteltasche, und Sugarfoot sah deutlich, wie sich dort die Waffe abzeichnete. Hobbas riesiger Kopf wirkte entschlossen. Ohrring und Pferdeschwanz kamen Sugarfoot wieder in den Sinn. Er fühlte, wie sein Herz zu trommeln begann.
Bring ihn zum Reden, lenk ihn ab. »Die Nachrichten reden von zehntausend, aber es war mehr, stimmt's? Wyatt macht doch nur große Jobs.«
Hobba antwortete nicht. Er hatte den Knopf für den Fahrstuhl gedrückt und stand so, daß er auf Sugarfoot schießen konnte, falls der ihn angreifen oder flüchten wollte. Sugarfoot sagte: »Schau mal, sei vernünftig, laß uns doch zusammenarbeiten. Was hältst du davon, wenn du und ich Pedersen und Wyatt ausnehmen?«
»Fang schon mal an zu beten«, sagte Hobba. Er schien über

seine eigene Antwort nachzudenken, sein Gesicht verfinsterte sich.
»Ich wollte nur bei dem Job mitmachen«, sagte Sugarfoot. »Das ist alles.«
Hobba stellte sich auf die Zehenspitzen, wippte zurück auf die Hacken, wartete auf den Aufzug.
»Die Leute im oberen Stockwerk werden den Schuß hören«, sagte Sugarfoot, und fragte sich, ob da oben überhaupt jemand zu Hause sei. Dann begriff er, daß Hobba etwas ganz anderes im Sinn hatte, etwas wie seine Umrisse in Kreide gezeichnet auf dem Boden.
Der Aufzug kam, ohne Zwischenstop, keine Passagiere.
»Hör mir zu, bitte«, bat Sugarfoot.
Er hörte es im gleichen Moment wie Hobba: Teenager in Stretchjeans und Turnschuhen lärmten im Treppenhaus, strömten aus dem Gebäude. Sie erinnerten an Affen im Zoo, aber gerade jetzt war Sugarfoot erfreut, sie zu sehen. Brüllend stürmte er los, und warf seine Arme wie Windmühlenflügel zwischen sich und Hobba.
Fünf Sekunden später war er schon um die Ecke, rannte über den Parkplatz. Hinter ihm Fluchen und Schreien: »Geht mir aus dem Weg!« »Laß uns mal 'n Blick in die Tasche werfen, Alter.«
Sugarfoot fummelte die Tür von Tinas Kombi auf, sprang hinein und ließ ihn nach vorn schießen, rutschte auf dem Sitz hin und her, als könnte er dadurch schneller werden, wünschte, er säße im Customline, und hinterließ Gummispuren an jeder Ampel zwischen hier und Bargain Ciy.
Auf keinen Fall würde er nach Hause fahren.

vierunddreißig

die Frau hatte zwar zwei Uhr gesagt, aber Bauer traf schon um eins bei den Caribbean Apartments ein. Er steuerte langsam am Eingang vorbei, parkte in einer nahegelegenen Straße und ging zu Fuß zurück.
Er stand eine Weile auf dem Bürgersteig vor dem Zaun, wo er nicht gesehen werden konnte, beobachtete und horchte. Sala hatte seine Vorhänge nicht zugezogen. Bauer sah ihn von Zimmer zu Zimmer gehen, manchmal blieb er stehen, als würde er über irgend etwas grübeln.
Der Zaun war niedrig, und Bauer stieg hinüber, überquerte den Rasen in Richtung der Apartments, hin zu einem geschützten Platz unter einem Zierstrauch. Er zog seine .22er heraus, prüfte, ob das Magazin voll war, und befestigte den Schalldämpfer am Lauf. Er hatte nichts gegessen und fühlte, wie sein Magen knurrte.
Er schlich um das Gebäude, darauf aus, jedes Fenster einer schnellen Inspektion zu unterziehen. In Chers und Simones Apartment waren die Vorhänge zugezogen, aber er konnte Stimmen hören. Sie machen sich für ihre Nachmittagsfreier fertig, dachte er und klopfte an ihre Tür.
Cher öffnete.
Sie trug ein enganliegendes schwarzes Kleid und leichtes Make-up. Ihre Füße waren nackt. Sie erkannte die dünnen Lippen, den hageren, gespannten Körper. Die Farbe wich aus ihrem Gesicht. »Ich habe nicht gewußt, daß Sie es waren«, sagte sie. »Alles, was ich hatte, war die Nummer.«
Bauer trat ein, schloß die Tür hinter sich. Als Cher sich um-

drehte, um ihn in die Wohnung zu führen, legte er seinen Arm um ihren Nacken und preßte die Pistole an das Ende ihrer Wirbelsäule. Er stocherte mit dem Lauf, als wenn er ihren Anus suchen würde, dann wirbelte er sie herum und drängte sie an die Wand.

»Erzähl mir, was du weißt«, sagte er. Er stand dicht vor ihr und beobachtete sie. Mit der freien Hand packte er grob eine ihrer Brüste. Ein einstudierter Akt der Abscheu.

Sie schluckte hörbar und verzog schmerzvoll ihr Gesicht. Sie flüsterte: »Am Dienstag hat jemand Ken überfallen, und er glaubt, daß die gleichen Leute den Job in South Yarra gemacht haben.«

»Wo ist Simone?«

Cher warf den Kopf herum. »Da drin.«

»Wir werden ihr Gesellschaft leisten.«

Cher führte ihn in das Wohnzimmer. Simone stand mitten im Raum, und starrte auf die brennenden Holzscheite im Kamin. Ohne den Kopf zu wenden, sagte sie: »Wenn das Ken war, hoffe ich, er hat zur Abwechslung mal gutes Koks.«

»Leider nicht«, sagte Cher.

Etwas in ihrer Stimme veranlaßte Simone, sich umzudrehen. Sie entdeckte Bauer, der die Pistole unter Chers Kinn preßte, erbleichte und wich zurück. »Was soll das?«

Bauer schubste Cher vorwärts und sagte: »Da rüber, neben deine Hurenfreundin.«

Als sie nebeneinander standen, sagte er: »Jetzt erzählt mir alles. Alles.«

Simone, weniger verängstigt als Cher, lachte auf. »Ich nehme an, daß war's mit der Belohnung, nicht?«

Bauer machte einen Schritt vorwärts, zog ein Messer aus der Tasche. Mit der Spitze berührte er ihr Ohrläppchen.

Zunächst begriff sie nicht, daß er sie damit verletzt hatte; dann aber fühlte sie Blut in ihre Halsgrube tropfen. »Du dreckiger Bastard«, sagte sie in einem tiefen, leidenschaftlichen Ton. »Das war überflüssig.«
»Rede«, sagte Bauer.
»Jemand hat Ken überfallen. Dann sind die Youngers gekommen und haben ihn zusammengeschlagen, als wenn es sein Fehler gewesen wäre. Sie haben ihn gefesselt und fast erwürgt. Er ist immer gut zu uns gewesen. Sie hätten das nicht tun müssen.«
Bauer verzog das Gesicht. »Was hat das mit dem anderen zu tun? Du lügst doch. Man hat mir die Einnahmen wie immer gebracht. Niemand hat etwas von einem Überfall erzählt.«
»Kann sein, die Youngers haben es wahrscheinlich vertuscht. Jemand hat Ken überfallen, die Youngers wissen, wer es war, und Ken glaubt, es hat mit diesem anderen Job zu tun, dem mit der Belohnung.«
Bauer fühlte, wie seine Konzentration wegrutschte. Enge Räume machten ihn nervös, und Simones Blut ließ ihn an AIDS denken, an eine schleichende Verschwörung in seinem Blut. Er stieß sie weg. »Ihr werdet nichts sagen. Ihr werdet euch benehmen, als wenn nichts passiert wäre«, sagte er, rückwärts hinausgehend. Sein Gesicht war verzerrt vor Ekel.
Als er endlich draußen war, atmete er tief durch, ging um das Gebäude herum zu Ken Salas Tür und drückte auf die Klingel.
Drinnen hörte er Sala rufen: »Wer ist da?«
Bauer sagte nichts. Wieder drückte er auf die Klingel.
Dieses Mal stand Sala dicht hinter der Tür. »Wer ist da?«
»Mach die Tür auf«, sagte Bauer.

Er wartete nicht, bis sie ganz offen war, sondern stieß sie auf. Sala stolperte zurück gegen eine Wand. »Sie«, sagte er, das Gesicht aufgedunsen, er hatte getrunken.
Bauer zog seine .22er heraus und stieß Sala in das Schlafzimmer, bohrte das Ende des Schalldämpfers unter sein Kinn.
»Erzähl mir, was passiert ist.«
Sala begriff langsam. »Haben die Mädchen Ihnen alles erzählt? Man hat uns befohlen, den Mund zu halten.«
»Mir darfst du es sagen«, sagte Bauer kalt.
»Am Dienstag habe ich gerade die Einnahmen eingesammelt, als diese beiden Kerle hereingeplatzt sind und mich zusammengeschlagen haben. Sie haben alles mitgenommen.«
»Wer waren sie?«
»Ich habe sie noch nie zuvor gesehen.«
»Vielleicht bist du unzufrieden. Vielleicht hast du entschieden, dir eine dickere Scheibe abzuschneiden.«
Sala war frustriert. »Das hat Sugarfoot auch gesagt. Sie müssen mir glauben – ich bin beraubt worden. Ich habe hier eine gute Sache am Laufen. Das würde ich mir nicht verderben. Ich meine … mein Gott.«
Seine Hände befanden sich neben seinen Oberschenkeln auf dem Bett. Er schaukelte vor und zurück und sagte mehr oder weniger die Wahrheit.
Mehr oder weniger. Jedenfalls Grund genug für Bauer, die Pistole abzufeuern. Es gab das kurze Aufblitzen einer blauen Flamme und fast gleichzeitig zwei Geräusche: den Puff des gedämpften Schusses und den Einschlag der Kugel in Ken Salas linke Hand.
Sala sah auf seine Hand hinunter. Zuerst war wenig zu sehen, aber dann begann Blut aus der kleinen Wunde auf

seinem Handrücken zu rinnen. Langsam hob er die Hand und untersuchte sie, beide Seiten. Dann drückte er sie unter seine Achselhöhle. Er sagte ungläubig: »Sie haben auf mich geschossen.« Er sah auf die Bettdecke, auf eine andere punktgroße Markierung, deren Ränder rot gefärbt waren. »Du Scheißkerl hast einfach auf mich geschossen.«

Er fing an, furchtbar zu winseln. Das Schaukeln wurde stärker, und er glitt vom Bett auf den Boden.

Bauer stand breitbeinig vor ihm. »Erzähl mir von den beiden Männern.«

»Ich weiß nichts«, sagte Sala. »Ich weiß nichts.«

Er versuchte aufzustehen, aber dann fühlte er Bauers Fuß auf seinem Gesicht.

»Antworte«, sagte Bauer.

Sala drehte und wand sich unter dem Fuß wie ein wildes Tier, das man ins Rückgrat geschossen hatte. Wieder versuchte er, sich aufzurichten, und wieder hielt Bauer ihn am Boden.

»Bist du soweit, mir zu antworten?«

Sala wurde ruhig. Seine Brust hob und senkte sich. »Es waren zwei«, sagte er. Er drehte sich, als könnte er sich dadurch von dem schweren Fuß befreien.

»Zwei Männer. Das ist nicht sehr genau«, sagte Bauer. »Beschreib sie mir.«

Plötzlich würgte und hustete Sala, hüllte Bauer in eine Wolke aus abgestandenem Alkohol und Panik. Er sagte: »Lassen Sie mich bitte aufstehen. Ich kann hier unten nicht denken.«

Bauer zog seinen Fuß weg und trat zurück. Sala richtete sich auf und setzte sich auf die Bettkante. »Fang an«, sagte Bauer.

»Sie trugen Masken. Aber ich glaube, die Youngers wissen, wer sie sind.«

»Wer?«

»Wyatt. Hobba. Ich habe vorher noch nie von ihnen gehört.«

»Was noch?«

»Ivan meinte, es handele sich um eine persönliche Geschichte. Sugar vermutete, sie wären dabei, einen größeren Job vorzubereiten.«

»Was glaubst du?«

Sala schaukelte auf dem Bett vor und zurück. »Ich glaube gar nichts. Man hat mir gesagt, ich soll schweigen. Was passiert jetzt? Was werden Sie Ivan sagen?«

Bauer betrachtete ihn mit Abscheu. »Du sagst nichts. Ich werde mit dir in Verbindung bleiben.«

»Ich brauche einen Arzt.«

»Die Mädchen werden dich hinbringen.«

Er verließ das Schlafzimmer, schloß die Tür und befahl Sala, dort zu bleiben. In der Küche fand er ein Wandtelefon. Er wählte eine Nummer in Sydney. Als er sprach, gab er einen kurzen Bericht und eine Empfehlung ab. Zwei Minuten redete er deutlich, ohne Unterbrechung und ohne sich zu wiederholen. Die Antwort war so, wie er erwartet hatte. Er legte den Hörer auf, schob die .22er in die Tasche und verließ das Haus.

fünfunddreißig

Der Kombi hatte zwar nicht viel unter der Haube, aber Sugarfoot schaffte die Strecke zwischen Hobbas Wohnung und Bargain City in knapp acht Minuten. Er parkte in der Seitenstraße, ging durch den Hintereingang, blieb im Laden stehen und hatte Mühe, erstmal wieder zu Atem zu kommen. Leanne war da, dieses Mal mit einer ganzen Ausländerfamilie, die nach Küchenstühlen suchte.

Er zwang sich, lässig zu erscheinen. »Ivan da?«

Sie sah auf. »Er ist nach Hause gegangen, um jemanden zu treffen. Geht's dir gut?«

»Ich bin im Lager«, sagte Sugarfoot.

Sie zuckte mit den Achseln, und wandte sich ab, um mit einem der Kinder zu spielen.

Sugarfoot schloß sich im Lagerraum ein und wanderte zwischen dem Gerümpel hin und her, kurz vor einem Nervenzusammenbruch, fragte sich, wann Ivan wohl hier auftauchen werde. Es war sicherlich dumm, hierherzukommen. In Ivans Haus würde er sicherer sein, mit der hohen Mauer und der ganzen Sicherheitstechnik.

Dann traf es ihn wie ein Blitzschlag – renn nicht weg, greif an. Hobba war jetzt alarmiert, also blieb noch Pedersen. Er nahm den Telefonhörer auf und wählte.

»Ja?«

Pedersen, mit flacher Stimme und auf der Hut.

»Endlich zu Hause, was?« sagte Sugarfoot. »Sind die Taschen voll?«

Keine Antwort. Sugarfoot sagte: »Hörst du zu? Weißt du, wer hier ist?«

»Hobba hat mich schon angerufen«, sagte Pedersen.

In seiner Stimme lag keine Besorgnis. Sie klang eher gedankenverloren als überrascht. Sugarfoot war sauer darüber.

»Dachte mir, du wärst vielleicht an einem Deal interessiert«, sagte er. Er hörte Rascheln im Hintergrund, dann wurde ein Reißverschluß zugezogen. »Hört sich an, als wenn du deinen Anteil durchzählst. Habe ich recht?«

»Ich bin beschäftigt«, sagte Pedersen. »Was willst du?«

»Kumpel. Denk drüber nach. Ich kann dir den Tag ganz schön versauen.«

Pedersen sagte: »Ich glaube, mich erinnern zu können, daß wir dir deinen ganz schön versaut haben. Das können wir wiederholen. Verpiß dich.«

Sugarfoot hatte Oberwasser. Er war nicht sonderlich beeindruckt. »Wie du willst. Ich werde mich jetzt einfach auf den Weg machen und mit den Bullen ein Schwätzchen halten, was meinst du? Vielleicht auch mit dem Kerl, den ihr überfallen habt, diesem Anwalt. Ich will damit sagen, wenn ihr nicht mit dem Geld herausrücken wollt, wette ich, daß er für einen Tip was springen läßt.«

Eine Pause. Dann: »Komm auf den Punkt.«

»Das ist der Punkt. Ihr gebt mir ein paar Prozente, oder ich scheiße euch an.«

Noch eine Pause. »Wieviel?«

»Das klingt schon besser«, sagte Sugarfoot. »Im Fernsehen haben sie zehntausend geschätzt, aber eure Einnahmen waren bestimmt höher. Hab ich recht?«

Pedersen antwortete vorsichtig: »Kann sein.«

»Okay, wovon reden wir?«

Nach einer Weile sagte Pedersen: »Um die fünfzigtausend.«
»Dein Anteil ist dann wie hoch, sechzehn, siebzehn?«
Pedersen grunzte.
»Also, wenn ich, sagen wir mal, zehntausend von jedem von euch kriege, wärst du noch kein armer Mann«, sagte Sugarfoot. »Ich meine, ich will ja nicht alles haben.«
Es gab eine Pause, dann sagte Pedersen klar: »Wir finden dich und blasen dir dein mieses Hirn raus.«
Sugarfoot hatte seinen Spaß daran. »Nicht solange es diesen Umschlag gibt. Der wird geöffnet, wenn mir irgend etwas zustößt.«
»Du hast zu viele Filme gesehen«, sagte Pedersen.
Sugarfoot streckte sich, dann setzte er sich auf den Betonboden. »Du bist nicht in der Position, mich zu verarschen, mein Lieber. Du sammelst es bei den anderen beiden ein und triffst mich dann, mit dem Geld.«
»Geht nicht.«
»Was soll das heißen, es geht nicht? Willst du, daß ich dir die Bullen auf den Hals hetze?«
»Ich meine, daß wir das physisch nicht hinkriegen. Es wird eine Weile brauchen, bis wir Wyatt aufgetrieben haben.«
Sugarfoot überdachte das. »Okay, dann heute nachmittag um zwei.«
»Ich brauche mehr Zeit.«
»Mensch, vier Uhr, aber nicht später.«
»Wo?« fragte Pedersen.
»Ich traue euch Bastarden nicht. Irgendwo, wo es überschaubar ist. Über den Yarra gibt es eine Fußgängerbrücke nach Abbotsford, am Ende der Gipps Street. Seid um vier Uhr auf der Mitte der Brücke.«
»Auf der Brücke.«

»Genau in der Mitte«, sagte Sugarfoot, »wo ich euch alle drei sehen kann.«

Eure Gesichter möchte ich sehen, wenn ihr feststellt, daß ich euch von sicherer Stelle aus im Visier habe.

Er hängte ein. Er brauchte etwas schnelleres als den Kombi.

So etwas wie Ivans Statesman.

sechsunddreißig

Sie zogen sich an, tranken Kaffee und machten sich auf den Weg zum Strand. Wyatt fühlte sein Herz und seine Lungen arbeiten. Die schwarze Erde war mit Wintergras überwachsen, hier und da von Reifenspuren durchzogen und den Matschauswürfen von steckengebliebenen Farmerfahrzeugen. Sie liefen um eine Ansammlung aus frischen Pfützen. Das Gras neben der Straße, starr und mit Reif bedeckt, reflektierte das Sonnenlicht. Als sie den Strand erreichten, konnten sie Wasser plätschern hören.

Es war ein windstiller Tag, grau, mit tief hängenden Wolken. Aber der Wellengang in der Nacht mußte ziemlich hoch gewesen sein, hatte Seegras und Algen an die Küste gespült. Es gab Spuren im Sand: ein Pferd, ein Mann mit einem Hund. Sie winkten einem Fischer auf den Felsen zu. Die meiste Zeit über spazierten sie in kameradschaftlicher Stille. Wyatt fragte sich, ob es das Alleinleben war, das ihn so unglücklich machte. Liebe war ihm zu einer kurzen Entspannung mit Frauen geworden, die niemals verstehen würden, was er tat. Den Rest der Zeit wartete er darauf, von Leuten betrogen zu werden, denen er vertrauen mußte. Er konnte seinem inneren Wächter keine Pause gönnen, denn der Tod konnte überall auf ihn warten, lautlos und hinterhältig. Er fühlte, daß er beinahe die Reinheit des Lebens verloren hatte, aber nun hatten sich die Dinge geändert, und er hatte es in der Hand, daß es nicht wieder geschehen würde.

Arm in Arm beobachteten sie einen Frachter am Horizont, als Anna sagte: »Was wirst du nun tun?«
Wyatt war aufgewühlt. »Hier bleiben, einen Gang zurückschalten.«
»Du hast gesagt, daß du normalerweise nach einem Job verreist.«
»Wenn er genug einbringt.«
»Fünfundsiebzigtausend sind nicht unbedingt wenig.«
»Bis vor kurzem«, sagte Wyatt, »habe ich noch zwei oder drei Jobs pro Jahr gemacht. Nur einer davon brachte mir genug für die Farm und für sechs Monate Frankreich. Die Zeiten haben sich leider geändert.«
Anna schwieg. Dann sagte sie: »Ich frage mich, ob ich mich schuldig fühlen oder Gewissensbisse habe sollte oder Furcht oder andere Gedanken, aber ich fühle mich völlig neutral.«
Wyatt nickte abwesend und sagte gedankenverloren: »Das ist ein gutes Zeichen, das Zeichen eines Profis. Beim nächsten Mal wirst du deine Gefühle nicht mal mehr hinterfragen.«
Anna stellte sich so vor ihn, so daß er gezwungen war, sie anzusehen. »Was meinst du mit nächstes Mal?«
Ihr Ton war eher fordernd als verwirrt. Ihr Ausdruck war gefaßt, als wäre ihr die Antwort bekannt, aber er entdeckte auch einen kurzen, verdutzten, gejagten Blick. Er berührte ihre Brüste, so flüchtig, daß es auch nicht passiert sein könnte, und sagte: »So ist nun mal das Muster.«
»Was meinst du damit? Daß ich es gerne wieder tun würde?«
Er betrachtete sie. Er hatte ihre volle Aufmerksamkeit und er wußte, daß sie nicht weglaufen oder lachen oder die Dumme spielen würde.

Er fragte: »Paßt das, was du tust, zu dir?«
»Es ist jedenfalls nicht langweilig. Man trifft interessante Leute, wenn du verstehst, was ich meine.«
»Bis jetzt langweilt es dich noch nicht«, sagte Wyatt.
»Du denkst, ich bin jetzt auf den Geschmack gekommen. Meine Arbeit würde mich nun nicht länger befriedigen, ist es das?«
Wyatt sagte: »Manchmal gibt es gute Jobs, aber ich muß sie absagen, weil die Schlüsselrolle eine Frau erfordert, und ich kenne keine, die gut genug ist.«
Sie schmiegte sich an ihn und sah schläfrig an ihm hoch. »Und alles, was ich tun müßte, ist die Linie zu überschreiten?«
»Du hast sie schon überschritten«, sagte Wyatt.
Sie verkrampfte sich ganz kurz.
Regenwolken zogen heran, also wanderten sie zum Haus zurück. Kurz nachdem sie angekommen waren, klingelte das Telefon. Rossiter, er las eine Melbourner Nummer vor und sagte, es sei dringend.
Es war Pedersen. »Sugarfoot schnüffelt wieder herum«, sagte er. »Er hat versucht, Hobba aufzulauern, und als das nicht funktionierte, hat er mich angerufen.«
»Was will er?«
»Ein Treffen. Heute nachmittag um vier.«
Wyatt sagte nichts. Pedersen fuhr fort: »Er sagt, entweder wir beteiligen ihn oder er geht zu Finn oder den Bullen.«
»Er weiß von dem Job?«
»Ja, frag mich nicht, wieso.«
»Was weiß er noch? Weiß er von Anna Reid?«
»Keine Ahnung. Er hat nur dich erwähnt, mich und Hobba. Mein Gott, Wyatt, du weißt, wie er ist. Was ist, wenn er

sich entschließt, mit Finn und uns zu spielen? Du hättest ihn umbringen sollen, als es die Gelegenheit gab.«

Daraufhin bat Wyatt ihn, erreichbar zu bleiben, er würde die Sache übernehmen. »Versuch, Hobba zu erreichen«, sagte er. »Geh in unseren Unterschlupf – hast du noch den Schlüssel?«

»Ja.«

»Ich treffe euch beide dort, wenn alles vorbei ist. Weißt du, wo Sugarfoot wohnt?«

»Nein.«

»Rossiter wird es wissen. Jetzt zu den Einzelheiten. Wo und wann will er uns treffen?«

Pedersen erzählte es ihm und sagte dann: »Du mußt ihn beschatten. Er wird etwas vorhaben.«

»Ja.«

Wyatt legte auf.

Anna Reid hatte ihn beobachtet, in ihren grünen Augen folgte ein Ausdruck dem anderen: Vergnügen. Wachsamkeit. Berechnung. Sie fragte: »Ärger?«

Er erzählte ihr von Sugarfoot Younger. »Ich habe zu lange zugesehen«, sagte er.

Plötzlich war sie wütend. »Warum hast du mir das alles nicht vorher erzählt? Das betrifft mich mindestens so wie dich. Er könnte schon in dieser Minute mit Finn sprechen – oder mit der Polizei. Meine Güte, ich dachte, du seist ein Profi.«

»Halt den Mund«, sagte Wyatt so laut und scharf, daß sie zurückwich.

»Was will er?« fragte sie.

»Geld. Rache.«

»Ich nehme an, du wirst ihn jetzt umbringen. Soviel zu dem einfachen Safeknackerjob.«

»Hör mir zu. Er ist weich im Kopf. Er würde dich genauso schnell töten wie mich.«
Sie atmete ein und aus: »Weiß er von mir? Hat er mich verfolgt?«
»Nein. Aber wenn ich ihn verpasse und er hierherkommt, hast du ein Problem. Ich möchte, daß du mit den anderen in unserem Versteck bleibst.«
Sie rieb sich die Oberarme, als wäre ihr kalt. »Plötzlich eskaliert alles.«
»Ich werde damit fertig. Geh und pack deine Sachen.«
Sie wurde rot vor Ärger und verließ das Zimmer.
Wyatt löschte das Feuer im Kamin und nahm eine von Floods .38ern heraus. Er wartete nachdenklich, bis Anna erschien, Kleider in ihre Ledertasche stopfend.
Er sagte: »Ich wollte nicht so kurz angebunden sein.«
»Ich weiß.«
»Hier ist der Schlüssel zum Versteck. Du solltest jetzt besser gehen.«
»Kommst du nicht mit?«
»Es ist besser, wenn wir getrennt gehen. Wenn etwas schiefläuft, können wir es uns nicht leisten, daß man uns irgendwie miteinander in Verbindung bringt.«
Um sich gegen den kalten Wind zu schützen, verschränkte sie die Arme.
»Wann werde ich dich wiedersehen?«
»Wenn die Sache erledigt ist. Ich bleibe telefonisch mit dir in Verbindung.«
»Was ist, wenn dir etwas zustößt?«
»Denk an dich selbst, nicht an mich. Hier ist eine Waffe, für alle Fälle. Weißt du, wie man damit umgeht?«
Anna wog die Waffe in der Hand. Es schien, als überlegte sie. Es wirkte sonderbar, als wäre sie von dem Revolver

abgestoßen, aber auch fasziniert und begierig darauf, ihn zu benutzen. »Ich ziele einfach und ziehe den Abzug, richtig?«

»Im allgemeinen macht man es so«, sagte Wyatt.

siebenunddreißig

Nachdem sie fort war, rief Wyatt Hertz in Frankston an und reservierte einen Falcon auf den Namen seines gefälschten Ausweises. Dann packte er alte Klamotten in eine Einkaufstüte, steckte ein Ersatzmagazin und einen Schalldämpfer für die Browning ein und aß ein Sandwich. Bevor er ging, rief er Rossiter an und erfuhr Sugarfoot Youngers Adresse. Schließlich zog er Handschuhe über, er wollte Fingerabdrücke in dem gemieteten Wagen vermeiden.

Auf dem Weg nach Frankston dachte er über Sugarfoot nach. Wie alle Amateure schien auch er nach einem Muster zu arbeiten, wiederholte sich, war mit Schachzügen zufrieden, die vorher schon mal funktioniert hatten. Er hatte sich einen fetten Anteil in den Kopf gesetzt und nahm es persönlich, daß Wyatt ihn ausgeschlossen hatte. Er würde nicht nachlassen, bis er seine Rache hatte oder das Geld – wahrscheinlich wollte er beides. Er reagiert zu emotional, dachte Wyatt. Er ist nicht in der Lage zu warten oder zu beobachten, geschweige denn neues Terrain zu erobern oder ein neues Muster auszuprobieren. Es fehlt ihm an Selbstkontrolle. Er hinterließ überall seine Handschrift, machte sich damit selbst zur Zielscheibe.

Eine Stunde, nachdem er den Falcon bei Hertz abgeholt hatte, befand sich Wyatt in Kew, parkte am Golfplatz in der Studley Road in der Nähe des Flusses. Er stieg aus, griff die Einkaufstüte und nahm die Abkürzung über den Golfplatz zum Aussichtspunkt am Yarra Boulevard, versuchte, sich vorzustellen, was Sugarfoot tun würde. Es gab keinen Zweifel, daß er ihnen aus dem Hinterhalt auflauern würde – und zwar von Kew aus und nicht auf der Abbotsford-Seite, wo es zu viele Häuser, Autos und mögliche Zeugen gab. Aber hier im Park hätte Sugarfoot den Vorteil des hochgelegenen Platzes, Bäume und ein Dutzend Ausgänge.

Wyatt war fast zwei Stunden zu früh. Aber so früh erwartete er Sugarfoot nicht. Er ging hinunter in den Park, umrundete einen dichten Gürtel von Bäumen und betrat einen matschigen Pfad, der sich durch Trauerweiden, bemooste Baumstämme und Gruppen von Zwiebelgras wand. Keine anständige Person würde sich je hierherwagen. Dunkle Figuren in Mänteln paarten sich und stöhnten leise im schimmernden Licht. Ein bleichgesichtiger Mann trat auf den Pfad, musterte Wyatts strenges Gesicht und wich seitwärts aus. Hier und da war eine einsame Gestalt mit verkrampftem Handgelenk in erbärmliche Vergnügungen verstrickt.

Wyatt ging unter den Bäumen hindurch, von wo er freie Sicht auf ein offenes Feld etwas weiter weg hatte. Auf dem Weg zurück wich er zwei Harley-Davidsons aus, die auf den Kurven des Boulevards getestet wurden. Er ging wieder zur Fußgängerbrücke, wo Sugarfoot ihnen das Treffen vorgeschlagen hatte. Es kam ihm in den Sinn, daß die lärmenden Motorräder Sugarfoot schützen könnten.

Er stand am Ende des Pfades, der zur Fußgängerbrücke führte. Links waren Bäume, rechts eine Rasenfläche mit Sitzbänken und Schaukeln.

Niemand war in der Nähe. Er suchte Schutz hinter einem Gummibaum, leerte die Einkaufstüte und zog eine abgewetzte Hose und einen alten Mantel über seine

Kleidung. Er streifte sich eine zerrissene Baumwollmütze über den Kopf. Die Browning trug er auf Höhe der rechten Hüfte. Es war eine flache Waffe, lag in einem nach vorn gekippten Halfter bequem über seiner rechten Niere. Schließlich holte er eine in braunes Papier gewikkelte Flasche Sherry heraus und ging zu den Schaukeln hinüber.

Eine der Bänke befand sich gegenüber der rutschigen Senke und dem Fluß. Er fläzte sich mit einem Ausdruck von Niedergeschlagenheit darauf und bereitete sich darauf vor, zu warten. Drei Uhr, noch eine Stunde. Hin und wieder hob er den Sherry an die Lippen, saß ansonsten völlig bewegungslos, das Kinn auf der Brust, die zerfranste Mütze verbarg sein Gesicht. Eine Hand unter dem Mantel, die Browning griffbereit. Er hatte einen guten Überblick über die Fußgängerbrücke. Wenn Sugarfoot eintreffen und sich einen Hinterhalt suchen würde, hätte Wyatt ihn sofort im Visier.

Während der nächsten Stunde kamen fünf Leute von der Fußgängerbrücke in den Park. Die ersten beiden waren ein Geschäftsmann und ein Teenager mit orange- und blaugefärbten Haarsträhnen. Sie verschwanden eine Minute später zwischen den Bäumen. Kurz danach liefen zwei Jogger über die Brücke. Ihnen folgte ein Säufer, der sich von Wyatts Flasche angezogen fühlte. Er schlurfte zweimal an der Bank vorbei, bevor er sich in der Nähe niederließ, um Wyatts Sinn für Brüderlichkeit zu testen.

Kurz davor, ihm zu sagen, er möge sich verpissen, besann Wyatt sich eines Besseren und rutschte zur Seite, um dem Mann Platz zu machen. »Setz dich«, sagte er. Er hob die Flasche. »Das wird dich aufwärmen.« Der Penner bedankte sich leise und nahm einen tiefen Schluck aus der Flasche.

»Aaah«, sagte er. Er wischte den Flaschenhals mit seinem Ärmel ab.
»Nimm ruhig noch einen«, sagte Wyatt.
Der Mann bot idealen Schutz: Er war so offensichtlich heruntergekommen, daß dies auf Wyatt und den ganzen Spielplatz abfärbte. Sugarfoot würde sie nicht weiter beachten.
Als es Viertel nach vier wurde und Sugarfoot sich noch nicht gezeigt hatte, drehte sich Wyatt auf der Bank zur Seite. Einem Beobachter mußte es scheinen, als befände er sich in angeregter Unterhaltung mit seinem Saufkumpanen, aber er sah an dem verschwommenen, unrasierten Gesicht vorbei über den Golfplatz, die Brücke und die dicht zusammenstehenden Bäume. Im Zwielicht des späten Nachmittags wurden die Schatten länger, machten es schwierig, Objekte einzuschätzen. Nieselregen begann zu fallen, und Wyatt kroch tiefer in seinen Mantel. So blieb er bis halb fünf, aber er entdeckte nichts. Um Viertel vor fünf wußte er, daß die ganze Sache ein Mißerfolg war.
»Behalt die Flasche, Kumpel«, sagte er, schnitt dem Penner mitten in einem Monolog über Schafhaltung und einen Scher-Rekord im Jahre 1954 das Wort ab.
Räuspernd und spuckend schlurfte Wyatt über den Golfplatz zurück. Er fühlte sich verkrampft, fragte sich, ob Sugarfoot alles in allem doch ganz klug war, Unterstützung hatte, das Fadenkreuz eines Fernrohres die ganze Zeit auf ihn gerichtet war, auf die Gelegenheit für einen sauberen Schuß lauernd.
Er hielt seinen Kopf gesenkt. Golfer fluchten ihm nach. Ein Golfhall schlug hinter ihm auf, jemand rief: »Vorsicht!«, ein anderer lachte.

Hinter dem Clubhaus blieb er stehen und gab sich betrunken, blickte dabei über die parkenden Autos. An einige erinnerte er sich, andere waren erst kürzlich angekommen. Der Customline war nirgends zu sehen, aber das hatte er auch nicht erwartet. Er hielt nach warnenden Zeichen Ausschau. Einen Mann, der zu lange brauchte, um sein Auto zu finden; einen Wagen, der durch die Reihen kurvte, ohne den Platz zu verlassen; einen Umriß, der plötzlich in einem der Fenster sichtbar wurde.

Nach einigen Minuten wanderte er zwischen den Autos herum, schaute sich nach einem um, das dort nicht hingehörte. Letztendlich war es ein sinnloser Versuch, weil jeder Wagen wie ein Familienauto aussah, das dazu benutzt wurde, Golfschläger herumzukarren.

Er kehrte zu seinem gemieteten Falcon zurück. Kurz bevor er ihn erreichte, ließ er eine Handvoll Münzen fallen. Sie klirrten hell und metallisch auf dem harten Asphalt. Er kniete sich nieder, um sie aufzusammeln. Dabei schwang er sich auf den Schuhsohlen herum, suchte nach etwaigen Gestalten, die hinter den Autos in der Nähe herumschlichen.

Nichts.

Er überprüfte den Rücksitz und setzte sich hinters Steuer. Es war unwahrscheinlich, daß der Wagen mit Sprengstoff präpariert worden war, aber er fühlte ein Prickeln, als er den Zündschlüssel umdrehte.

Er fuhr in eine abgelegene Straße, zog Mantel, Hose und Mütze aus. Sie waren inzwischen feucht, und auch die Kleidung darunter fühlte sich klamm an, aber er hatte keine Zeit, etwas daran zu ändern. Sugarfoot war nicht aufgetaucht. Er konnte seine Pläne geändert und sich für eine andere Überraschung entschieden haben.

Oder er hatte sich mit Ivan gestritten, als er ihn um Hilfe bat.
Wyatt startete den Wagen wieder und fuhr zu der Adresse in Collingwood, die Rossiter ihm gegeben hatte. Es war Zeit, Sugarfoot zu jagen, anstatt auf ihn zu warten.

achtunddreißig

der große Customline war auf der Straße abgestellt worden. Der Asphalt darunter war knochentrocken und zeigte an, daß er dort schon eine Weile stand. Das Haus sah aus, als stünde es leer, ein Eindruck, der durch die abblätternde Farbe an den Fensterrahmen und den Verandapfosten sowie durch die aufwendigen Restaurierungen der Häuser auf der gegenüberliegenden Seite verstärkt wurde.

Wyatt betätigte den Türklopfer an der Haustür. Als keine Antwort kam, ging er um das Haus herum nach hinten. Gegen seine Gewohnheit schaute er in zwei Schuppen, die an den hinteren Gartenzaun gebaut waren. Einer enthielt Zeitungsstapel für die Altpapierabholung, der andere eine Werkbank und eine Anzahl von Fahrradersatzteilen.

Der Schlüssel zur Hintertür lag unter einem Brocken Blauschiefer, auf dem ein Terrakottatopf mit Kräutern stand. Wyatt drehte vorsichtig den Schlüssel und betrat das Haus. Er lauschte kurz, dann begann er mit der schnellen Untersuchung der Zimmer auf beiden Etagen.

Er ließ die üblichen Wohnbereiche und zwei der Schlafzimmer aus – das eine, weil es offensichtlich einer Frau gehörte, das andere, weil er bezweifelte, daß Sugarfoot Buschwanderungsmagazine abonniert hatte.

Blieb also das große Zimmer in der ersten Etage. Es war nur schwach erleuchtet, die Luft schwer von einer Atmosphäre heimlicher Leidenschaften. Zwischen den Pulpromanen im Bücherregal lagen Stapel von amerikanischen Waffenmagazinen und verschiedene großformatige Waffenbildbände aus modernen Antiquariaten. Ein Regal war vollgestopft mit Kriegs- und Westernvideos, auf deren Cover die Helden wie Götter posierten. Unter dem Fenster stand ein kleiner Schreibtisch. Die Schubladen waren abgeschlossen. An einer Wand stand ein großer, dunkler Kleiderschrank. Auch er war verschlossen. Wyatt sah unter das Bett. Er entdeckte eine Kiste mit einem Vorhängeschloß, aber er kümmerte sich nicht darum, sie hervorzuziehen oder das Schloß aufzubrechen. Er konnte sich vorstellen, was er finden würde.

Er ging wieder hinunter. Er zog die Tür hinter sich zu, legte den Schlüssel unter den Blauschiefer und ging um das Haus herum nach vorn.

Eine Stimme fragte: »Wer sind Sie?«

Die Frau war eben nach Hause gekommen. Sie hatte ein scharfgeschnittenes, unzufriedenes Gesicht und trug abstehendes, kurzes, weißes Haar. Auf einem Anstecker ihres Overalls stand: Reduziere, Restauriere, Recycele! Sie funkelte Wyatt wütend an. »Was wollen Sie?«

»Ich suche Sugarfoot. Ich habe geklopft«, sagte Wyatt. »Dann bin ich herumgegangen, um nachzusehen, ob er hinten ist.«

»Sind Sie ein Freund von ihm?«

Wyatt beobachtete sie. Ihre feindselige Haltung schien nicht ihm zu gelten, deshalb sagte er: »Nicht unbedingt. Er schuldet mir Geld.«

Sie spitzte die Lippen: »Das sieht ihm ähnlich. Sie könnten es bei seinem Bruder versuchen. Er sagte, er wolle dorthin, um ein Bücherregal zu verladen. Aber das war heute morgen.« Sie fischte in ihrer Tasche nach dem Haustürschlüssel. »Wenn Sie ihn sehen«, sagte sie, »sagen Sie ihm, er soll mir den Kombi zurückbringen, jetzt, oder ich melde ihn als gestohlen.« Sie schlug die Tür zu.

Wyatt ging zum Wagen zurück. In Carlton und wieder in Footscray begegnete er dichtem Fußballverkehr. Die Wagen der Sieger schienen auf der Überholspur zu rollen und mit der grünen Ampelwelle zu fließen, sie schwenkten Bänder und Schals. Die Verlierer waren kläglich in Familien-Sedans gestopft. Sie kamen nur in frustrierend langsamen Wellen voran. Finster blickende Väter schlugen nach Beinen auf den Rücksitzen. Dann begann es zu regnen, ein Auto streifte einen Bus, und Wyatt geriet in einen Stau. Die Stadt bewegte sich sinnlos und gereizt auf den Samstagabend zu.

Gegen sechs Uhr hatte er in der Gasse hinterm Bargain City geparkt. Die Hintertür war verschlossen. Er ging zum Haupteingang. Metallplatten sicherten Tür und Fenster. Es brannte kein Licht. Alles Leben schien sich um die Videothek und den Schnellimbiß zu gruppieren. Wyatt kehrte zum Wagen zurück, verfolgt von Musikfetzen, Filmbildern und dem Geruch von Essig auf Fisch und Chips.

Er war dabei, die naheliegenden Aufenthaltsorte abzuhaken. Er fuhr zwei Kilometer zu Ivan Youngers Haus. Ivan liebte es zu sagen: »Footscray ist der Ort, an dem ich geboren bin, von dem aus ich Geschäfte mache, der Ort, an den ich gehöre«, als sähe er sich als Großvater, der inmitten seiner Familie lebte. Sein ausgedehntes 50er-Jahre-Haus war auf ein großes Stück Land in einer Straße mit Arbeiterhäusern gesetzt worden. Eine hohe Mauer aus Blauschiefer, oben mit Glasscherben versehen, umgab Haus und Garten. Über dem stählernen Eingangstor hing eine Überwachungskamera. Wyatt blieb dem Stahltor fern, er ging davon aus, daß es abgeschlossen war. Er stand an einer

Stelle, von der aus er das Haus sehen konnte. Es schien dunkel zu sein.
In diesem Moment tauchte auf dem Bürgersteig ein Mädchen auf. Sie trug einen Parka und stakste auf Rollerskates vom Laden an der Ecke nach Hause. Ihre Bewegungen waren ungeschickt. Sie benötigte ihre Arme, um das Gleichgewicht zu halten, aber sie hielt sie eng am Körper, trug Milchkartons und ein Baguette. An der Stelle, wo der Bürgersteig eine Vertiefung hatte, um Autos die Zufahrt zu Youngers Tor zu erlauben, verlor sie die Balance. Sie stolperte wie ein Clown gegen das Tor.
Es schwang nach innen auf. Das Mädchen, das sich an den vertikalen Stangen festhielt, schwang mit, ihre Skates rollten unter ihr weg, Milch und Brot entglitten ihren Händen. Wyatt sah zu, wie sie auf den Bauch fiel.
Das war ungeschickt, unerwartet, schmerzvoll. Sie begann zu weinen. Wyatt sah, wie sie sich auf den Rücken drehte, sich aufsetzte, ihre Skater untersuchte und über ihre Knie und Ellenbogen wischte. Dann kam sie hoch, sah sich nach der Milch und dem Brot um und rollte zitternd weiter den Bürgersteig entlang. Er sah ihr nach. Niemand sonst war auf der Straße.
Als sie außer Sichtweite war, beobachtete er mehrere Minuten lang die Überwachungskamera. Es war die Sorte, die sich gleitend bewegte, aber die hier bewegte sich nicht. Er überquerte die Straße, ging durchs Tor und machte sich auf den Weg zum Haus, wobei er die Kiesauffahrt mied.
Er umrundete einmal das Haus, probierte Türen und Fenster aus. Die Fensterriegel und innenliegende Läden aus Holz machten es ihm schwer, hineinzusehen. Alle Türen waren geschlossen. Er berührte sie nicht. Er nahm an, daß sie geschlossen waren. Es war frustrierend. Younger lebte

allein, und es konnte sehr gut sein, daß er sich friedlich abgeschirmt in einem der hinteren Zimmer befand.
Wyatt richtete seine Aufmerksamkeit auf die Garage. Das Tor stand offen, ein schäbiger Kombi schimmerte schwach im Licht der entfernten Straße. Kein anderes Fahrzeug weit und breit. Wyatt legte seinen Handrücken auf die Motorhaube des Kombis. Sie war kalt. Die Türen waren verriegelt. Er versuchte, die Tür, die von der Garage ins Haus führte, zu öffnen. Auch die war zu.
Er blieb einen Moment stehen, dachte über den Sicherungskasten nach. Er befand sich an einer Wand des Hauses in der Nähe des Garagentores. Er hob den Deckel aus grauem Metall ab, darunter kam der Stromzähler zum Vorschein. Das Licht von der Straße reichte Wyatt aus, um sehen zu können, daß das Zählerrad sich nicht drehte. Ivan Younger litt unter Verfolgungswahn, was Sicherheit betraf. Er hatte eine Kamera am Tor, und im Haus gab es sicher eine Alarmanlage und Infrarotstrahlen. Sie verbrauchten nur wenig Strom, aber genug, um auf dem Zähler angezeigt zu werden. Das Alarmsystem war also abgeschaltet worden.
Plötzlich begann sich das Rad zu drehen. Wyatt erstarrte und tauchte ins Dunkel, in der Erwartung von Licht, Alarmsirenen, rufenden Stimmen.
Aber nichts geschah. Er bückte sich, dachte nach, dann fiel ihm ein, Licht und Alarmanlage waren ausgeschaltet, aber der Kühlschrank würde sich hin und wieder anschalten.
Nun fühlte Wyatt sich sicher und kehrte zur Garage zurück. Auf einem Regal fand er Klebeband und Dosen mit Klebstoff. Dann ging er um das Haus herum. Badezimmerfenster waren immer am leichtesten. Er klebte die Scheibe mit dem Klebeband ab, zerbrach sie mit einem Stein und

entfernte den zerbrochenen Teil neben dem Riegel. Er griff hinein, drehte den Riegel und zog sich bis zum Fensterbrett hoch. Nichts. Das Fenster war in der Mitte verriegelt worden. Nun konnte er nichts anderes tun, als den Rest der Scheiben zu entfernen und durchzuklettern. Er haßte es, das zu tun. Es brauchte Zeit, weil es nur eine schmale Lücke gab und er auf die Glasscherben achtgeben mußte.
Wyatt stand im Badezimmer und horchte. Eine altmodische Uhr tickte laut im Flur, sonst gab es kein Geräusch, auch kein Licht in anderen Teilen des Hauses. Es wirkte alles irgendwie falsch.
Das bestätigte sich im Wohnzimmer. Zuerst nahm er einen sehr schwachen Korditgeruch wahr, dann entdeckte er im Dunkel eine menschliche Gestalt, die in einem alten Sessel gegenüber dem Fernseher saß. Weil nichts zu hören und niemand weiter im Haus war, ließ Wyatt seine Taschenlampe aufleuchten, lange genug, um zu sehen, daß Ivan Youngers Kopf auf die Brust gesunken war.
Wyatt ging zum ihm und fühlte nach seinem Puls. Es gab keinen. Er benutzte noch einmal die Taschenlampe. Es gab keine sichtbare Wunde. Er tastete entlang der Haarlinie, konzentrierte sich auf den Bereich, wo der Schädel am dünnsten war. Da fand er es. Ein kleiner Fleck getrockneten Blutes. Kleines Kaliber, dachte Wyatt. Jemand, der wußte, was er tat.

neununddreißig

Es hätte jeder sein können.
Wenn jemand Geld zum Investieren oder Talent anzubieten hatte, machte Ivan ein Geschäft mit ihm. In all den Jahren hatte er sich mit Sicherheit viele Feinde gemacht. Aber Ivan arbeitete vom Laden aus, nicht von zu Hause. Wann immer Wyatt in der Vergangenheit Güter und Informationen von ihm erworben hatte, wurde alles vom Laden aus abgewickelt. Auch den Frome-Versicherungsbetrug hatten sie im Laden geplant.
Der im Sessel zusammengesunkene Körper und das abgeschaltete Alarmsystem ließen auf einen Besucher schließen, der bekannt oder erwartet worden war.
Hier folgte eine Verwicklung auf die andere, und die Verbindung war Sugarfoot. Wyatt spekulierte, sinnierte über mögliche Erklärungen. Sugarfoot ist von seinem Fußgängerbrücken-Hinterhalt entmutigt und bittet Ivan um Hilfe. Aber Ivan ist sauer auf ihn, sagt das Falsche, und Sugarfoot schießt ihm eine Kugel in den Kopf. Wyatt konnte Sugarfoot irgendwo da draußen fühlen, zu ängstlich, um zur Fußgängerbrücke zu gehen, zu ängstlich, um nach Hause zu gehen, aber aufgrund seiner Engstirnigkeit brodelten in ihm noch alle vertanen Chancen, alle Rechnungen, die noch nicht beglichen waren.
Wyatt schlich aus dem Haus, fuhr zu einer Telefonzelle und rief im Versteck an. Pedersen nahm nach dem ersten Klingeln ab.
»Er war nicht da«, sagte Wyatt.

Pedersen schwieg. Dann sagte er langsam »Hobba ist nicht hier. Anna ja, aber Hobba nicht.«
Wyatt sagte scharf: »Aber du hast es ihm gesagt.«
Pedersens Stimme wurde lauter: »Ich habe ihn nicht mehr erwischt. Ich habe den ganzen Nachmittag versucht anzurufen. Mein Gott.«
»Bist du noch da?« fragte er, als Wyatt nicht antwortete.
»Ich war gerade bei Ivan Younger«, sagte Wyatt.
»Und?«
»Er ist tot. Erschossen.«
Es gab eine Pause. Wyatt fuhr fort: »Ich würde sagen, Sugarfoot ist endgültig ausgeflippt.«
»Dann holt er sich jetzt Hobba«, sagte Pedersen.
»Ich melde mich wieder«, sagte Wyatt. »Du und Anna bleibt da. Laßt niemanden rein.«
Er stieg wieder in den Mietwagen. Es war sieben Uhr, und die Fußballfans, von einer heißen Dusche erfrischt, ergossen sich nun in die Stadt. Musik klang von Auto zu Auto, als würde die Nation zum Appell antreten. Strahlende Zähne schimmerten aus den dunklen Innenräumen aufgemotzter Holden, Stereoanlagen wummerten wie erregte Herzen. Er konnte nur Lücken suchen, bremsen, dahinkriechen.
Der Verkehrsstrom floß zähflüssig auf die Racecourse Road. Vor dem Eingang der Housing Commission Wohnanlage bog er ab und parkte den Wagen so, daß er freie Fahrt zurück auf die Straße haben würde.
Er schaute zu den aufragenden Türmen hinauf. Menschliche Umrisse träumten in vielen der Fenster vor sich hin, von hinten beleuchtet durch das blaue Licht der Fernsehbildschirme. Die Vorhänge waren aufgezogen. Das war verständlich, niemand konnte hineinsehen, und man hatte

einen hervorragenden Blick über das Parkgelände bis zu den himmelwärts stoßenden Wolkenkratzern der Innenstadt.
Während er da stand und hochsah, gingen zwei Mädchen vorbei, betrachteten ihn heimlich. Ihnen gefiel sein kantiges Gesicht und die entschlossene Ausstrahlung. Eine, etwas mutiger als die andere, sagte: »Es ist nicht zu verkaufen.«
Er ließ ein Grinsen aufblitzen, aber er konnte es sich nicht leisten, daß sie sich an sein Gesicht erinnerten, also wandte er sich ab und ging weg. »Ich beiße nicht!« rief das Mädchen ihm nach. Er hob seine Hand.
Als er sich im Aufzug befand, zog er die Gummihandschuhe über und steckte die Hände in die Taschen. Im achten Stock stieg er aus. Nachdem sich die Türen hinter ihm geschlossen hatten, zögerte er und horchte. In der dicken Luft lag Winterkälte und der Geruch von Essen – Curry, gebratene Zwiebeln, matschiges Gemüse –, und sie vibrierte von Polizeisirenen und schrillem Werbefernsehen. Er bemerkte das zerkratzte Holz und die abgeschürften Wände. Eine Tür quietschte im Luftzug, und er sah an der Nummer, daß es Hobbas war. Licht fiel auf den schäbigen Korridor.
Das war schlecht. Er drehte ab, um hier wegzukommen. Eine Stimme sagte: »Verzeihen Sie, Sir?«
An der Biegung des Flurs war ein junger Polizist aufgetaucht. Er stand Wyatt direkt gegenüber, die rechte Hand lag auf seiner Revolvertasche. Er hatte wachsame Augen über einem dünnen, hellen Schnauzbart.
»Wohnen Sie hier, Sir?«
Wyatt wies mit dem Kopf auf Hobbas Tür, die Hände mit den Handschuhen ließ er in den Taschen. »Ich wollte nur

bei einem Freund vorbeisehen«, sagte er. »Stimmt was nicht?«
»Ich denke, es ist besser, wenn Sie mit Sergeant Hickey sprechen, Sir«, antwortete der Polizist.
»Was ist los? Ist Rob okay?«
»Klopfen Sie bitte an die Tür, Sir.«
Wyatt klopfte an Hobbas halboffene Tür, stellte sich mit seinem Körper so, daß die Gummihandschuhe im Dunkeln blieben. Die Tür schwang weiter auf. Alle Lampen in Hobbas Wohnung schienen zu brennen. Die Luft roch schal. Ein Bild war von der Wand gerissen worden, das Telefontischchen lag kopfüber, und am Ende des Flurs konnte er aufgehäufte Kleidung, Papierfetzen und leere, herausgerissene Schubladen sehen. Dann erschien eine uniformierte Gestalt im Flur, und eine gereizte Stimme sagte: »Wer, verdammt, sind Sie?«
Hinter Wyatt sagte der junge Polizist: »Ich habe ihn im Korridor angetroffen, Sergeant. Er sagt, er sei ein Bekannter.«
»Er ist ein alter Freund von mir.«
Hickey sah Wyatt prüfend an. Er war schlank, wirkte beweglich, mit einem Gesicht und einem Gehabe, das zum Sarkasmus neigte. »Das ist nett«, sagte er. »Nur mal kurz vorbeigekommen, richtig?«
Wyatt zuckte die Achseln. »Ja ...«
»Wie ist Ihr Name, Sonnenschein?«
»Lake«, sagte Wyatt. »Es tut mir leid, wenn ich in etwas hineingeplatzt bin. Ich wollte nur ...«
»Sind Sie vorbestraft, Lake?«
»Ich? Auf keinen Fall.«
»Sie haben nicht zufällig in Pentrigde mit dem alten Hobba Bekanntschaft gemacht?«

»Ich doch nicht«, sagte Wyatt. »Was geht hier eigentlich vor?«
»Erzählen Sie's mir?« sagte Hickey. Er trat zurück und bedeutete Wyatt, die Wohnung zu betreten. »In die Küche«, sagte er. »Fassen Sie nichts an. Ich meine, gar nichts.«
Wyatt war darauf vorbereitet, Hobba auf dem Boden niedergestreckt zu sehen, aber die Küche war leer. Alle Oberflächen waren behandelt worden, um sie auf Fingerabdrücke zu untersuchen. Türen und Schubladen standen offen, und schmutzige Teller waren im Ausguß gestapelt. Der Inhalt des Kühlschrankes lag über dem Boden verstreut. Wyatt blieb genau in der Tür stehen, stellte sich bewußt so, daß beide Cops sich hinter den Tisch hätten stellen müssen, aber Hickey klopfte ihm auf die Schulter und sagte: »Nein, Sonnenschein, andere Seite.«
Wyatt ging um den Tisch herum. »Was ist los?« sagte er. »Ich bin nur vorbeigekommen, um Hallo zu sagen.« Er spielte den empörten, gammeligen Penner, aber die Situation schien sich bedrohlich zum Schlechten zu wenden, deshalb stand er locker und hellwach am Tisch, maß Entfernungen und Winkel.
»Hat er Sie erwartet?« sagte Hickey.
Wyatt zuckte die Achseln. »Habe unter der Woche mit ihm gesprochen. Wir waren für heute abend locker verabredet.«
»Sie haben ihn heute nicht schon früher gesehen?«
»Nein. Suchen Sie ihn?«
»Ich stelle die Fragen. Waren Sie heute schon früher hier? Haben Sie vielleicht den Frühjahrsputz in der Wohnung veranstaltet?«
»Nein. Ich habe Ihnen doch schon gesagt, ich bin nur vorbeigekommen, um mit ihm ein paar Bierchen zu trinken.«

»Haben Sie Schlüssel zu dieser Wohnung?«
Wyatt sah von einem zum anderen. Der junge Polizist bewachte den Flur. Hickey stand Wyatt gegenüber, seine Hände hingen locker herunter.
»Einen Schlüssel? Nein, warum?«
»Achten Sie auf meine Worte«, sagte Hickey. »Ich stelle hier die Fragen.«
Wyatt machte ein eingeschüchtertes, beleidigtes Gesicht und spielte weiter. Hickey sah ihn einen Moment genau an. »Irgendwie kommen Sie mir nicht ganz kosher vor, Sonnenschein«, sagte er plötzlich. Er drehte sich um. »Kommt er Ihnen etwa kosher vor, Constable?«
Der junge Polizist stand stramm. »Nein, Sergeant.«
Hickey wandte sich wieder an Wyatt. »Da haben Sie es. Zwei Stimmen gegen Sie. Haben Sie irgendeinen Ausweis, Mr. Lake?«
Wyatt sagte: »Nicht bei mir, nein.«
»Nicht bei sich«, sagte Hickey bedeutungsschwer. »Keinen Führerschein, keine Kreditkarten, keine Videoverleihkarte?«
Wyatt runzelte die Stirn, dachte angestrengt nach, dann schüttelte er den Kopf. »Tut mir leid, nein.«
»Wie kommen Sie denn so zurecht?« sagte Hickey. »Heutzutage kann man ohne Ausweis doch nirgendswohin gehen.«
Der junge Polizist grinste über die Vorstellung. Das war ein Fehler. Es entspannte ihn zu sehr. Er verschränkte die Arme und wippte vor und zurück. Seine Reaktionszeit würde langsam sein. Wyatt konzentrierte sich auf Hickey. Hickey amüsierte sich. Aber Wyatt wußte, daß sich sein Gegenüber augenblicklich bewegen würde, wenn er mußte.

Dann wechselte Hickey das Thema. »Was für einen Wagen fährt Ihr fetter Kumpel?«

Wyatt konnte die Anspannung spüren. Er versuchte, sich in gute Position zu stellen und sagte: »Das letzte Mal hatte er gerade keinen.«

Hickey machte ein angewidertes Gesicht. »Wissen Sie, ob er sich einen gemietet hat?«

»Nein«, sagte Wyatt. »Das weiß ich nicht.«

Aus dem Flur kam die Stimme des jungen Polizisten. »Einen Corolla, von einer dieser Billigfirmen.«

Hickey drehte sich um, warf dem Polizisten einen Blick zu, dann sah er wieder Wyatt an. »Gestern hat er doch tatsächlich einen gemietet.«

»Mit einem gefälschten Ausweis«, warf der junge Polizist ein. »Einzelheiten haben wir noch nicht herausgefunden.«

Hickey sagte: »Ich bin Ihnen wirklich dankbar, Constable, daß Sie uns das wissen lassen. Würden Sie nun vielleicht fortfahren, an die Scheißtüren zu klopfen?«

Der Polizist wurde rot und verschwand im Flur. Ein paar Sekunden später hörte Wyatt die Wohnungstür quietschen. Er veränderte seine Position leicht. »Kann ich jetzt gehen? Ich kann Ihnen nicht helfen, ich kannte den Kerl nicht mal richtig.«

»Setzen Sie sich«, sagte Hickey. »Noch bin ich nicht fertig mit Ihnen.« Er wartete, während Wyatt mit dem Fuß nach einem Stuhl angelte und sich setzte, die Hände mit den Handschuhen noch immer in den Taschen.

»Ich frage mich, warum mietet jemand ein billiges Auto, wenn er genug Geld hat, um ein neues zu kaufen?«

»Keine Ahnung.«

»Keine Ahnung? Wissen Sie vielleicht, woher der alte Rob das Geld hat?«

Wyatt sagte: »Wie ich Ihnen schon gesagt habe, so gut kenne ich ihn nun auch wieder nicht. Wir nahmen nur hin und wieder ein paar Bier zusammen, diese Art von Bekanntschaft.«
Hickey nickte. »Sie wissen also nicht, womit er seine Brötchen verdient hat?«
»Nein.«
»Er hat gesessen, für bewaffneten Raubüberfall, wußten Sie das?«
»Nein.«
»Sie wissen nicht viel, Sonnenschein. Wofür haben Sie gesessen?«
Wyatt sagte mit voller Überzeugung: »Ich habe nie gesessen. Mein Lebenslauf ist sauber.«
Hickey nahm sein Notizbuch heraus. »Vielleicht nennen Sie mir jetzt einfach Ihren vollen Namen, die Adresse, Beruf und Telefonnummer.« Er spitzte die Lippen. »Es sei denn, Sie haben derzeit weder einen Job noch einen Wohnsitz?«
»Nichts dergleichen«, sagte Wyatt. Er gab seinen Namen als Tom Lake an, nannte eine falsche Adresse und Telefonnummer. »Lagerarbeiter«, sagte er.
»Lagerarbeiter. Sie sind also daran gewöhnt, Sachen herumzuschieben, ist das so?«
Wyatt wünschte sich, daß Hickey endlich zur Sache kommen würde. Hobba, Finns Safe oder beides. »Was ist hier eigentlich los?« sagte er. »Geht's Rob gut?«
»Rob geht es gar nicht gut«, sagte Hickey. »Man könnte sagen, er ist einem Nylonseil zu nahe gekommen.«
»Was meinen Sie damit? Hat er sich erhängt?«
»Sich erhängt?« fragte Hickey. Er legte seine Finger aneinander und sah zur Decke hoch. »Irgendwo habe ich mal

gelesen, wie ein menschlicher Körper beschaffen ist. Haben Sie eine Idee?«
Wyatt sagte nichts.
»Eigentlich nichts Besonderes«, sagte Hickey. »Wir bestehen hauptsächlich aus Wasser und einer Handvoll billiger Chemikalien. Im Fall des alten Rob sind sie äußerst billig.«
Wyatt schwieg und sah Hickey an.
»An diesem Nachmittag haben wir eine Anzeige erhalten. Unser gemeinsamer Freund hat vor den Aufzügen eine Waffe auf ein paar Kinder gerichtet«, sagte Hickey. »Wir haben ihn mit einem Seil um Nacken und Fußgelenke gefunden, als wäre er eine Weihnachtsgans. Wenn man dabei strampelt, erwürgt man sich selbst.« Hickey lächelte. »Er hat gestrampelt.«
Wyatt sah Hickey ausdruckslos an und dachte, daß Sugarfoot Younger ein paar schlechte Angewohnheiten angenommen habe und klüger sei, als er gedacht hatte. »Mein Gott«, sagte er.
»Oh, das glaube ich nicht«, sagte Hickey. »Ich denke, es war jemand anders.« Er beugte sich über den Tisch. »Was mich im Moment interessiert, warum stapft jemand wie Sie in so einen Schlamassel, wenn er nicht Informationen herausziehen will? Sie wissen gar nichts, nehme ich an? Sie wollten sich hier nicht umsehen?«
Wyatt sagte nichts. Das hier dauerte schon zu lange. Hickey musterte ihn scharf, sah ihm genau in die Augen.
»Ich kannte ihn nur vom Biertrinken«, sagte Wyatt und rutschte in seinem Stuhl zurück.
»Bleiben Sie ruhig«, sagte Hickey. »Kalte Hände, was?«
»Pardon?«
»Ich will Ihre Hände sehen. Dann möchte ich, daß Sie

Ihren Mantel öffnen, und ich möchte, daß Sie Ihre Taschen leeren.«

»Warum?« sagte Wyatt.

»Keine dummen Fragen. Tun Sie's einfach.«

Wyatt rutschte auf dem Stuhl zurück, als wäre es so einfacher. Hickey stand einen Meter entfernt vom Tisch. Er schnippte mit den Fingern. »Machen Sie schon.«

Wyatt trat zu. Der Tisch flog gegen Hickeys Oberschenkel. Er schrie auf, fiel vornüber, und Wyatt packte Hickey am Kragen und hieb seinen Kopf auf die Tischplatte. Hickey stöhnte und sank zu Boden.

Wyatt lauerte, horchte, rechnete mit dem herbeilaufenden jungen Polizisten. Als nichts geschah, steckte er Hickeys Funkgerät ein, schnitt die Telefonschnur durch und ging leise durch die Wohnungstür. Etwas weiter den Flur entlang befragte der junge Polizist eine ältere Frau. Sie hatte nichts gesehen, wußte wenig über Mr. Hobba, außer daß er für sich blieb, nie Lärm machte, nicht wie andere, von denen sie eine Menge berichten könnte.

Wyatt war dabei, zu überlegen, wie er den jungen Polizisten entwaffnen konnte, als er schwere Schritte im Flur hörte, die Richtung Treppenhaus gingen und dann allmählich leiser wurden. Er stand an der Tür. Der Flur war leer. Er ging zum Treppenhaus, lauschte, dann stürzte er sich in den Gestank und rannte die acht Etagen hinunter. An einer Stelle drängelte er sich durch ein Knäuel von Jugendlichen, die offenbar Amphetamine von einem gleichaltrigen Dealer erstanden. Er hörte schwach, wie jemand überrascht die Luft anhielt.

Im Erdgeschoß wurde er langsamer, trat lässig auf den Vorplatz hinaus und warf das Funkgerät in einen Mülleimer. Niemand beachtete ihn. Sein Auto stand da, wo er es verlassen hatte. Aber da stand auch der Polizeiwagen, ein nicht gekennzeichneter Commodore, der hinter einem Gebäudevorsprung geparkt war. Er konnte es sich nicht noch einmal leisten, diese Art von Einzelheiten zu übersehen.

Die Frage war, hatte Hobba versucht, mit einem Deal die Gefahr abzuwenden, und Anna Reids Namen im Tausch gegen sein Leben preisgegeben?

vierzig

Wyatt steuerte den Hertz Falcon die Royal Parade entlang und dachte nach.
Hobba war gefoltert worden, um Informationen preiszugeben. Aber was wußte er, das Sugarfoot nutzen konnte? Es wäre Hobba nicht in den Sinn gekommen, das Versteck zu erwähnen – soweit er wußte, hatten sie es geräumt. Er würde Pedersens Adresse weitergeben und von Rossiter erzählen, aber Sugarfoot wußte das alles ohnehin.
Damit blieb noch die Beteiligung von Anna Reid. Nun würde Sugarfoot auch von ihr wissen.
Wyatt nutzte die Lücken im Verkehr. Es gab die Möglichkeit, daß Sugarfoot Pedersen überwachen würde, aber schließlich würde er die Geduld verlieren oder verschwinden, wenn die Bullen kämen – und das würden sie. Sie würden alle Bekannten von Hobba überprüfen. Die andere Möglichkeit: Sugarfoot war auf der Suche nach Anna Reid.
In der Nähe der Universität bog Wyatt ab und fuhr in ein Netz von Seitenstraßen. Anna lebte in einem kleinen viktorianischen Haus in einer Straße, in der alle Häuser sich ähnelten. Er fuhr langsam vorbei. In ihrem Haus war es dunkel. Er steuerte den Falcon vier Blocks weiter, parkte und stieg aus. Es nieselte. Wassertropfen perlten auf seiner Kleidung, und bald fühlte er sich zum zweiten Mal an diesem Tag feucht und kalt. Ihm fiel ein, daß er nichts gegessen hatte. Er hielt an einem Imbiß, kaufte eine Frikadelle, Kaffee und eine Tafel Schweizer Schokolade. Auf dem

Weg zu Annas Straße schluckte er alles herunter. Das Essen und der heiße Kaffee belebten ihn. Er hoffte, daß ihm die Schokolade wieder Kraft geben würde.

Er überquerte die erste Kreuzung, die an den Block grenzte, in dem sich Annas Haus befand, dann umkreiste er ihn, um über die Kreuzung am anderen Ende des Blocks zu laufen. Jedesmal sah er Annas Straße hinunter. Er entdeckte keine ungewöhnlichen Aktivitäten.

Er tat das, was er immer in solchen Situationen tat – überprüfte jeden Garten, den Rücksitz jedes Wagens und berührte jede Motorhaube, um zu fühlen, ob sie warm war. Drei Wagen waren warm, ein kleiner Mazda und zwei Holden, aber das bedeutete nicht viel, weil fünf Häuser von Annas entfernt eine Rockerparty stattfand. Eine Stereoanlage wummerte, und alles war hell erleuchtet. Ansonsten war die Straße still, fast tot. Die Nachtluft schien träge und schwer über den Hausdächern zu hängen. Es roch nach den Ausdünstungen der Stadt. Die einzige Bewegung, die Wyatt in den Gärten entdeckte, waren die einer Katze, die an einem Zaun entlangstrich, als er daran vorbeiging.

Er wußte nicht, wie gut Sugarfoot in diesen Dingen war. Er mochte mit Ivan und Hobba Glück gehabt haben. Aber er saß in keinem dieser Autos, und Wyatt konnte sich nicht vorstellen, wie er draußen in der Kälte wartete. Wenn er also hierhergekommen war, dann würde er sich in Annas Haus befinden.

Wyatt hatte nicht das Verlangen, ihn in einem unübersichtlichen Zimmer anzugreifen. Er entschied sich für ein Spiel mit den Nerven. Er begann, auf dem Fußweg vor dem Haus auf und abzugehen, anzuhalten, um zur Haustür hinaufzusehen und zu den Fenstern auf jeder Seite. Er hoffte, daß Sugarfoot ihn bemerken würde. Er hoffte, ihn zu verunsichern und ihn zu einer Aktion zu veranlassen. Wenn er ihn aus dem Haus locken könnte, um so besser. Nachdem er dies einige Minuten getan hatte, öffnete er das Gartentor und betrat den kleinen Gartenpfad, das Tor warf er hinter sich zu. Es konnte sein, daß sich ein Vorhang bewegt hatte, er war nicht sicher. Er betrat die Veranda und stampfte laut über die quietschenden Bohlen, klopfte in regelmäßigen Abständen an die Haustür und beide Fenster. Es gab keine Reaktion, aber in ihm wuchs die Überzeugung, daß sich jemand im Haus befand. Er verließ die Veranda in Richtung Garten. Es war kaum zu übersehen, daß Anna Geld brauchte. Wo ihre Nachbarn Ziersträucher und Japanischen Ahorn aufgereiht und kunstvoll beschnitten hatten, waren bei Anna die vernachlässigten, mit Unkraut überwucherten Beete und Kieswege, die sich vom Vorgarten bis nach hinten erstreckten, kaum zu übersehen. Wyatt ging zweimal ums Haus, unter seinen Absätzen knirschte der Kies.

Der nächste Schritt erforderte absolute Stille. Er wollte Sugarfoot so durcheinanderbringen, daß er sich durch eine Bewegung verriet. Er wartete zehn Minuten und kroch in der Finsternis zu dem Feigenbaum hinter dem Haus. Zu diesem Zeitpunkt gesellte sich Annas Kater zu ihm, schnurrte, rieb seinen Körper an Wyatts Beinen. Wyatt sagte leise psst, und Masher zuckte mit dem Schwanz und stolzierte davon.

Wyatt stellte sich den Grundriß des Hauses vor, dachte darüber nach, wo Sugarfoot sich versteckt haben könnte. Das dunkle, stille Innere des Hauses, die störenden, provozierenden Geräusche draußen, – würde das genug sein, um ihn in einem kleinen Zimmer in die Enge zu treiben?

Würde er die größeren Zimmer meiden, große, leere Räume, die sich schneller mit eingebildeten Silhouetten und Geräuschen füllten?
Die Rückseite des Hauses hatte Anna Wyatt Dienstag nacht nicht gezeigt. Er richtete sich auf, um sich umzuschauen. Er fand weitere Zeichen der Vernachlässigung, eine zugebaute Veranda mit Rissen und Wasserflecken auf den Mauerwänden und einem schmalen Fenster. Zwei Betonstufen führten zu einer Fliegengittervortür, hinter der sich eine normale Tür befand, die Sorte mit einem altmodischen, schwarzen Schloß auf der Innenseite. Wyatt öffnete die Fliegengittertür millimeterweise, vermied Geräusche der rostigen Angeln, dann stellte er einen Eimer dazwischen, der neben einem Abflußgitter stand. Er bückte sich, um sich das Schloß der Innentür anzusehen. Das erste Haus, in das er eingebrochen war, hatte ein Schloß wie dieses gehabt. Es war eine Kleinigkeit gewesen, Zeitungspapier in den Spalt unter der Tür zu schieben, mit einem Stück Draht nach dem Schlüssel zu bohren, bis er auf das Zeitungspapier auf der anderen Seite fiel, und es dann vorzuziehen.
Aber in Annas Schloß steckte kein Schlüssel. Wyatt atmete kaum, trat zur Seite und drehte den schweren, schwarzen Türknopf. Die Tür war nicht verschlossen. Er öffnete sie, schob sie sanft nach innen. Eine Handbreit weiter spürte er einen Widerstand. Er ließ den Türknopf los, legte sich auf den Betonstufen auf die Seite und fuhr mit seiner Hand durch den Spalt.
Bierflaschen. Sugarfoot hatte eine primitive Alarmanlage konstruiert.
Es schienen sechs Flaschen zu sein, je drei in zwei Reihen. Wyatt nahm immer eine und schob sie von der Tür weg. Er

fühlte die Anspannung, malte sich aus, wie Cowboystiefel auf seine blinden Hände traten.
Er erhob sich und drückte wieder gegen die Tür. Er fühlte sich vom langen Warten und von den kalten Stufen inzwischen bis auf die Knochen ausgekühlt. Als sich eine Lücke aufgetan hatte, die groß genug war für ihn, kroch er hindurch und rollte an die Seite.
Es war absolut dunkel. Die düsteren Äste, die über die Veranda hingen, der Abendnebel, das mit Reif überzogene Belüftungsfenster, all das bewirkte, daß kein Lichtstrahl von der Straße in diesen Teil des Hauses drang.
Er ertastete sich den Weg über die Veranda, ein Schritt nach dem anderen, bis er eine Innentür erreichte. Er blieb stehen, rekonstruierte, was dahinter lag. Er erinnerte sich an einen Flur, der das ganze Haus längs bis zur Vordertür durchschnitt, zu jeder Seite lagen Zimmer.
Er verlagerte sein Gewicht, um die nächste Bewegung vorzubereiten, streifte etwas Weiches und erstarrte sofort. Einen Augenblick später atmete er erleichtert aus. Er war eine Garderobe mit Mänteln.
Er öffnete die Tür zum Flur. Ein schwaches Klicken und Knarren konnte er nicht verhindern. Einmal im Korridor, hielt er sich dicht an der Wand, denn hier war die Gefahr geringer, daß der Boden knarrte, und bewegte sich zur ersten Tür, die sich auch öffnen ließ. Nun fiel etwas mehr Licht in den Flur. Die obere Hälfte der vorderen Eingangstür bestand aus zwei farbigen Glasscheiben. Darauf waren zwei Hähne eingearbeitet, rot, weiß und goldfarben, die einander im Straßenlicht anschauten. Am Boden befand sich Mashers Katzenklappe.
Die nächste Tür im Flur stand offen. Anna hatte ihm dieses Zimmer nicht gezeigt, aber Wyatt schloß aus dem Geruch

und einem ratternden Summen, daß es sich um die Küche handelte. Er überprüfte das schnell, wußte aber, daß Sugarfoot sich nicht in einem Raum mit soviel Geräuschen verschanzen würde. Er schlich sich zur nächsten Tür. Auch diese stand offen. Nachdem Sugarfoot das Haus betreten hatte, hatte er wahrscheinlich zuerst alle Türen geöffnet, um sich ungehindert bewegen zu können.
Wyatt blieb auf der Türschwelle stehen. Die Tür führte in ein kleines Schlafzimmer – das Gästeschlafzimmer. Es machte den Eindruck, als wäre es nicht oft benutzt worden. Die Luft roch abgestanden. Ein Bett und ein massiver Kleiderschrank beherrschten das Zimmer, aber was Wyatts Interesse weckte, war die Tatsache, daß es durchsucht worden war. Die Matratze lag schräg auf dem Bettrahmen aus Metall, und darüber waren Schubladen ausgeleert worden. Er wartete, konzentrierte sich darauf, Sugarfoot zu erwischen, falls der in einer Zimmerecke auftauchen sollte. Er war sich darüber bewußt, daß er das Licht im Rücken hatte, daß Sugarfoot nur zielen und schießen mußte. Aber er konnte es sich nicht leisten, dieses Zimmer auszulassen, bevor er mit den anderen fortfuhr. Er mußte sie alle durchsuchen.
Er ließ sich auf den Boden nieder und kroch in den Raum. Sein Körper rieb schwach über den staubigen Teppich. Als er drin war, schaute er zuerst nach links, dann nach rechts unter das Bett. Nun war er Teil der Dunkelheit und seine Augen hatten sich an sie gewöhnt.
Sugarfoot war nicht in diesem Zimmer.
Wyatt stand auf und bewegte sich leise zurück zur Tür. Er postierte sich so, daß er den Korridor überblicken konnte. Die gegenüberliegende Türschwelle befand sich etwas versetzt.

Er hechtete durch den Flur und rollte kopfüber ins Zimmer, wo er an der Rückenlehne eines Sessels landete. Nichts. Er war in Annas Wohnzimmer, gleich neben dem Teppich, auf dem sie sich geliebt hatten. Er konnte ihr Parfum riechen, aber ihr Sofa lag auf dem Rücken und die Sessel waren umgeworfen worden. Man hatte sich an dem Fernseher und der Videoanlage zu schaffen gemacht. Die digitale Uhr blinkte, stehengeblieben um 19.43 Uhr. Schnell durchsuchte er den Raum. Niemand.

So blieben zwei vordere Zimmer übrig, ihr Schlaf- und das Eßzimmer. Wyatt schlich bis zum Ende des Korridors, mit dem Rücken zur Wand. Er bewegte sich und wandte sein Gesicht zur Front des Hauses, als er ein Geräusch hörte, das ihm das Leben rettete. Masher steckte den Kopf durch die Katzenklappe. Wyatt drückte sich vor Schreck wieder gegen die Wand, hinter sich hörte er Schüsse und fühlte einen brennenden Schmerz.

Es waren drei Schüsse, schallgedämpft, sie klangen wie trockener Husten. Er taumelte durch die Schlafzimmertür und fiel vor die Füße des niedrigen Doppelbettes.

Er war hervorragend hereingelegt worden. Sugarfoot mußte sich in der dunklen Veranda verborgen haben, darauf gewartet haben, daß er an ihm vorbei in den Hauptteil des Hauses schlich, wo er deutlicher zu sehen war, eine perfekte Zielscheibe gegen das Licht, das durch die Glasscheibe der Haustür fiel. Und Sugarfoot hatte es auf den Oberkörper abgesehen, hatte seine Schüsse in die Mitte plaziert, wo er mit größerer Sicherheit traf.

Wyatt rollte kopfüber und kam auf die Füße. Er stand dicht neben der Kante des Türrahmens, so daß er einen Teil des Flurs überblicken konnte. Sugarfoot würde nicht länger da sein, aber Wyatt feuerte fünf schnelle Schüsse mit der schallgedämpften Browning. Er hörte, wie die 9mm-Kugeln in einem flachen Winkel die Wand streiften und in die hinteren Bereiche des Hauses gelenkt wurden. Dabei hielt er die Augen geschlossen, vermied so das Mündungsfeuer, das zeitweilige Blindheit hervorrufen konnte.

Es war nichts weiter als Verzögerungstaktik, aber sie würde Sugarfoot auf Distanz halten und Wyatt Zeit zum Nachdenken geben. Diesmal würde er nicht auf Warten spielen. Er schlich zum Fenster. Die leichten Baumwollvorhänge waren zugezogen. Er teilte sie, drehte am Fensterriegel, schob das untere Fenster hoch und kletterte hinaus.

Er ließ das Fenster weit offen, duckte sich auf der vorderen Veranda, schaute ins Zimmer zurück. Die Party in der Nachbarschaft war inzwischen sehr laut, ein beständiges Wummern von Basstönen und rüden Rufen. Sugarfoot würde bemerken, daß die Geräusche angewachsen waren, sich zusammenreimen, daß Wyatt aus dem Fenster geflüchtet war, und kommen, um sich davon zu überzeugen. Wyatt lauerte, horchte, der lange Lauf der Browning ruhte auf dem Fensterbrett, gerichtet auf die Schlafzimmertür. Mehrere Minuten vergingen. Plötzlich flog etwas – ein Schuh – über die Schwelle. Wyatt beachtete ihn nicht. Sugarfoot versuchte, sein Ziel zu suchen, vermutete ihn genau da, wo vorher Wyatts Mündungsfeuer aufblitzt war. Dann, fast gleichzeitig, tauchten die Umrisse einer Gestalt im Türrahmen auf.

Wyatt schloß wieder die Augen, gab drei Schüsse ab. Er feuerte nicht blind, er hatte Sugarfoots Bild aufgenommen, gebückt, in Schußhaltung, die Waffe mit beiden Händen umklammert. Wyatt vertraute den schnellen Schüssen, er wußte, daß sein Instinkt ihn genau zielen ließ, er wußte auch, daß sein Sinn für Wahrnehmung und Gesichtsfeld verlorengehen würde, wenn er zu lange auf sein Ziel schaute.

Er hörte, wie seine Schüsse trafen. Er sah, wie Arme hochgerissen wurden, die Waffe fiel, der Körper drehte sich und sank zusammen.

Er sah außerdem, daß es nicht Sugarfoot Younger war.

einundvierzig

Wyatt schlich zurück ins Haus. Er verharrte eine Minute lang, schaute auf den zusammengesunkenden Körper auf dem Boden. Die Pistole des Mannes lag daneben, eine .22er, die Waffe eines Profis. Das erklärte den Überfall auf Ivan Younger und die Folter an Hobba – das hatte Wyatt stutzig gemacht, es war zu fachmännisch ausgeführt, um von Sugarfoot zu stammen. Wer also war dieser Kerl?
Beruhigt, daß der Mann keine Anstalten machte, nach der Waffe zu greifen, kam Wyatt näher und hockte sich neben ihn.
»Ich brauche einen Arzt«, sagte der Mann.
Wyatt lehnte ihn gegen den Türrahmen und lockerte Gürtel und Kragen. Er durchsuchte die Taschen des Mannes. Er hatte keinen Ausweis bei sich. Wyatt sah ihm ins Gesicht. Es war schmal, hager, das Haar streichholzkurz. Der Körper schlank, drahtig, sah nach regelmäßigem Fitnesstraining aus. Der Akzent war ungewöhnlich. Südafrika, vermutete Wyatt.
Der Mann hustete. Sein Mund füllte sich mit Blut. Eine Kugel saß in seinen Lungen, gab seiner Stimme und seinem Atem eine schaumige, pfeifende, wäßrige Beschaffenheit.
»Mein Arm«, sagte er.
Der linke Ellenbogen war zerschmettert. Wyatt wickelte ein Taschentuch um die Finger der rechten Hand des Mannes und drückte sie auf das hervorquellende Blut.
Der Mann wurde kurz bewußtlos, kam dann wieder zu sich. »Du bist Wyatt. Hobba hat dich beschrieben. Ich bin

Bauer«, sagte er, als wäre jede weitere Erklärung überflüssig.

»Ich habe noch nie von dir gehört«, sagte Wyatt. »Für wen arbeitest du? Die Youngers? Hast du dich gegen sie gestellt?«

Bauer verzog angestrengt das Gesicht, Blut floß aus seinem Mund, und er sagte: »Die Youngers spielen keine Rolle.«

»Finn?«

»Finn auch nicht. Er ist tot.«

Wyatt sah, wie sich Bauers Gesicht vor Schmerz verkrampfte. »Weil er das Geld verloren hat? Bist du ins Spiel gebracht worden, um es zurückzubringen?«

Bauer antwortete nicht, sondern erschlaffte und kippte auf die Seite. Wyatt zwang ihn in die aufrechte Position. »Hör zu. Wenn du einen Arzt möchtest, beantworte mir ein paar Fragen.«

Bauer hustete. »Du hast dir den falschen Safe ausgesucht, mein Freund. Du hast dir ein paar mächtige Feinde gemacht. Gib's zurück.« Dann schloß er die Augen. Sein Gesicht war grau geworden, Blut lief aus seinem schlaffen Mund.

Wyatt sagte: »Finn hat nicht allein gearbeitet, ist es das, was du mir damit sagen willst?«

»Gib's zurück«, sagte Bauer.

Wyatt lehnte sich zurück, überdachte das Problem, aber die Bewegung riß seine Schußverletzung weiter auf. Er atmete scharf ein, machte Bauer wach, der sagte: »Ich habe dich erwischt.«

Wyatt ging nicht darauf ein. »Dreihunderttausend Dollar sind nicht unbedingt ein Vermögen. Nicht genug, um jemanden wie dich auf uns zu hetzen. Auf wessen Zehen sind wir getreten?«

Bauer hustete erneut, erschöpfte sich dabei völlig. Sein Atem wurde flach. »Ich sterbe.«

»Antworte.«

Bauer röchelte. »Das Geld ist nicht wichtig«, sagte er schließlich.

»Worüber reden wir dann. Über Respektlosigkeit?«

Bauer stieß ein kurzes Lachen aus und sank wieder zurück. Wyatt klopfte mit der Browning gegen den zerschmetterten Ellenbogen. Bauer schrie auf. »Kein Rätselraten«, sagte Wyatt. »Erklär es mir.«

Bauers Atem war eine Serie von feuchtem Keuchen. Er lag im Sterben. »Kokain. Heroin. Das Zeug. Gib's zurück.«

Wyatt war geschockt, ihm wurde eiskalt.

Er hatte auf der Straße Schmiere gestanden, als Hobba und Pedersen den Safe gesprengt hatten. Es hatte eine lange Verzögerung gegeben, bis sie ihm gesagt hatten, daß die Luft rein sei und er zu ihnen kommen könne.

Jede Menge Zeit.

Aber die Drogen. Hobba hatte sie offenbar nicht, sonst würde Bauer nicht immer noch nach ihnen suchen. Pedersen mußte sie haben. Fügte man seine Gewohnheiten hinzu, seine Verbindungen, ergab das einen Sinn.

Wyatt sagte: »Für wen arbeitest du?«

Keine Antwort. Wieder schlug er die Browning gegen den zerschmetterten Ellenbogen. Aber der röchelnde Atem hatte aufgehört, es kam keine Antwort.

Wyatt richtete sich auf. Hobba und Pedersen mußten eine schnelle Entscheidung getroffen haben, dachte er, in diesen Sekunden, da sie begriffen, daß sich auch Drogen im Safe befanden. Pedersen hatte das Know-how und die Verbindungen, beide wußten, Wyatt würde nichts damit zu tun haben wollen.

Sie hätten damit davonkommen können, wenn Sugarfoot es nicht verpfuscht hätte. Wyatt folgte diesem Gedanken. Vielleicht hatten die Youngers versucht, Finn Informationen zu verkaufen, nicht ahnend, in was sie hineingeraten waren. Wenn Ivan tot war, war es Sugarfoot auch.
Er ließ Bauer zurück und machte sich auf den Weg zu dem Falcon. Die Wunde in seiner Seite schmerzte dumpf. Er versuchte, sich Pedersens Verfassung vorzustellen – Pillen einwerfend, immer nervöser werdend, während er sich fragte, was Wyatt gerade tat und was er herausfinden würde. Ihn im Versteck anzugreifen war zu gefährlich. Anna konnte dabei verletzt oder getötet werden – sofern er sie nicht schon längst umgebracht hatte. Die Antwort war ein Köder, der Pedersen hervorlocken würde.
Es kostete Wyatt fünfzehn Minuten, um durch die Innenstadt zu kommen. Der Verkehr war dicht, es herrschte eine miese Stimmung, Wagen auf der Pirsch verstopften den mit Nightclubs übersäten Teil der King Street.
Auf der Queens Road hielt er vor einer Telefonzelle. Er wählte, und Anna meldete sich, Erleichterung kam in ihm auf, überraschte ihn mit ihrer Intensität. Er sagte: »Ich möchte, daß du neutral klingst, wenn du auf das antwortest, was ich dich jetzt frage. Hast du verstanden?«
Ein vorsichtiges »Ja.«
»Pedersen ist noch da?«
»Ja.«
»Hat er irgend etwas eingenommen? Ist er aufgeputscht?«
»Ja.«
»Wenn er sich verdächtig benimmt, erschieß ihn.«
»Ich verstehe.«
»Ich erklär's dir später. Jetzt möchte ich mit ihm sprechen.«

Der Hörer klackte auf eine harte Oberfläche, er hörte Anna sagen: »Wyatt möchte mit Ihnen sprechen.«

Einen Augenblick später war Pedersen dran. »Geht's Hobba gut?«

Es überraschte Wyatt nicht, daß das Pedersens erste Frage war. Er antwortete: »Er ist tot.«

Pedersen schien auszurasten: »Was ist mit Sugarfoot? Hast du das Arschloch noch nicht erwischt?«

»Ich habe mich um alles gekümmert.«

Die Erleichterung war offensichtlich. »Gott sei Dank. Dann ist es also vorbei.«

»Wir können alle nach Hause gehen«, stimmte Wyatt zu. »Bis auf Anna. Sag ihr, sie soll da auf mich warten. In ihrem Haus ist noch eine Leiche.«

Er beendete die Verbindung, fuhr zu einer dunklen Stelle zwischen zwei Straßenlaternen etwa hundert Meter vom Versteck entfernt und wartete darauf, daß Pedersen herauskam.

zweiundvierzig

Alle Türen und Fenster von Finns Anwaltsbüro am Quiller Place waren geschlossen, aber an einer Hausseite schimmerte schwaches Licht aus einem Büro. Wyatt entschloß sich zu warten. Wenn er sich jetzt seinen Weg erzwang, würde er seinen Vorteil verlieren. Und die alten Leute in der Straße aufmerksam machen, die in die Dunkelheit blinzelten, während sie die ganze lange Nacht darauf warteten, daß der Schlaf oder der Tod sie ereilte.

Der schwarze Volkswagen war sorglos in der Auffahrt abgestellt worden. Die Fahrertür war nicht abgeschlossen. Wyatt zwang sich hinter den Vordersitz, um zu warten. Er bewegte sich steif. An der Hüfte war seine Kleidung blutdurchtränkt.

Es dauerte nicht lange. Er hörte, wie das teure Schloß an der Eingangstür des Gebäudes einschnappte, hörte, wie sich Schritte näherten, sah, wie sich neben dem Wagen ein Umriß abzeichnete. Die Tür öffnete sich und eine Tasche wurde auf den Beifahrersitz geworfen. Als Anna Reid einstieg, federte der Wagen sanft auf seinen Stoßdämpfern, und Wyatt richtete sich hinter ihr auf, preßte die Browning an ihr Ohr.

Sie erstarrte. Einen Moment später sagte sie seinen Namen. Sie drehte sich nicht um.

»Beide Hände ans Steuer«, sagte Wyatt. »Wo ist die Waffe, die ich dir gegeben habe?«

»Im Mantel.«

»Rechte Tasche?«

»Ja.«

»Greif mit deiner linken Hand herüber. Nimm sie am Lauf heraus, und laß sie fallen.«

Er beobachtete sie genau. In den paar Sekunden, in denen ihre Hand außer Sicht war, preßte er den Lauf der Browning gegen ihren Kieferknochen.

Sie ließ die Waffe fallen. »Woher hast du es gewußt?«

Wyatt schwieg. Dann sagte er: »Laß uns beim Safe anfangen. Du hast die Drogen rausgenommen, während Finn am Freitag nachmittag Kaffee trinken ging?«

Sie lachte bitter. »Ist das ein Verhör?« Sie nahm eine Hand vom Steuer und fuchtelte damit herum. »Komm mit mir, Wyatt. Das Zeug in der Tasche ist ein Vermögen wert.«

Wyatt schlug den Waffenlauf gegen ihre Wange. »Beide Hände ans Steuer. Beantworte die Frage.«

Sie stieß einen betonten Seufzer aus. »Als er ins Café ging, ja. Kurz bevor ihr das Haus überfallen habt.«

»Du hast die Kombination des Safes gekannt?«

»Ich habe sie immer gekannt. Als ich das erste Mal hierherkam, bevor er angefangen hat zu dealen, fand ich sie eines Tages auf die Seite einer Schreibtischschublade geschrieben.«

Das war plausibel. Selbst Pedersen sagte gern, daß die meisten ›unerklärlichen Safeaufbrüche‹ auf Leute zurückzuführen waren, die die Kombination herumliegen ließen.

Sie neigte leicht den Kopf. »Das mit uns war echt.«

»Vergiß es«, sagte Wyatt. »Du hast das Bargeld im Safe gelassen«, er zeigte mit der Waffe auf den Sitz neben ihr, »und das Mistzeug in deinem Büro versteckt?«

»Ja.«

»Wo?«

»Können wir das nicht an einem gemütlicheren Ort fortsetzen?«
»Antworte.«
»Du bist wirklich eine gute Spürnase. Unter den Kacheln im Kamin. Was macht es schon aus, wo es war?«
»Du mußtest es dort lassen, für den Fall, daß die Polizei dein Haus untersucht.«
»Ja.«
»Wie bist du darauf gekommen?«
Sie atmete schwer ein und aus. »Ist das alles notwendig? Laß es uns hinter uns bringen, was immer du vorhast.«
Wyatt bohrte wieder den Lauf gegen ihren Kiefer. »Antworte einfach.«
»Du tust mir weh.« Als der Druck nicht nachließ, fuhr sie fort. »Als mir klar wurde, daß Finn ein Verteiler war, hab ich angefangen, ihn zu beobachten. So lange, bis ich wußte, wie alles ablief. Der Stoff kam spät in der Woche, und die Yuppie-Dealer kauften es ihm an den Wochenenden ab. Also hab ich abgewartet, bis zur gleichen Zeit eine hohe Summe Schwarzgeld für die Baugenehmigungen angeliefert wurde.«
Ein Taxi näherte sich dem Quiller Place und fuhr ihn langsam hinunter, der Fahrer beleuchtete die Hausnummern mit den Scheinwerfern. Wyatt preßte die Waffe warnend gegen Anna Reids Schläfe und wartete, während das Taxi hielt, auf die Hupe drückte und eine Altenpflegerin aus einem der Häuser aufnahm.
Als es weg war, sagte er: »Du wolltest es nicht riskieren, ihn direkt zu bestehlen. Den Safe auszuräumen war nur Ablenkung.«
»Ja.«

»Warum bist du in dieser Nacht nicht einfach mit dem Stoff abgehauen?«

»Ich hatte nie vor, damit zu flüchten. Ich habe einen langfristigen Zeitplan. Ich werde es langsam verkaufen, auf die ruhige Art.«

Wyatt sagte nichts. Die Einzelteile fielen immer noch in verschiedene Muster. »Erzähl mir von Pedersen.«

»Was ist mit ihm?«

»Soll er den Verkauf abwickeln?«

Sie schüttelte den Kopf. »Er hat nichts damit zu tun. Ich habe nur sein Talent gebraucht.«

Wyatt durchfuhr es eiskalt. Es war nie sein Job gewesen, nie sein Plan. Es war immer ihrer gewesen. »Du bist ein Risiko eingegangen«, sagte er. »Du hast uns alle in Gefahr gebracht. Die Art von Leuten, für die Finn die Ware verteilt hat, gibt niemals Ruhe, wenn so etwas geschieht.«

Für eine Weile sprach keiner von beiden. Dann sagte Anna: »Du hast Max gesagt, in meinem Haus sei ein Toter.«

»Der ist auch da, aber das habe ich gesagt, um Pedersen aufzuscheuchen. Ich hab gedacht, er steckt dahinter.«

»Und statt dessen war ich's«, sagte Anna und nickte, dabei fiel ihr glänzendes Haar zur anderen Seite.

»Wer ist es?« fragte sie.

»Ein Profi namens Bauer. Ein Killer, jemand, der für die arbeitet, die Finn beliefert haben. Wer auch immer es sein mag.«

Sie schauderte. »Also ist dein Freund Sugar immer noch irgendwo da draußen?«

»Ich bezweifle es. Ich denke, beide Youngers sind tot. Sie haben Bauer ein paar Namen genannt, Bauer hat Hobba gefoltert, deinen Namen herausbekommen und kam, um sich umzuschauen.«

Sie drehte ihren Kopf ein kleines Stock. »Gefoltert?«
Wyatt sagte: »Das ist kein Kindergarten.«
Er sah, wie Anna erstarrte. »Finn wird inzwischen alles über mich wissen.«
Wyatt sagte düster: »Darüber würde ich mir deinen hübschen Kopf nicht zerbrechen. Bauer hat ihn auch umgelegt. Diese Leute entledigen sich ihrer Verbindlichkeiten.«
Sie zog scharf die Luft ein. »Ich weiß, daß du jetzt ziemlich wütend bist. Alles, was ich sagen kann, ist, daß ich dir wirklich nichts vorgemacht habe.«
Warnend drückte Wyatt die Waffe gegen ihr Kinn. Sie versuchte es anders: »O je, er schmollt.«
Die neckende Stimme war Taktik. Anna würde versuchen, Macht über ihn zu gewinnen, um ihn dann Stück für Stück umzubiegen. Wyatt sagte nichts.
Sie schwiegen, bis Anna sagte: »Warum hat er Finn umgebracht?«
»Er wird von Hobba erfahren haben, daß im Safe keine Drogen waren, also hat er angenommen, daß Finn versucht hat, irgendwas allein durchzuziehen. Finn hatte sowieso keine guten Karten, weil er auf eigene Faust diese Deals mit dem Schwarzgeld gemacht hat.«
Sie erschauerte wieder. »Hat er Finn auch gefoltert?«
Wyatt antwortete nicht. Finn interessierte ihn nicht.
»Ich bin froh, daß du ihn erwischt hast, Wyatt«, sagte Anna. Sie nahm eine Hand vom Lenkrad. »Kann ich meine Hände jetzt herunternehmen? Meine Arme schmerzen.«
»Nein. Hast du Pedersen umgelegt?«
»Mein Gott, Wyatt. Was glaubst du denn, wer ich bin? Er wartet da auf dich. Ich habe ihm gesagt, ich würde für eine Weile hinausgehen.«
»Am Montag abend«, sagte Wyatt, »da hast du dich an

mich herangemacht, damit ich mein Mißtrauen ablege, stimmt's?«

»Nein! Dieser Teil war echt.«

Sie nahm die Hände vom Lenkrad, drehte sich und sah Wyatt über die Lehne hinweg an. Er lehnte sich zurück, hielt immer noch die Waffe auf sie gerichtet. Die Wunde in seiner Seite schien weiter aufzureißen, und bevor er es kontrollieren konnte, atmete er scharf ein und stöhnte.

»Oh, du bist verletzt«, sagte sie und streckte ihre Hand aus. Er starrte darauf. Sie zog sie zurück.

Dann nahm ihre Stimme dieses tiefe Grollen an, und ihr Gesicht wurde ausdrucksvoll. Er erinnerte sich daran, wie das Verlangen es verändert hatte. »All die Dinge, die du über eine gemeinsame Arbeit gesagt hast«, flüsterte sie. »Das können wir immer noch machen.« Sie hob die Tasche vom Beifahrersitz. »Das würde uns dabei helfen.«

»Du hast das ganz gut allein hinbekommen.«

Sie legte die Tasche zurück. »Wir können es schaffen, Wyatt. Es kann gut werden. Zuerst machen wir Ferien. Niemand weiß irgend etwas von uns.«

»In deinem Haus liegt ein toter Mann«, sagte Wyatt. »Du warst die Partnerin eines Mannes, der zu Tode gefoltert wurde. Die Polizisten werden die Verbindung finden. Ich würde sagen, du bist im Arsch.«

»Wenn ich verliere, verlierst du auch. Denk darüber nach. Verschwinde mit mir, oder hilf mir wenigstens, die Leiche aus dem Haus zu schaffen.«

Wyatt beobachtete sie eine Weile. Er fühlte sich in der Falle, und das haßte er. »Eine Bedingung«, sagte er. »Du läßt die Drogen hier. Wenn wir sie bei Finn verstecken, werden die Polizei und die Typen, für die Finn gearbeitet hat, nicht weitersuchen.«

Sie runzelte die Stirn. Er wartete. Er hörte den Abzugshebel, sehr schwach, als sie anscheinend ihre Position veränderte, um bequemer zu sitzen.
Als ihr Gesicht keine Miene verzog, feuerte er durch den Sitz. Anna fiel schockiert zurück, es gab einen Knacks, als die Windschutzscheibe neben ihrem Kopf zerbarst.
»Ich gebe dir keine zweite Chance«, sagte Wyatt.
Er griff nach vorn und schlug mit dem Lauf der Browning auf ihr Handgelenk. Ihre .38er fiel zurück in die Tasche. Alles in allem, dachte er, war er ihr diesmal einen Schritt voraus gewesen. Es war, als bekäme er nach einer Zeit der Blindheit die Übersicht zurück. Er beobachtete, wie sie zitterte und stöhnte. »Halt die Klappe«, sagte er. »Du hast immer noch deinen Anteil am Geld.«

dreiundvierzig

»Was jetzt?« fragte sie mit flacher Stimme.

»Wir wischen auf«, sagte er.

Er entfernte das durch den Einschuß zersplitterte Glas der Windschutzscheibe, gab ihr die Schlüssel für den Falcon und befahl ihr, ihm durch die Stadt zu folgen.

In ihrem Haus arbeiteten sie in gespannter, unangenehmer Stille. In ihrem Schuppen hatte sie Handtücher, Leitern, Farbe, Pinsel, Roller und Abdeckfolie. Wyatt wickelte Bauers Körper in die Folie, und sie half ihm, ihn nach draußen zum Falcon zu tragen. Dann stellte sie ihre Möbel wieder auf, schob die Schubladen zurück, und er wischte Blut auf, sein eigenes und das von Bauer. Dann rührte er eine Gipsmischung an und füllte die Kugellöcher und Kratzer im Flur damit aus. Schließlich zog er einen Eimer weißer Farbe und eine Trittleiter ins Haus. Er kam sich gefährlich leichtsinnig vor und war todmüde.

»Was tust du da?« fragte sie.

»Nicht ich«, sagte Wyatt. »Du. Du wirst den Flur streichen. Nicht morgen, sondern jetzt.«

»Jetzt?«

»Du könntest morgen früh Besuch bekommen. Wenn sie neugierig werden, sagst du ihnen halt einfach, daß dich der Überfall so durcheinandergebracht hat, daß du erstmal renoviert hast, um dich abzulenken.«

Anna Reids Gesicht nahm mürrische Züge an. Die waren immer noch da, als Wyatt sich mit einem Kopfnicken verabschiedete und durch die Eingangstür verschwand.

Er fuhr den Falcon nach Hawthorn zu Finns Haus, einem hinter einer Hecke gelegenen Anwesen im Föderationsstil. Finn war da, eine brutal zusammengeschnürte Gestalt mit geschwollener Zunge auf einem Doppelbett. Wyatt wikkelte Bauer aus und ließ ihn neben das Bett auf den Boden fallen. Dort legte er auch die Waffen ab. Die Bullen sollten zusehen, wie sie damit fertig wurden. Dann versteckte er Kokain- und Heroinpäckchen hinter Heizungskörpern, in Schuhkartons und zwischen Koffern in einem Wandschrank.

Mit einer Hand steuerte er den Falcon aus der Stadt, mit der anderen hielt er sich die Wunde, den Arm dabei eng an den Körper gepreßt. Ein- oder zweimal döste er weg, doch panisches Hupen und Fernlicht brachten ihn wieder zurück in die Spur. Es fiel ihm auf, daß er manchmal sehr langsam fuhr, und an einer Ampel in Frankston klopfte ein wütender Autofahrer an seine Scheibe. Erleichtert gab er bei Hertz den Falcon ab, stieg in seinen eigenen Wagen und fuhr zurück auf die Nebenstraßen.

Der Himmel war schwarz. Als sich das Mondlicht kurz durch die aufgehäuften Wolken kämpfte, sah er vor sich auf der Straße Nebelfetzen, die wie Menschen aussahen. Nebel hing über Stauseen und Bächen. Dennoch fühlte er, daß er allein auf der Straße war, nur er war noch wach.

Er öffnete das Fenster und füllte seine Lungen mit kalter Luft. Er wagte nicht anzuhalten, er würde einschlafen und dabei riskieren, durch Klopfen an der Scheibe und Stimmen geweckt zu werden, die nachfragten, ob es ihm gut gehe, ob er getrunken habe, in einen Kampf verwickelt worden sei – Ihren Führerschein, bitte, Sir.

Endlich auf der Küstenstraße, folgte Wyatt ihr bis Shore-

ham. Dort drehte er wieder in Richtung Inland und auf den Hügelschleifen fühlte er sich, als nähme er unbewohnte Höhen der Welt. Kurz darauf erfaßten die Scheinwerfer sein weißes Tor und den schmalen, schlammigen Pfad. Er wußte, daß am Morgen Nachbarn in ihren Autos zur Kirche fahren würden, und alles würde in Ordnung sein.
Er fuhr rückwärts in die Garage und schloß die schweren Türen. Es war fast Mitternacht. Jetzt mußte er sich zu allem zwingen.
Im Haus verbrannte er die blutbefleckte Kleidung und füllte die Badewanne mit heißem Wasser. Er wusch die Wunde aus und blieb eine Weile regungslos liegen, ließ die Wärme des Wassers seine verkrampften Muskeln lockern. Er stieg aus der Wanne, trocknete sich ab, versorgte die Wunde. Er fühlte sich leicht fiebrig und verordnete sich einen Brandy, Aspirin und etwas Antibiotikum.
Er schlief zehn Stunden. Am Morgen war offensichtlich, daß er sich die ganze Nacht hin und her gewälzt und geschwitzt hatte. Sein Bettzeug war feucht und zerwühlt. Er fühlte sich kaum erholt, aber seine Gedanken und Wahrnehmungen schienen nicht länger so sonderbar zu sein, und er verspürte Hunger. Bevor er irgend etwas dagegen unternahm, rief er das Drogendezernat an. Er sagte, sie würden im Haus von David Finn in Hawthorn etwas Interessantes finden. Nein, seinen Namen werde er nicht angeben, und dann legte er auf, bevor sie den Anruf zurückverfolgen konnten.
Später duschte er, zog sich Hausschuhe und einen alten Trainingsanzug an und ging zur Küchentür hinaus, um von der Rückseite des Hauses Holz für den Kamin zu holen. Der Himmel hing tief, eine Prozession dunstiger Regenwolken zog über die Hügel. Er ging wieder hinein,

nahm Rührei, Toast und Kaffee vor dem offenen Feuer zu sich.

Es lag eine Spur von Anna Reid in der Luft, ein kaum wahrnehmbares, beunruhigendes Parfum. Mit seinen Gefühlen für sie hatte er noch nicht abgeschlossen. Sie wußte von ihm, wo er lebte, wußte von seiner Beteiligung an dem Überfall auf Finn. Selbst wenn sie bei ihrer Linie blieb und er nie wieder von ihr hören würde, würde er immer Nadelstiche fühlen, wenn er sich an sie erinnerte. Es war mehr eine Art Verwirrung als Verlangen. Verlangen ist etwas, was nicht andauert. Sie war wie er, aber er fragte sich, ob sie die Untersuchung überstehen würde und ob es nicht sicherer gewesen wäre, sie zu töten.

Er legte Holzscheite nach. Inzwischen breitete sich der Duft von erhitzter Baumrinde und Harz im Haus aus, und bald roch er nichts anderes mehr.

vierundvierzig

Der erste Schuß fiel, als er nach draußen trat, um mehr Holz zu holen. Der Klang war hohl und tief, als würde er durch den schwachen Regen gedämpft, aber es gab keinen Zweifel, was das schwere Kaliber und die Wucht der Kugel betraf, die in einem Holzscheit in seinen Armen einschlug. Die Wucht warf ihn gegen die Rückwand des Hauses. Das Holz fiel ihm aus den Händen. Einen Augenblick lang fühlte er sich hilflos, aufgespießt wie ein Insekt.

Ein zweiter Schuß schlug direkt neben seinem Hals in die Wand ein. Automatisch dachte er: Er zieht hoch und nach links. Er schießt den Hügel rauf und kann das nicht ausgleichen.

Wyatt warf sich zu Boden, als sich der dritte Schuß in die Wand bohrte. Derselbe kraftvolle Klang, dasselbe Echo in den nahegelegenen Hügeln.

Gewehrschüsse waren hier nichts Ungewöhnliches, aber normalerweise waren es Craig und sein Vater, die mit kleinkalibrigen Gewehren aufs Geratewohl auf Hasen und Füchse schossen. Bald würde Craigs Vater oder einem der anderen Nachbarn der Klang der großkalibrigen Waffe auffallen, und sie würden sich fragen, wer um halb elf an einem Sonntagmorgen Krieg spielte.

Die Polizei kam nicht in Frage – die würde nicht so auftreten. Nicht mal Finns Sydney-Verbindungen – selbst wenn die wüßten, wo er zu finden war, sie würden nicht so früh auftauchen, so voreilig. Sugarfoot Younger? Von Schmerz und Müdigkeit abgelenkt, hatte Wyatt angenommen, Sugarfoot sei tot oder habe sich aus dem Staub gemacht. Er hatte nicht mehr an den stumpfen Instinkt und die Besessenheit gedacht, die dieses nutzlose Arschloch auszeichneten.

Wyatt kroch auf den Ellenbogen vorwärts zur Seite des Hauses. Viele Schüsse waren leichter zu orten als ein einzelner Schuß, also wußte er jetzt, wo sich Sugarfoot befand. Wyatt hatte einen Vorteil: Haus und Schuppen standen auf einer leichten Anhöhe. Es gab keine Stelle die höher lag, von der aus man schießen konnte, und Sugarfoot würde sich hüten, die freie Fläche vor dem Haus und dem Schuppen zu überqueren, er würde sich im Kiefernwald postieren.

Aber dort würde er fündig werden. Hier hatte er jede Menge Deckung. Wyatts Grundstück war fast vollständig von Bäumen umschlossen, zum einen Kiefernwald, dann ein wildes Durcheinander von Gebüschen und Brombeersträuchern und die Obstplantagen des Nachbarn. Die Auffahrt an der Vorderseite des Hauses führte in eine Allee goldener Zypressen, die, hinter Hecken und Erdwällen verborgen, zur schmalen Shoreham Road führte. Wenn Sugarfoot das Haus umkreiste, um näher heranzukommen, würde Wyatt Schwierigkeiten haben, ihn zu orten. Wenn er es aus der Entfernung umrundete, konnte er Wyatt wirksam in Schach halten.

Wind und Regen brachten einen Hagelschauer. Wyatt fror. Trainingsanzug und Hausschuhe waren nicht warm genug. Die Verletzung fing von neuem an zu bluten. Er überdachte die Möglichkeiten. Würde er einen Ausbruch zum Wagen versuchen, riskierte er eine Kugel. Er wägte ab. Würde er im Haus bleiben, war er nicht mobil. Es war besser, den Kerl zu verfolgen.

Aber die .38er lag unterm Bett im Halfter, eingeklemmt zwischen Sprungfedern und Matratze. Ihm fiel noch das kleine Gewehr in der Scheune ein. Nicht, daß er etwa vorgehabt hätte, Sugarfoot mit dem kleinkalibrigen Gewehr zu verfolgen, das er in den vergangenen zwei Jahren selten benutzt hatte – zum Vertreiben der Tauben.

Er hielt sich dicht an der Wand, bis er sich hinter einer Gruppe Bambuspflanzen befand. Jenseits des Bambus stand eine alte, ausgediente Molkerei. Sollte Sugarfoot sich inzwischen zum südwestlichen Rand des Kiefernwalds geschlichen haben, könnte er auf die freie Fläche zwischen Haus und Molkerei einen sauberen Schuß abgeben, doch Wyatt rechnete damit, daß Sugarfoot sich so plazieren würde, daß er Wyatt bei dem Versuch, das Haus durch die Küchentür zu betreten, erwischen würde.

Wyatt ging in die Hocke, wartete einen Augenblick und rannte in gebückter Haltung zur alten Molkerei. Es hatte keinen Sinn, einen Zickzack-Kurs einzuschlagen, nicht wenn Sugarfoot von der Seite schießen würde. Er ließ den Bambus hinter sich und sprintete über die sumpfige Stelle um den leckenden Wasseranschluß im Garten. Hausschuhe und Trainingshose wurden mit Wasser und Matsch bespritzt und sogen sich voll. Er wischte sich die Regentropfen aus den Augen.

Völlig außer Atem erreichte er die Molkerei genau in dem Augenblick, als der Schuß fiel, zu spät. Er schlug irgendwo auf der anderen Seite der Molkerei ein. Das sagte ihm, daß es kein Zurück gab.

Die einzige Fluchtmöglichkeit war, die Molkerei als Schutzschild zu benutzen und sich in gerader Linie von Sugarfoot zu entfernen. Dann konnte er einen weiten Bogen ums Haus machen und es von der Vorderseite aus betreten. Sugarfoot rechnete sicher damit, daß er sich verschanzte, nicht, daß er sich wegbewegte. Darüber hinaus mußte Sugarfoot eine größere Entfernung überwinden, wenn er Wyatt auflauern wollte, und das Haus umkreisen, um auf ihn zu treffen. Doch dann würde Wyatt längst im Haus und wieder draußen sein, diesmal bewaffnet.

Er erinnerte sich an das Training bei der Armee, lief in großen Schritten, zwanzig Schritte rennend, zwanzig gehend. Das mühsamste Hindernis war ein hoher, englattiger Viehzaun, mit Stacheldraht überzogen. Der Draht gab nur wenig nach und riß schmerzhaft an ihm, als er sich durchzwängte.

Er rannte weiter, sich des Schmerzes bewußt und des Blutes, das an seinen Hüften herunterlief. Er machte eine Linkskurve, wich Grasbüscheln und tückischen Löchern aus, wo Kühe und Pferde tiefe Abdrücke im schlammigen Erdreich hinterlassen hatten. Er rutschte aus, sein linkes Bein glitt ihm auf einem frischen Kuhfladen weg. Er gewann sein Gleichgewicht wieder, griff sich an die Hüfte und rannte weiter.

Sein Lauf führte ihn zu einer Pferdekoppel. Auf der anderen Seite war noch ein Zaun zu überwinden, und dann befand er sich im Schutz der goldenen Zypressen.

Er blieb stehen. Ivan Youngers weißer Statesman parkte an der tiefergelegenen Seite der Straße, fünfzig Meter entfernt vom Eingang zu seiner Einfahrt.

Er wartete zwei Minuten, nahm verschiedene Geräusche wahr. Ein Schäferhund, von den Gewehrschüssen angestachelt. Sein Besitzer rief ihm zu, er solle das Maul halten. Irgendwo startete ein Motor. Es war fast elf. Wyatt wußte, daß einige der Nachbarn um elf Uhr zur Kirche gingen, aber es konnte auch jemand sein, der sich entschieden hatte, der Sache nachzugehen. Plötzlich wußte Wyatt, was er zu tun hatte. Er würde Sugarfoot umbringen, ihn in Ivans Statesman nach Frankston bringen, dann zurückkommen und sich mit einem oder zwei der Nachbarn darüber unterhalten, daß diese beschissenen Wochenendjäger überall herumtrampelten.

Nun, da er eine Pause einlegte, hatte der Schmerz etwas nachgelassen. Er näherte sich dem Haus über die Zufahrt, hielt sich dicht an die Zypressen.

Am letzten Baum hielt er an und überblickte die freie Fläche, die sich bis zur Obstplantage erstreckte. Dabei entdeckte er ihn etwa dreihundert Meter entfernt. Sugarfoot, in Cowboystiefeln, Stetson und langem Mantel, schlich am Rand des Kiefernwaldes entlang in die Obstplantage.

Wyatt rannte geduckt über die breite Veranda seines Hauses. Er hatte etwa eine Minute, bevor sich Sugarfoot so positioniert hatte, daß er Veranda, Haustür und Fenster überblicken konnte. Die Anspannung gab ihm ein scharfes Gespür für die Dinge. Es war, als sähe er sie zum ersten Mal, die verzogenen Bohlen und die Nägelköpfe auf der Veranda, die Spinnennetze an den alten Pfosten.

Die Vordertür und das linke Fenster waren immer abgeschlossen, aber sein Schlafzimmerfenster stand meistens offen.

Er entfernte das Fliegengitter und zog an der unteren Scheibe, immer auf Schüsse aus der Obstplantage gefaßt. Das Fenster widerstand ihm, es hatte sich in dem alten, durch Feuchtigkeit verzogenen Rahmen verkantet. Plötzlich protestierte es wie ein aufgeschreckter Vogel und bewegte sich. Wyatt kletterte über den Sims und in das Zimmer. Das Fenster explodierte, bedeckte ihn mit Scherben

und Glassplittern. Er rollte sich hinüber zum Bett und wollte nach seiner .38er greifen.
Und wurde bewußtlos.
Als er die Augen öffnete, fühlte er sich schwerelos. Er wußte nicht, ob er für Sekunden oder Minuten weggetreten war. Die Welt kippte nach rechts und links.
Er wartete.
Als er wieder klar war, griff er unter das Bett und fand die .38er. Sie in den Händen zu halten gab ihm Sicherheit. Sie hatte nur fünf Kammern, konnte nicht so viele Kugeln aufnehmen wie das Magazin seiner Browning Automatik – aber eine Automatik konnte schneller blockieren, und das Magazin konnte klemmen, wenn man nachladen wollte. Er hatte an der .38er einen dicken Kautschukgriff angebracht. Die Metalloberfläche und die beweglichen Teile waren mit einer schützenden Schicht Öl überzogen, und die Front war abgerundet, so daß sie weder im Halfter noch in seiner Kleidung hängen blieb. Die Waffe schien in seiner Hand zu rutschen.
Er entsicherte sie, rannte durch die Waschküche zur Hinterseite des Hauses. Hier stand ein schmaler Besenschrank, in dem alte Hüte, Mäntel, Stiefel und Schuhe aufbewahrt wurden. Er wählte eine grüne, wattierte, wasserdichte Jacke mit Kapuze, streifte die vollgesogenen Hausschuhe ab, zog leichte, feste Stiefel an. Unter einem losen Holzbrett im Boden lagen verschiedene Schachteln mit Munition. Er öffnete eine Schachtel und schüttelte ein Dutzend Patronen in seine Tasche.
Jetzt würde er sich Sugarfoot holen. Wenn er erst einmal draußen in Deckung war, wäre er im Vorteil. Sugarfoots Gewehr war auf große Entfernungen unschlagbar treffsicher und genau, aber ungeeignet für Schnellschüsse und

für die Nahdistanz zwischen Bäumen und Unterholz unbrauchbar. Es sei denn, Sugarfoot hätte noch eine Pistole bei sich. Damit rechnete Wyatt.

Wieder pfiff eine Kugel ins Schlafzimmer. Sugarfoot hielt sich immer noch in der Obstplantage auf, ließ Wyatt wissen, daß er noch da war. Er hatte freie Sicht auf die gesamte Nordseite des Hauses und würde bemerken, wenn Wyatt das Haus durch die Vorder- oder Hintertür verließ.

Wyatt ging ins Badezimmer. Es lag nach Süden. Er öffnete das Fenster über der Badewanne, riß das Fliegengitter heraus und kletterte hinaus. Er bewegte sich langsam, schonte die Kräfte.

Das mit Buschwerk bewachsene Land auf der Südseite fiel etwas ab, davor standen Brombeersträucher. In der Entfernung sah man Shoreham, dann die See, über der sich schwarze und graue Wolken zusammenballten, bevor sie über die Küste zogen. Die Rast in seinem Haus hatte Wyatt gut getan. Erst jetzt bemerkte er, wie kalt und feucht der Tag war.

Ein überwucherter Pfad wand sich durch das Brombeerdickicht. Wyatt ging langsam, Dornen stachen durch seine Kleidung, rissen seine Haut auf. An der Stelle, wo die Brombeeren mit dem Gebüsch zusammentrafen, schlug er sich einen Weg hindurch, bog Äste, Zweige und Blätter beiseite.

Am untersten Ende des Buschwerks brach er aus der Deckung und rannte gebückt bis zum Rand des Kiefernwaldes. Bevor er sich zu weit in die Mitte vorarbeitete, blieb er stehen. Sugarfoot konnte sich wieder zwischen den Kiefern befinden. Die Bäume waren hoch, in engen Reihen gepflanzt, die oberen Äste ragten ineinander, sperrten das magere Winterlicht aus. Unterholz gab es

nicht, nur vereinzelt einige Äste. Kiefernnadeln bedeckten den Boden wie einen Teppich. Man konnte sich hier fast ungesehen und ungehört bewegen.
Wyatt lehnte an einem der größeren Bäume, die .38er mit gespanntem Hahn in der Hand, horchte, gewöhnte sich an die düstere, harzige Atmosphäre.
Es war Mittag geworden. Bald würden die Leute aus der Kirche kommen. Wenn sie Gelegenheit gehabt hatten, über die Gewehrschüsse zu sprechen, die früher am Vormittag zu hören waren, würden sie jetzt vielleicht entscheiden, etwas dagegen zu unternehmen.
Wyatt befand sich am Rand des Kiefernwaldes gegenüber dem Haus. Das war ein Nachteil, falls Sugarfoot sich von der Flanke des anderen Endes vorarbeitete und ihn zurück in den zweifelhaften Schutz der Gebüsche und der Brombeersträucher zwang. Er entfernte sich etwa hundert Meter vom Haus und drehte dann nach Norden ab, vollzog einen langen, langsamen Bogen bis zu dem Punkt, an dem der Kiefernwald endete und die Obstplantage begann. Sugarfoot sollte ihn im Rücken haben.
Dann entdeckte er ihn. Sugarfoot hatte sich nicht mal die Zeit genommen, in einem großen Bogen von der Obstplantage zurückzukehren. In dem Moment entdeckte auch Sugarfoot Wyatt. Er blieb stehen, riß das große Gewehr hoch und feuerte. In dem dicht bewachsenen Areal klang das Geräusch gedämpft und flach. Ein Stück Rinde löste sich von einem Baumstumpf in Wyatts Nähe. Aber Sugarfoot feuerte blind. Für einen sauberen Schuß hatte er keine Zeit oder nicht die Möglichkeit, genau zu zielen.
Wyatt drehte sich um, rannte mit lautstarken Schritten in Richtung der Obstplantage, blieb abrupt stehen und schlich nach links. Er wartete. Sollte Sugarfoot in der

Absicht, ihn abzufangen, einen Bogen machen, würde er ihm folgen.
Plötzlich rief Sugarfoot: »Du bist am Ende, Wyatt!«
Der Idiot gab tatsächlich seine Position bekannt. Wyatt verharrte, verfolgte die Stimme. Sugarfoot war abgebogen, wie er erwartet hatte, und kürzte den Weg zu der Obstplantage durch den Kiefernwald ab. Er folgte ihm.
»Hörst du mich, Wyatt? Hörst du mich?«
Sugarfoot unternahm keine Anstrengung mehr, leise zu sein. Die Cowboystiefel stapften über die Kiefernnadeln, der lange Mantel blieb an Baumstämmen hängen. Abwechselnd murmelte er vor sich hin und schoß.
»Du Fotze. Mußtest ihn nicht gleich umbringen. Ivan hat dir nie etwas getan. Verdammt, er hat dir Jobs besorgt.«
Die Stimme brach wieder ab, stammelte und jammerte.
Wyatt horchte und sah sich um. Jetzt hatte er Sugarfoot genau geortet und nahm die Verfolgung auf. Sugarfoot hatte das Gewehr fallen lassen. Er trug einen langläufigen Revolver. Aus der Entfernung sah es nach einem Colt Woodsman aus; keine schlechte Wahl, leicht und genau. Aber die schlanke, moderne Linienführung und der beschlagene Griff waren unvereinbar. Sugarfoot schlich wie eine Clint-Eastwood-Karikatur herum, den breitrandigen Hut tief ins Gesicht gezogen, der lange Mantel verlieh ihm das Aussehen eines Rächers.
Er kreischte plötzlich: »Wyatt, du bist ein Feigling«, und wirbelte wild um sich schießend herum.
Es sah nicht aus wie panisches Schießen. Er will, daß ich mich ihm zeige, dachte Wyatt. Das ist sein glorreicher Augenblick, was für ein Schwachkopf.
Wyatt wartete. Sugarfoot drehte ab, zog sich wieder zwischen die Bäume zurück, machte sich Richtung Obstplan-

tage auf. Wyatt folgte ihm. Nun war er etwa zwanzig Schritte hinter Sugarfoot. Die Chancen häuften sich. »Was ist los, Wyatt? Hast du Angst? Ist deine Blase so schwach, daß du dich nicht zeigen kannst?«

Wyatt verringerte die Entfernung. Die Kiefern standen nun nicht mehr so dicht, er konnte Sugarfoot jetzt deutlicher sehen.

Sugarfoot blickte in die andere Richtung. Wyatt sah, wie er die Hand an den Mund hob und rief: »Du bist eine Memme, Wyatt. Zeig dich wie ein Mann.«

Wyatt stellte sich breitbeinig hin, stabilisierte die .38er mit seiner linken Hand und schoß Sugarfoot Younger in den Hinterkopf.

Wieder spannte er den Hahn der Waffe und wartete. Aber Sugarfoot hatte sich nach vorn gebeugt, sich fallengelassen und nicht mehr bewegt.

Wyatt entspannte den Hahn und ließ die Waffe sinken. Seine Kraft schien in den Boden abzufließen.

Als ihn eine Stimme anrief, fuhr er herum, als sei er aus dem Schlaf erwacht. Er zog wieder den Hahn, hob die Waffe, hätte beinahe geschossen.

»Mr. Warner?«

Es war Craig. Er kam näher. Er hatte die Leiche noch nicht entdeckt.

»Mr. Warner? Was ist hier los? Geht es Ihnen gut?«

Er sah besorgt aus, war gerannt. Dann bemerkte er die Leiche, die mit dem Gesicht im Gras lag, runzelte die Stirn, versuchte zu verstehen und sah Wyatt mit schockiertem Gesicht an.

Wyatt ließ die .38er sinken. Craig sah die Bewegung, erblickte die Waffe. Er machte einen Schritt zurück, murmelte etwas. Wyatt verstand: »Nein, bitte, nicht.« Mit einem letzten verzerrten Blick drehte Craig sich um und fing an zu laufen.

Es war eine stürmische, angstvolle Flucht, als erwartete er den Einschlag einer Kugel im Rücken. Doch Wyatt stolperte bereits durch die Bäume zurück zu seinem Haus. Der unwillkürliche Ausdruck von Grauen in Craigs Gesicht elektrisierte ihn. Er sagte ihm, daß er hier alles verloren hatte. Alles, was ihm jetzt in dieser Welt blieb, war die Zeit, den Wagen zu starten, fünfundsiebzigtausend Dollar und ein neuer Anfang.